日本列島人の思想

益田勝実
Masuda Katsumi

青土社

日本列島人の思想　目次

第二部　神々の世界

序　火山列島で暮らしつづけるために

「あの日は、日ごろは少し釣れても嬉しいシマアジが、つぎからつぎに釣れた」とか、「あの日、これまでないほど網一杯タカベが入ったが、避難命令でみんな置いてきた」とか、伊豆大島から脱出してきた人たちが、口ぐちに語る十一月二十一日、大噴火、全員離島の日の、いまになって思いあたるという不思議ばなしは、限りがないほどだ。海の中などどうなっていたのだろう。

「うしろを向かないで。向いてはだめだよ」となりながら、年寄りをおぶって逃げてきたという人は、あの空に燃え上がる火を見せたら、恐怖心で親がどうにかなると思ったという。何がこわかったかというと、第一につぎからつぎに来る地震。第二に、はじめはわからなかった裂け目の火口列が、カルデラから外輪山を越えて、爆発しながら迫ってきたとき。町からそれがはっきり見えた。

「町長の全員避難命令は、まさに正解ですよ。あれでは、それしか考えられません」と話してくれた人もいる。

一月三日、わたくしは、まだ水蒸気の立ちこめる火口列の下から三つまで登ったが、軽いコークスのようになった熔岩の山がガレてガレて、その上は断念した。島では、三原山をただ「三原」という人が多かったが、火口原を、〈御原〉と神の火への敬語ぬきではいえない、畏敬の呼び方だったことをいまさらに痛感した。

十一月十五日だったかに、熕火見舞に見えた三宅島の村長さんが、島の旦那衆のひとりに、「それでも大島はいいですよ。きまった火口のなかで熕《ふ》くから。三宅では、どこから熕くかわからない」といって帰ったというが、その数日後に、三原山も、何世紀ぶりに外輪山のそとでも火を熕き、熔岩が町へ近づいた。

平時には、同じ日本人でも、御神火などと自然そのものを神格化して扱う風習を、神観念の客観化・抽象化の未熟、原始的心情と嘲る人もあるが、火山列島で生きてきた民族として、そうわりきれないものがある。静岡県三島市の伊豆三嶋神社は、七世紀から九世紀へかけて、何度も海底火山の爆発があり、島が生まれたために、その島造りのマグマの神を祀ったものである。はじめは、新島・神津島（神つ島）・三宅島（御焼島）などを望む海辺の遥拝所で、賀茂郡にあったが、のちに田方郡の国府近くに移したものらしい。国司の親拝が必要だかららしい。祭神を大山祇《おおやまつみ》とか事代主《ことしろぬし》とか論争した経過もあるが、要するに、御島大明神、マグマの神以外ではなかろう。

時を定めず断続的に火を熕く山々をもつわたくしたちの国は、その各地のマグマの神とどうつきあって生きるかが、歴史的大課題である。ひたすら忌み恐れて祀った昔とかわり、現代的に科学的なつつしみ深い対し方が必要ではなかろうか、と思う。こんど大島でもあわてて観測機器を追加配置したが、全国の火山地帯にはもっと大規模な観測網を敷く必要があろう。火山国だから、これは不可欠・不可避のことだ。それと、気がかりなのは、現在の大島を見ても、機器の針が描く波線ばかりに頼りすぎていること。火山地帯には、常時、パトロール隊を置き、人間の五官を総動員して歩き回って見張るべきだ。たとえ物入りでも、手は抜けない。科学の力と人間の力を組み合わせて、全体的に見るべきだろう。

そして、重要地点では、ふだんの避難訓練が大切だ。わたくしの知るかぎり、全住民規模でそれをきちんとやっているのは、大正の大噴火で懲りた桜島だけである。桜島では、そのために船もいつでも使えるようにしてあり、毎年飽きずに演習をしている。現代的なマグマの神への畏敬、それとのつきあい方を、衆知を集めて考えたい。

第一部　日本列島人の想像力

第一章　神異の幻想

神話的でないもの

日本の神話を考えていって、神話とはなにか、なにが神話の本質的部分か、というふうに自ら問いを立てて、問い進めていくと、わたくしは、たいてい、たちまちわからなくなってしまう。あちらにも、こちらにも、わからない点が出てきます。それで、こんどは、なにが神話でないか、というふうに問うことから、逆に進んでみたいのです。少くとも、託宣は神話そのものではない。これは言えそうです。

神がかった者が告げることばは、神を斎《いわ》い祀《まつ》る者たちの行動の大切な指針となるものです。神がそれを告げるのは、祀る者たちがそれを求めており、その要求に応じる形でなされるのが普通です。人びとが神に問い、神に答えさせようとしているとも、いえるでしょう。そうでなく、突如、思いもかけない者が神のお告げを口走ることもありますが、その場合も、告げられる側に、どうしたらよいか、その問題をめぐって伏在する問いが横たわっていることが、ほとんどです。そして、その神のお告げを聞き取る――それはこういう意味である、内容であるとして判じて聞く、祀り手の聞き分けが、いずれの場合にも、大きな役割を演じます。神がかった祀られ手は、多くの場合、聞き取りにくい低い声で、直接的でない不分明な表現法でものを言い、特定の人の媒介、ないし通訳を経て、はじめて多くの人びとにその趣旨が伝わります。斎主《いわいのうし》と呼ばれる祀り手が聞き分けるから、それがそうとわかることになります。

『日本書紀』崇神天皇六十年条に、天皇が出雲の大社の神宝を見たがって、出雲の大司祭である出雲振根《ふるね》が筑紫へ出かけた留守に、弟の飯入根《いいいりね》にそれを献上させた事件が出てきます。帰国して事を知って激怒した振根が弟を謀殺し、それを怒った天皇側は、吉備津彦《きびつひこ》と武渟河別《たけぬなかわわけ》を派遣して振根を誅罰《ちゆうばつ》する、というふうに発展します。それがどれだけ歴史的事実を反映しているか、という詮議も大切ですが、いまはそれはしばらく迂回するとして、その結果、出雲臣《おみ》家の祖先が大社を祀ることがしばらく絶えた、という伝承と、さらに、そこで、次のような出雲の大神の託宣があって、大和の朝廷へ伝えられ、祭祀が復活した、という伝承とに注目したいのです。

則ち吉備津彦と武渟河別とを遣《つかは》して、出雲振根を誅《ころ》す。故《かれ》、出雲臣《おみ》等、是の事に畏《おそ》りて、大神《おほみかみ》を祭らずして間《しまし》有り。時《とき》、丹波《たには》の氷上《ひかみ》の人、名は氷香戸辺《ひかとべ》、皇太子活目尊《ひつぎのみこいくめのみこと》に啓《まう》して曰《まう》さく、
「己《やつがれ》が子、小児《わかご》有《はべ》り。而《しかう》して自然《おのづから》に言《まう》さく、
玉萎鎮石《たまものしづし》。出雲人の祭《いのりまつ》る、真種《またね》の甘美鏡《うましかがみ》。押し羽振る、甘美御神《うましみかみ》、底宝御宝主《そこたからみたからぬし》。
山河《やまがは》の水泳《みくく》る御魂。静挂《か》かる甘美御神、底宝御宝主。

是《これ》は小児の言《こと》に似《の》らず。若《も》しくは託《つ》きて言ふもの有らむ」とまうす。是《ここ》に皇太子、天皇《すめらみこと》に奏《まう》したまふ。則ち勅《みことのり》して祭《いはひまつ》らしめたまふ。

丹波の国の氷上の豪族が、なぜ、出雲の祭祀問題にかかわってくるのかわかりませんけれども、おそらく、一見かかわりないところに降《くだ》る託宣だから、かえって信じねばならない、ということになるのでしょうか。一切の利害関係に縁のない小児の口から洩れたところに、また尊ぶべきいわれもあるのでしょう。託宣の文句はなんとも判じにくいことばの連続ですが、「出雲人の祭る」うんぬん、とあるので、出雲の大神の託宣らしい、ということだけがわかります。だが、わたくしには、これには、出雲大社の神宝、いや、おそらく神体にあたる、「甘美《うまし》鏡」と讃美されている鏡が、大和の遠征軍によって、「玉萎鎮石」、すなわち、水中に投げ込まれて「山河の水泳る御魂」の運命にあるとか、あるいは、そういう乱暴に対する自衛手段として、出雲の祀り手たちが水底に沈めて隠しているとかしている、とにかくそういう「底宝御宝主」の運命にあるものを、取り上げて敬い祀れよ、という意味があるように考えられます。遠征軍の祭祀を踏みにじったままのしうちに対する抗議の、神のお告げだろう、と思います。そう考えると、だいたいがわかるような気がするのですが、それにしても、はっきりしない物の言い方にはちがいありません。

いま、わたくしに言えそうなことは、こういう神が人に依り憑いて言ったことばそのものは、神話ではない、ということです。突如として小児に依り憑くものがあって、判じにくい意味深長のことばを吐く。事は神秘に属しますけれども、その吐かれたことばそのものは、政治上・宗教上の実用的な用件を伝えるためのなぞのことばであり、それ以上ではないのです。託宣は、告げ手の異常な心のたかぶりの中でなされるようです。この場合のように無心の小児が突如そういう状態になる場合と、神の託宣を聞こうと予定して祭を営み、その祭の儀式のクライマックスで、神がかりによって神のことばをうる場合とがあるわけですが、そういう準備して託宣を受ける場合——それが、日本では普通の一般的なやり方ですが、なかなかむつかしいことになります。託宣が降る神がかりは、神がかり方の中でもむつかしい。特に、日本のような長い忌み籠りによってそこに達するやり方、なだらかな連続的な準備で、しだいにその飛躍的な超絶の境地へ行くというやり方は、神がかりの精神的傾向性のあるものが、シャーマンとして養成されていて、毎回の短い祭の中でも神がかれる、エヴェンキ族や満州族のシャーマンの神がかりとちがって、むつかしい点が多いようです。

たとえば、美保が関の美保神社の一年神主は、四年目に一年間神主を務めるために、そのまえ三年間潔斎して、「千日の行」を積んでいます。その一年神主でも、昔、明治のままで、春の節分祭の日行なっていたという湯立て神託では、

白無垢の浄衣を纏い風折烏帽子を被った一年神主は本社神門前に設けた煮え湯釜の中にぶちこまれる。息がきえいるばかりになったと見るや、人々これを救い出して荒薦の上に寝させる。息をふきかえすと拝殿まで担ぎ出し、幣帛を持たせ一同平伏する。すると彼は幣を振りつつ、その年の作の善悪、はやり病いのこと、年占などを口走る。

（和歌森太郎『美保神社の研究』）

というものすごいことになります。そういう恐しい責めを受けなくては、潔斎に潔斎を重ねていても、託宣を告げるようには神がかれないようです。その極度の精神の自失状態の中で、神になったかれが、神々のしわざを綿々と語るのかというと、そうではない。その時は、問われている問いに応じるだけです。神がかった者は、祀る者の要求に対応させられているにすぎません。

　これからいろいろと問題にしてみたいのは、神話の、神託、託宣のように現在のことを問題にするのでなくて、神々の過ぎこし過去を語る、その神異に満ちた歴史を語る、という性格についてなのです。現実的な行動の指針としての託宣のことばの方には、そういう神異、すなわちあやしのできごとを語るという性格は顕著ではありません。神話が語るふしぎが、日常現実生活の眼、現実生活の感覚、現実生活の精神状態からたやすく生まれうる幻想であるとは、わたくしにはとうてい思えません。といって、現実生活の中の泡立ついまの問題に答えていくための託宣を仲介するような、神がかりの心的状況の所産とも、やはり考えられない。

神異の主宰

　神話を神話たらしめるもの――それは、神々の物語の部分と部分をつなぎその筋の展開の上で重要な役目を果たす神異、すなわちあやしのできごとではないでしょうか。それらの神異的要素によって、物語全体もあやしの物語、ふしぎに満ちた伝承となります。神々の物語だから神話なのではなくて、神々のふしぎの物語だから神話なのだ。それは、当然すぎることかも知れないけれども、わたくしにとっては、ゆるがせにしたくない神話の定義であります。

『古事記』の上巻の国譲りの物語では、筋が、たとえば次のように展開します。

故爾《かれここ》に天迦久神《あめのかくのかみ》を使はして、天尾《のお》羽張《はばりの》神に、問はしし時に、答へ白《まう》ししく、「恐《かしこ》し。仕へ奉《まつ》らむ。然れども此の道には、僕《わ》が子建御雷《たけみかづちの》神を遣はすべし」とまをして、乃ち貢進《たてまつ》りき。爾に天鳥《の》船《の》神を建御雷《の》神に副《そ》へて遣はしたまひき。
是《ここ》を以《も》ちて此の二《ふた》はしらの神、出雲《の》国の伊那佐《いなさ》の小浜《をはま》に降り到りて、十掬剣《とつかのつるぎ》を抜きて、逆《さかしま》に浪の穂に刺し立て、其の剣の前《さき》に趺《あぐ》み坐《ま》して、其の大国主《の》神に問ひて言《の》りたまひしく、「天照大御神、高木《の》神の命《みこと》以ちて、問ひに使はせり。汝《いまし》が宇志波祁流《うしはける》葦原中《つ》国は我が御子の知らす国ぞと言依《ことよ》さし賜ひき。故《かれ》汝が心は奈何《いか》に」とのりたまひき。

この伊那佐の浜で、高天が原からきた二神が、「十掬剣を抜きて、逆に浪の穂に刺し立て、其の剣の前《さき》に趺《あぐ》み坐《ま》して」談判するというイメージは、大ざっぱな見方をすれば、一見、国譲りの話の大筋にはかかわらない描写部分とも見えましょうが、実は、話の大筋の展開の仕方にもたいへん大きくかかわっています。白い浪がしらに逆しまに突き立てた二ふりの剣のきっさきに、それぞれひとりずつ神があぐらをかいて坐ってござる。そんなことが出来るかって、そうしてござるから、オオクニヌシも驚いた。談判が結局は成功するのも、このふしぎな二神のふるまいの衝撃を抜きにしてのことではないのです。神話はリアリズムの方法では語られない。あやしの物語なのです。

『日本書紀』では、国譲り勧告はフツヌシノカミが主役でタケミカズチノカミは脇役に回っています。その二神が天降《あまくだ》ってきます。

二《ふたはしら》の神、是《ここ》に、出雲《の》国の五十田狭《いたさ》の小汀《をはま》に降到《あまくだ》りて、則ち十握剣《とつかのつるぎ》を抜きて、倒《さかしま》に地《つち》に植《つきた》てて、其の鋒端《さき》に踞《うちあぐみにゐ》て、大己貴神《おほあなむちの》に問ひて曰《のたま》はく、「高皇産霊尊《たかみむすびのみこと》、皇孫《すめみま》を降《くだ》しまつりて、此の地《くに》に君臨《きみとしたま》はむとす。故《かれ》、先づ我二《われふたり》の神を遣して、駈除《はら》ひ平定《しづ》めしむ。汝《いまし》が意如何《こころいかに》。避りまつらむや不《いな》や」とのたまふ。

剣を逆さに突き立て剣先に坐り込むのは『古事記』と同じですが、その剣は地面に突き立てて、「浪の穂」にそうするのではないところがちがいます。史官としての『書紀』の筆者は、白くくだける波がしらに突っ立てられた二ふりの剣、という神異性に満ちた想像を、さすがにそのままは許容しえなかったということでしょうか。神話的発想・表現と史官的思考との対立相剋のひとつの痕跡と見るべきかもしれません。

この「剣の前《さき》に踞《あぐ》み坐《ま》して」については、近藤喜博に「剣尖に坐す神」（『国学院雑誌』六一の五、一九六〇年五月）というおもしろい研究があります。近藤氏がそこで相手どったのは、『神道集』の上野の国の一の宮鈫鉾《ぬきのさき》大明神（貫前神社）の縁起です。この明神は、もと阿育《あいく》大王の姫、倶那羅《くなら》太子の妹であった人がはるばる天竺からここへきた、というのです。また、別に、天竺の狗留吠《くるはい》国の玉芳大臣の末娘で、すでに舎留吠《しゃるはい》国大王と婚姻を約していたが、自国の狗留吠国大王に求婚され、その強要を避けるため、抜提河《ばつだいが》の河中に降魔の剣を立て、その剣先に好玩団《こうがんだん》を敷いて住んだが、そこからさらに天の甲船に乗って日本へ逃れてきた、という伝承もあるのです。この抜提河の河中に降魔の剣を立てて、その切っ先に住んだ好美女の伝承と、記紀のタケミカズチ、あるいはフツヌシノカミの行状を、モデルあり、とするのが近藤説です。「剣を立ててそれに坐するとする如き凄まじい曲芸的行動を行うことの出来る神人とは、その原質は一体何に負うているのであろうか。古代の神々とは、当時として何か具体的存在としての信仰事実に負うていたと思われるからである」という想定に立ち、『信西《しんぜい》古舞楽図』の「臥《スルノ》二剣上《ノニ》一舞」にその事実を探りあてました。信西は、

唐志曰《ニハク》、睿宗時《ノ》波羅門献《ズ》二楽舞人《ノヲ》一。倒行《シテ》而以《テ》レ足舞《ヲヒ》、極《メテ》銛《するどキ》刀鋒《ヲ》倒《さかしまニ》二到植《ヱ》於地柢《ちていニ》一、自《ラ》就《つキテ》レ刃《ニ》以《テ》歴《めぐらス》レ瞼《まぶたヲ》。又於《イテ》二背上《ニ》一吹《ク》レ篳《ヲ》者《アリ》、是《ノ》腹上《ノ》曲終《レバ》而亦無《シ》。

という説明をその曲伎の図に付しているのです。近藤氏は一方で、正倉院の漆絵弾弓に描かれた伎楽図中の、人間の頭上に垂直に棒を立て、その先端の円盤上に人を坐らせ、みごとに頭でバランスをとり、棒を倒さないでいる図――あれを、信西の図と組み合わせて、「帰化人」たちの中にそういう曲芸が早く伝来していたのではないか、と日本の原始散楽《さるがく》の状況を推定し、それとこれら〈剣尖に坐す神〉伝承との相互関係を考えていっており、そのあたり、論の進め方に興味津々たるものがあります。

わが国に古くそういう天竺渡来の唐土の曲芸が入ってきていたかどうか。いまはそれを深く問わないことにしておきます。というのは、たとえ、伝来を認めても、地上に剣を逆さに立てて人が乗

る曲技と波がしらでそうするという伝承との距離は、埋めようがないからです。事実と幻想と……剣の切っ先に坐り込むふしぎもさることながら、その剣が、立つはずのない浪の穂の上に立つふしぎが、もうひとつまえにイメージされているのです。ですから、どうしても日常的事実としては説明し尽くせないところの、あやしの構想であることを、まず肯定してかかった方がよい、とわたくしは考えます。

そもそも国譲りの神話というのは、大和朝廷の国土平定過程を語る、きわめて政治性の濃いものです。神話としては決して第一次的な誕生をしたものではない。相当後になって作られた、いわば遅れてきた神話で、作られた意図も透いて見えている性格のものでありますけれども、それもやはり神異性を骨格とし、神異的要素を要々《かなめかなめ》に配して、あやしのできごとを物語を進めていく力にしている点では、神話としてくずれていないのです。

そして、『古事記』の方でその先を見ますと、タケミカズチに国を譲り渡すかどうか責め問われて、オオクニヌシノカミはわが子ヤエコトシロヌシノカミに返答させたいが、美保の岬に漁《すなどり》の遊びに出ていて答えさせられない、と言います。すると、アメノトリフネノカミが、そこはお手のもので、美保の岬へ一飛び、事代主の意見を聞きに行きました。コトシロヌシが、天つ神に国を譲るがよかろうと言って、「其の船を踏み傾けて、天の逆手《さかて》を青柴垣《あおふしがき》に打ち成して」隠れると、まだほかに意見を徴すべき子どもがいるのか、とタケミカズチがオオクニヌシに迫まるそこへ、「誰ぞ我が国に来て、忍び忍びに如此《かく》物言ふ」と千引《ちび》きの岩を手に捧げて、もうひとりの子どもタケミナカタノカミが現われてきます。千人引きの岩を軽々というのだから、たいへんな力持ちなのでしょう。そして、タケミカズチと「手の摑《つか》み競《くら》べ」をすることになります。

如此白《かくまう》す間に、其の建御名方神《たけみなかたの》、千引《ちびき》の石《いは》を手末《たなする》に擎《ささ》げて来て、「誰ぞ我が国に来て、忍び忍びに如此《かく》物言ふ。然らば力競べ為《せ》む。故《かれ》、我先に其の御手を取らむ」と言ひき。故《かれ》、其の御手を取らしむれば、即ち立氷《たちひ》に取り成し、亦剣刃《つるぎば》に取り成しつ。

この「手の摑み競べ」について、松村武雄の『日本神話の研究』（第三巻、一九五五年）は、十一世紀のペルシャの詩人フィルダウシーの『シャー・ナーメー』という物語詩を引き合いに出して、その意味を考えようとしました。その作品では、ペルシャ王の使臣ルステムが、マザンデラン王のところに降伏・国土譲渡の勧告に行き、相手方随一の勇士カラフールと手摑み競争をして勝つのです。その『シャー・ナーメー』の註解者A・ワーナーとE・ワーナーの「古き代の波斯《ペルシャ》人は、実際に於て係争問題を裁決する不文律的な神裁法の一として『手の摑み競べ』を有してゐた」という見解を、ここに援用したいのが松村氏の考えです。

ペルシャの古い物語など全く知らないわたくしなど、この博識の先学の例証の引き方には、全く腰を抜かさんばかりの驚きでした。ですから、そのまま全面的に承服してもよいのですが、ちょっとひっかかっていることがあります。それは、あの敗戦の年、北ボルネオの奥地に分け入ったまま消息を絶った、民族学者鹿野忠雄が残している、台湾の最南端に浮かぶ紅頭嶼《こうとうしょ》のヤミ族の伝承の採集記録とその考察です。氏の遺稿を集めた『東南亜細亜民族学先史学研究』第一巻（一九四六年）の、

「紅頭嶼とバタン諸島の交渉と其の杜絶」がそれで、一九三七年に、紅頭嶼のヤミ族イラタイ社の古老シャプンジャサロヴァルが鹿野氏に語った伝承に関するものなのです。自分たちより十一代まえに、イラタイ社のシミナプン（シャプン）・ミトリルという男がバタン島のシバカグと貨幣の交換をしたが、そのことで不和が興り、遂に彼我両島間の交通がそれ以来杜絶した、といういきさつで、内容は次のようなものです。

昔はイバタンと交際して居た。イバタンの人の名はシバカグ、紅頭嶼の人の名はシャプン・ミトリルであつた。シバカグは先きにやつて来た。来た時はシバカグは各島に寄つて来た。此の島に来た時はイモルル社に来た。彼等が此の島に着いた処はイモルル社であつた。イモルル社に上陸した。シバカグは私の手を握つて見よと云つた。ヤミは二人でシバカグの手を握つた。シバカグは直ぐ手を振り払つた。シバカグは私の様に強い者はないと云つた。それからイラタイ社に行つた。シャプン・ミトリルが出て来た。シバカグが手を握れと云つた。シャプン・ミトリルが握つたが手を振りはらふ事が出来なかつた。シバカグが長い間かかつて振りはらつた。自分からシバカグがシャプン・ミトリルの手を握つたが、シャプン・ミトリルは振り払へなかつた。長い間かかつて振り払つた。二人は座つて色々の話をしたが、遂に友達にならうと云ふことになつて、友達になつた。それからシバカグは帰つて行つた。

其の次ぎにシバカグが来た時は島（バタン島と紅頭嶼の中間にある島々の意）に寄らないで直ぐイラタイ社に来た。そして直ぐミトリルの家に来た。又島に帰つた。三度目に来た時は金と秤を

沢山持つて来て、シャプン・ミトリルと金を交換した。（以下略す）

鹿野氏は、一代を二十五年としても、十一代前は二百七十五年前になると考え、紅頭嶼とバタン島との交流杜絶がその頃実際に考えられることを、他のいくつかの事実の究明によっても、確めようとしました。二百七十五年前というと一六六二年の頃で、ようやくスペイン人がバタン諸島へ来はじめた年代なのです。バタン島と紅頭嶼の交流は古くからあった。ヤミは紅頭嶼にはそちらからやってきたものらしく、文化的にも近接しているが、バタン島のことばには数多くのスペイン語が流れ込んでいるのに、紅頭嶼のヤミ族のことばにはスペイン語の影響は、名詞三語を除いては考えられない。ようやくスペインの影響を受けはじめた段階のバタン島と、そこで交流が絶えたからであろう。そういうふうな側面からも、この伝承の事実性が考えられる、というのです。

わたくしが、鹿野氏の紅頭嶼の調査、それは十回、延べ三百三十日の滞在にわたるものなのですが——に心ひかれているのは、そこでの「手の摑み競べ」は、ペルシャのような係争問題を裁く神裁法ではなく、ほぼ同等の頼むべき交際の相手を見出すための選択に用いられる方法らしい、という点なのです。シミナプン・ミトリルを見出してからは、シバカグは、もう途中の島々に寄らずにまっすぐに紅頭嶼にきたし、紅頭嶼にきても、他の村へ行かず、まっすぐにイラタイ社にきています。『古事記』の方では、手の摑み合いに負けたタケミナカタは諏訪の国まで逃げ、それをタケミカズチが追いかけて行って殺そうとするので、降伏した、となっていきます。もし、ペルシャ式の神裁法ならば、もうこの手摑みに負けただけで降伏したことにならなければなりません。そこでかたがつくのでしょう。やはりバタン島あたりの外交予備交渉の方法、ないしは交渉相手としての資格審査の方法としての手摑みにより近いのではないでしょうか。

それはそれとしても、そこでわたくしが特に重視したいのは、タケミカズチが手をさし出し、タケミナカタが握った時、「立氷《たちひ》に取り成し、亦剣刃《つるぎば》に取り成し」た——固く冷い氷の柱、鋭い剣の刃になっている手を発見した、というところです。相互に探り合う手摑みの段階で、一瞬にして、手が変じて、鋭いエッジの固い氷のようになる、という驚くべき神異があって、タケミナカタの遁走・降伏の物語を急角度に導き出します。二神のたたかいの細部叙述は、もう必要がなくなり、負けるにきまっているタケミナカタの負け方の大筋さえ語られれば、それでよくなっているのです。

浪の穂にさかさまに剣を突き立て、その切っ先の上に坐り込む。生身《なまみ》のこの手が、一瞬に氷の柱か剣の刃みたいになる。神話は、そういうふうに神異を要所要所にもつことで、神話でありうる。ところが、同じ神々の物語でも、たとえば、よく知られている、『播磨国風土記』の神前《かんざき》郡の条の、オオナムチノミコトとスクナヒコナノミコトとの、「聖《はに》の荷を担ひて遠く行くと、屎下《くそま》らずして遠く行くと、此の二つの事、何《いづ》れか能く為《せ》む」という我慢競べの話などには、どこにも神異的要素がない。最後にその時の粘土の荷と屎とがそのまま岩になっていまだにある、とありますが、これは、神話のみならず、後世の伝説にも残っていく話の手法で、伝承一般のきまりきった叙述法ですから、説話学的には、あやしの要素とするには及びません。ですから、この話などは、登場人物が神々であろうとも、神話とは呼びにくい。どちらの神もがんばったが、相前後してとうとう我慢しきれなくなったというばかりでは、神異性に欠けており、物語の展開の方法が、もはや神話的ではなくなっている、というほかありません。

神異の幻想者

神話を紡ぎ出す境地が、自失の神がかりの状態での託宣を生む境地とは、やはり違う、もうひとつのタイプの瞑想にささえられているものではなかろうか、ということが、わたくしのいま言いたいことなのです。

自分のいま身を置いている〈時間〉の中にしばらく神を呼び迎えての託宣と、この〈時間〉を超えたもうひとつの世界を思い、その超時間的世界での神々の行動を具体的に、持続性をもって考えていこうとする神話とは、ことばを換えて言えば、神がこちらへくることと、祀る人間の方が神々の世界に入り込んで見てくることとのちがいとも、言えそうに思います。

神はひとりでこちらへくるが、あちらへ行って見るのは神々のことです。見てきた神々の世界のことがいろいろと具象的に表現されえて、媒介者の翻訳を経なくてわかることばで語られる点も、やってきた神のことばのわかりにくさとちがうと言えるでしょう。そういう〈見る〉眼がはらむ構想力、追跡展開力は、やはり、恍惚の神がかりのものを見ようとしない眼とは、はっきり区別する必要があるでしょう。

わたくしたちが神話の問題を考えるときには、伝承ということを中心に考えてきていますが、しかしそのまえに創造のことを思うべきです。神話にも、その最初に創造者たちがあった。いま問題にしている国譲りの物語にしても、やはり、それを神話的に創造した人びとがあったのでありましょう。古代の律令国家の手になる記紀神話の政治的性格、その政治的意図に基づく記紀的体系化について、しばしばやや性急に、その〈作られた〉神話体系の指摘が行なわれる結果、作られたものの作られ方の議論が抜きになってきた面があります。記紀編纂のプロセスで史官たちが机上で、そういう政治的体系化をはかったかのような考え方もあります。もとより、部分的には、そういう文章化過程、述作過程での神話の創作、ないし神話いじりもありましょうけれども、そういうふうな作られ方の想定で、この問題を片づけてよいだろうかということについて、かねがねわたくしは疑問を抱いております。

国譲りというような極めて政治的な神話は、普通人類学や民俗学の扱う神話・民話の伝承の中には、ほとんど見かけられないタイプのものです。しかし、ここまでに見てきましたように、それは、波がしらにさかさまに立てられた剣の切っ先にあぐらをかいて談判する、勧告団ないし強要使節、手をたちどころに氷の柱か刃のように変える神異力を具えた神々、というふうに、どこまでも神話的性格が貫流していて、ある時の机上の創作とは考えられないのです。大和朝廷の側に立って、この天地のはじめ、人間のはじめを構想した神話の作り手たちと同じように、国家の誕生、全国平定の歴史を神々の代のこととして構想する、神話の作り手によって、出雲の国譲りの物語が、記紀編纂着手以前に編み出されていったように、わたくしには考えられるのですが、どうでしょうか。

そういう神話が作られる時と場所と、作り手の心の境地ということになると、いまのところわたくしには、日本の祭の季節の神がかる準備の長い忌み籠り中の――神代《こうじろ》、神のよりましの外界と隔絶した潔斎の日々の瞑想、密室的孤独の中にあって日に日に神に接近して行きつつある状況のほかには、思いあたるものがありません。外的孤独に背いて、内面で、どのように神々の誕生、神々の生活、神々の歴史を思う営みが活発になっていくか、わたくしの推測にあまるものがありますけれども、それまで伝承されてきた神話を反芻し、神話として体系化されていない神話的素材や断片的神話を、さまざまに想起することができるのも、神がかってひとりの神になりきらないで、しかも神話の神々の世界をさまよっている、忌み籠り手の日々であろうと思いますし、そこでの創造的個性の活躍を考えてみることが、こういう国譲りの物語のような、新しい古代統一国家の神話の誕生を考えるために、導入してこなくてはならない仮説ではなかろうか、と思うのです。

国の来し方を、神々の時代のこととして、神話的表象として具体化しながら思っていく営み――そういう大和朝廷の代々の神秘なる幻想者のこと――をわたくしは最近しきりに考えようとしております。従来の伝誦者としての語部《かたりべ》の概念では、このタイプの創造者は把えきれないものがあります。斎王か。ゆるやかに神がかりつつある歴史家である政治家のイメージと、斎王――大神の嫁のイメージとは、わたくしにはちょっと重なりにくい面もあります。むしろ、聖別されていた大王の祭の季節の幻想というふうなものが、いちばん似つかわしく思うのですが、いまは、それ以外にそういう予感を補強する手がかりを見出してはいません。

ところで、そういう政治性の濃い神話が作られる場合にしても、素材なしに宙に作り上げられるようなことではなかったろう、と思います。素材といった方がよいか、伝統的な考え方のパターンといった方がよいか、そのどちらもと言いたいのですが――原始以来の日本の考え方では、人と人が戦っているとき、その双方の人間の奉じている神と神との戦いもなされているのです。ずっと後世、源平の合戦をめぐっても屋島の合戦のとき、住吉の神主長盛が、「去《さんぬる》十六日丑剋《うしのこく》に、当社第三の神殿より鏑矢《かぶらや》の声いでて、西をさして罷候《まかりさうらひ》ぬ」と上皇に奏聞するくだりがあります（『平家物語』巻第十一「弓流」）。これは、そういう考えの残留です。神の加護ではなくて、神の参戦ですが、神は神同士で戦うのです。『古事記』の、神武天皇が熊野山中の荒ぶる神と苦戦して危機に陥ったとき、高天が原でタケミカズチノカミを降《くだ》すということになったが、タケミカズチは自分の代りにミカフツノカミという大刀《たち》を降すことにした、という伝承なども、そのややくずれた形なのです（益田「殺獄――神々と人間の共業――」『日本発見』三号、一九六三年九月）。タケミカズチとオオクニヌシの間の国譲りの強談判《こわだんぱん》というのは、結局いつの時代かにあった大和の出雲併呑という史実に対して、大和の神々と出雲の神々の対立・拮抗・交渉終結が同時的に進行したはずであり、そうでなければならぬという考え方があって、その考え方から生まれている、と思われます。神々の力で出雲の神々が慴伏《しょうふく》し、その結果国を譲ったとする考え方が、それ以来、いろいろな断片的な形の伝承となってあった、と見てよいでしょう。そういうものをふまえて、ある時、国譲りが、大和と出雲ではなくて、高天が原と葦原の中つ国という関係ではっきりと作り上げられたのではないかとわたくしは考えます。

アイヌのカムイ・ユーカラのような神が第一人称で自ら語る形の物語を、神話の原形とする強力な通説が、神話一般としてあります。日本の神話に関しても、そう考えられる場合が多いのです。わたくしは、そういう発展コースもあり、そうでないいくつかのコースもあったろうと、一元的にでなく、単系発展段階説的にでなく考えている方ですが、神が第一人称で自ら語る形の神話でも、それはやはり託宣とちがう性格のものだ、第一に、語ることばつきがちがう、第二に、広く神々の世界のことが視野に入っており、第三に、構想が事件として入り組んで展開される、そういうあやしの物語として、やはり区別されなければならない、と思っているのです。

そういうわたくしの頭の片隅には、近い時代の神話創造の実際として、天理教の教祖中山ミキの「泥海古記」と呼ばれた『こふき』（『口記』）の創出が思い浮かべられていることも、お話ししておくべきでしょう。あれは、以前に「幻視——原始的想像力のゆくえ——」（『火山列島の思想』所収）で引き合いに出しましたように、人間の誕生を気が遠くなるほどねばり強い、出直し、出直しのくりかえしの結果、と想像したものでした。

この世界の人間の始源を、九億九万九千九百九十九年前に、親神の月日両人が、太古の泥海の中で、九億九千九百九十九人、三昼夜かかって懐胎し、三年三月胎内で育てて、それから七十五日かかって、日本全土に生み落としたと、語ります。この第一代の人間の生まれた時の身のたけはわずか五分《ぶ》。九十九年かかって三寸の大人《おとな》となるが、そこで九億九千九百九十九人全部が滅びた。それでも親神は断念せず、また同じ人数だけ懐胎し、十月たって生む。五分の赤ん坊から育って、九十九年で三寸五分に成長した。こんどは五分ほど大きかったが、そこでまた、第二代の人間たちも全滅した。親神は三度目の九億九千九百九十九人を生む。五分から育って、九十九年かかってこんどは四寸にまで成人する。これを見て、この分《ぶん》ならば、この先五尺の人間になろう、とにっこり笑って喜んで、イザナミ様はかくれられた。第四代目からは、ますます難儀が重なる。

四寸に成りた人間も、又果《まだ》てまして、それより鳥類《ちよるい》・畜類に、虫・獣《けだもの》八千八たび生まれ替りて、死に絶える。そのあとに、猿が一人《いちにん》残りいる。

これなるはくにのさつちのみことなり。この腹に、男五人と女《をなご》五人と十人づつ生まれ出たなり。この人《にん》も五分《ぶ》から生まれ、五分五分と成人をして八寸に成りた時、水土高低《みづつちたかぶく》出来《でけ》かけて、一尺八寸に成りた時、海山形分かりかけ、三尺に成りた時、天地分かりかけ、一尺八寸までは、一腹に十人づつ生まれ、一尺八寸より三尺まで、一腹に男一人、女《をなご》一人二人づつ生まれ出た。三尺より一腹に一人と定《さだ》まり、三尺になりて物を言《ゆ》いかけ、それゆゑに、今人間も三歳で物を言いかけ、知恵も出来《でけ》る事なり。

人間は五尺になるまだ（まではの意）水の中の住まひ。三尺より五尺になるまで食物《じきもの》をだんだんと食い回り、唐《から》天竺までも回り行《い》くなり。五尺に成人した時、この世界天地海山、食物までも、人間の成人に応じて出来《でけ》た事なり。

この近代天皇制が目の仇《かたき》にした「泥海古記」の、泥海での全滅の執拗な反覆の中で、徐々に微少の生命が成長し、その成長過程に応じて、次第に天地自然が形をととのえる、というしぶとい最初の生命力の成長の物語は、まさしく、果てしない弾圧のくりかえしの中で、根絶やしされかけては甦った、開教者中山ミキの不屈の布教体験が投影しています。

しかし、それは、彼女の意志に反して天理王命（天輪王命）が神懸り、体がひきつけたり、いろいろな形の異常なことがあって、その神の告げを口走るような、「神が来た」状態の中で生まれたものではありません。

中山ミキは、一八三八（天保九）年に、自分の体を月日のやしろと自覚し、一列陽気暮らし「世界たすけのだめの教」（『稿本天理教教祖伝』）をはじめたのですが、その時から、ミキその人が側近の山沢良助に書かせた最初の和歌体の『こふき』が出来る、一八八一（明治一四）年までには永い歳月が流れています。その年から一八八七（明治二〇）年のミキ出直しの年までに、次々と作られた説話体『こふき』の諸本は、教祖最晩年の事業であったことを示しています。

「おふでさき」に最初のそういう考えの萌芽が見えはじめるのは、「このよふのにんけんはじめもとの神／たれもしりたるものハあるまい」、「どろうみのなかよりしゆごふをしへかけ／それがたんぐ〳〵さかんなるぞや」（第三号）、「このよふのはぢまりだしハとろのうみ／そのなかよりもどちよばかりや」、「このどぢよなにの事やとをもている／これにんけんのたねであるそや」（第四号）というあたり、一八七四（明治七）年のころです。この「おふでさき」に初期の神話的志向、泥海や最初の生命体泥鰌《どじょう》のイメージが登場して来た時代は、天理教としては、草創期の苦難を克服し、教団の基礎が固まってきた時期であり、同時に、いままでの大和の神社勢力や支配権力のような在地の大きな弾圧とのたたかいではない、中央の明治政府の弾圧という、新しい質の弾圧にぶつかりはじめた時期です。死の前年まで何回も長期にわたる警察拘留を体験するのですが、それがいままでの神のお助けの手伝い一筋とは違う、思想建設——自分たちの立場からの世界・人間のそもそもからの解明を必要としはじめたのでした。外的には苦しいが、内的には、無意識の神懸りのさなかにおいてではなく、もっとおだやかな、しかし、「神々のことが見えて語れる」境地において、新しい神話が生まれてきているということは、見逃せないように思います。それは託宣の生まれ方とちがっております。

同時にそれが、国学者の手によって復活し、世に知られるようになった『古事記』の冒頭近くにある、ウマシアシカビヒコジノカミからアヤカシコネノカミまでの神統譜を素材にしていることに、わたくしは注目したいのです。苦闘をつづけているものの瞑想の中で、伝承を素材に、この新しい神話は構想されました。すでにある神話がいかに伝承されていくかということは、それを知る手がかりがいくらもありましょう。しかし、神話が生まれ出る場に立ち合うということは不可能なことのように考えられています。そうかもしれません。が、これはその稀有な一例と考えることが出来るものではないでしょうか。

きょうは、『崇神紀』の出雲の大神の祭祀の廃絶をめぐる伝承、特に丹波の国からもたらされたという託宣の内容と、記紀の出雲の国譲りの神話とを、比べる形でお話ししてきました。ひょっとすると、あくまでひょっとするとですが、崇神朝のこととされている出雲振根を攻め殺した事件が、史実としての出雲平定ないし出雲併呑であったのかもしれません。それが神話として伝承されるとなると、記紀の国譲りの物語のようになるのかもしれません。まあ、それはどうであれ、わたくしがいま日本の神話の性格・構造について考えはじめていることの、ひとつのとっかかりの部分を報告させていただきました。

自然崇拝への回帰性

　この日本の土地で思想変革の運動がどんなふうに風化作用を蒙るかを、具体的に見てみたいならば、わたしといっしょに奥身延の巡拝路をたどられてはいかがだろう。

　日蓮の仏教思想純一化の運動は、最後に甲州身延に築かれた根拠地で、次の時代のための強靭な下根《したね》を張った、といわれる。「念仏は無間の業、禅宗は天魔の所為、真言は亡国の悪法、律宗持斉等は国賊なり」と既成仏教諸宗の邪義を糺弾し、ために法難につぐ法難をみずから招き寄せた生涯の晩年、彼はここに立て籠って、弟子たちに『法華経』の一貫した組織的講義を二回以上もし、各地の信徒へ三百十一編以上の書翰を書いた。多年の諸国流伝によって不純になった仏教思想を、『法華経』によって純化帰一せねばならないとする日蓮の運動が、その没後さらにひろまっていったのは、この晩年、九年間の身延での門弟教育に負うところが大きかった。身延山久遠寺は、その仏教思想純一化運動、『法華経』弘布活動の根城だった地である。

その久遠寺に詣でた信徒たちは、さらに背後の一一四八メートルの身延山をめざす。奥の院である。（いまはケーブル＝カーがあるが、足で登った当時はこれだけでも楽なことではないだろう。）篤信の人たちの群れは、そこからさらに奥に入り、感井坊を通り、赤沢の部落を抜け、白糸の滝に出る。これは早川の一支流春気川の岸べで、富士川本流の身延からちょうど一山《ひと》、一一四八メートルまで登って降りたことになる。さて、そこから、巡拝者の群れには嶮難の一六九九メートルの七面山直登の山道が待ち受けている。またあらためて一七〇〇メートルまでまっすぐに登っていくのだから、九十九折《つづら》りの苦しみは自然に先達のお題目に和したくなる。唱えればいくらか楽になるのだ。普通の足なら、奥の院まで足で登れば、赤沢かどこかで一泊することになっていた、という。

七面山の急な登りの途中には、諸所に山の神・岩の神があって、様相が一変する。日蓮の六高弟のひとり日朗が開いた、本山直轄の厳しい修行の場である七面山は、女性の七面大明神を祀っている。日蓮の講筵にひそかに待していた龍女だ、といい、山頂の池の主でもある。途中の山の神・岩の神に小さな紙の「南無妙法蓮華経」の千本幟《のぼり》を献じては、だんだんと高く登って、頂上の大道場敬慎院に達するのだが、この山は総体山岳信仰で貫かれている。七面大明神を拝し、五メートルもの長さの敷蒲団とやはり五メートルもの長さの長い掛け蒲団にずらりと並んで寝るのだが、払暁起きて随身門《ずいじん》の前へ出る。七面大ガレといわれるガレ場の真上で待つほどに、正面の富士山の向こうから日輪が上る。春秋の彼岸の中日には、一分たがわず富士の頂上正中線を日輪は上ってくる。荘厳である。裏参道を下るには、二の池の水神を拝し、影向石《ようこう》・御神木を拝し、いたるところの岩の神・山の神を経、いくつもの宿坊を通り、早川の岸の角瀬《すみせ》に下りてこなければならない。

仏教諸宗の邪義とたたかいぬくこの宗派の法華哲学が、日本古来の日輪信仰・山岳自然信仰に、わずか一日行程の山道でどんどんと変じていく。たとえ、房州清澄山で上る日輪を拝して、『法華経』による仏教純化のための開宗の機縁をつかんだ、そのために蓮長から日蓮へと名を改めた、といわれる祖師の弟子たちの所為としても、この質的に異なる信仰への転移ぶりには驚きのほかはない。紀州高野山でも地主神の社があり、比叡山の場合など日吉《ひえ》山王や山王神道という習合神道を生んでいる。しかし、仏教内部の異端を退けることを宗旨とするこの改革派が、外なる在来の信仰とこのように深く結びつき、主体性を放棄してよいのだろうか。『法華経』八巻やその内容の展開とみるべき信仰上の表現は、どこにもなく、全山お題目を唱える山岳信仰に変じきっている。久遠寺から奥の院へ、またその奥の七面山へ。奥身延の巡拝は、日蓮から日朗、またその門弟たちへの歴史の一面を足で歩いているわけなのだが？　血で贖われた中世の仏教改革が役《えん》の行者の古代へ逆もどりしていくこの逆転が、どんな過程でどんな速度で展開したか、まだわたしは明らかにしえていないが、ぶきみ極まるもののように思う。自然と皮膚・血管の末端がどんなふうにか融合しやすくできていて、自然の力に触れればたやすく精神が浄化される傾向が強い日本人の体質、なまの自然そのままが神でありうる日本人の姿が、そこに投影しているように思える。

初発神的構想力

しかし、日本人が自然の神秘力にうたれやすい、随処に神を見出すということが、すぐに大自然の形成原理を想像する能力には結びつかないことも、同時に注目すべきだろう。山水・木石の自然崇拝は動物崇拝中心のアニミズムとも性格が異なる。アニマ（動物霊）のような動く霊力に対する畏敬と違うものである。日蓮の門弟日朗とその末流は、深山山頂の霊池や春分・秋分に富士山頂からの御来光を拝しうる地点を発見し、山の女神として龍女やその他の神々を認めたが、固有の天地創造の神話を作り出さなかった。日本の創世記の神々の想像は、単なる自然神の信仰以上のなにかでなければならないように思える。

日本の天地創造神話の構造や質、それらを生み出した原理を追求することによって、その単なる自然神の信仰以上のなにか（それとも単一なものかどうか）をつきとめてみようとする作業と併行させなければ、当面の課題である天地創造神話の再話のされ方を考えてみる仕事も、十分な成果は望みにくかろう。再話・再創造のエネルギーは、神話創作のエネルギーと質的に深くかかわりあっているからである。

それはそれとして、残されている史料に頼ると、記紀の天地創造神話を根底からくつがえすような再創造は、ほとんどない。そして、そのことは記紀の創造神話そのものがいったいなにであったかということと、微妙にかかわり合っているらしい。記紀の天地創造神話というのは単一な性格のものではないが、質の異なるそれらがそれぞれに作り出されるには、原始人の生活の中での懐疑・空想であれ、古代人の政治的必要に基く創作であれ、単なる山水・木石の神々を超えた神々、初発の神々か自然である神々を生む神の形での、超越神を考える必要があった。その超越神——天地のはじめの神ないし天地を生んだ神を必要とする心の状態がなければ、あるいは社会的要請がなければ、自然力崇拝は自然神信仰にとどまりつづけていくだろう。超越神の要求が再生産されるのでなければ、再話の試みも意欲的にはなされまい。もっとも、天地創造神話の出現を人類史の特定の歴史段階における一回的現象で、それはそれであとを絶ってしまうのだ、と考える立場に立てば、事は違ってくる。

記紀の神話は、『古事記』の叙述に即していえば、（1）アメノミナカヌシら「別天つ神《ことあま》」五神とクニノトコタチら「神世七代《かみよ》」の神統譜が語る、天地開闢期の初発の神々の説話と、（2）イザナギ・イザナミが国を生む説話との二種があり、そのふたつをさらによく見ると、それらも実はひといろのものでないことがわかる。が、この双方に共通するのは、はじめの自然を作った神を設定しない点である。「天地初めて発《ひら》けし時、高天《たかま》の原に成れる神」がアメノミナカヌシで、彼は〈なれる神〉で〈生んだ神〉ではない。イザナギ・イザナミは日本の島々を生んだけれども、「この漂へるくにを修《おさ》め理《つく》り固め成せ」と天つ神に命じられて降ってくるのだから、天に生まれた神で天を生んだ神ではない。天地創造の根源の神がなく、初めにあった神が考えられている。初発の神というのが、そういう意味しかもたないのが記紀神話の特色である。少なくとも天はできたのであって、造られたのではない。かつて、天を造った神を構想しなかった民族といえるかもしれない。

（1）の神統譜が、アメノミナカヌシやタカミムスビのような添加された抽象神と、ウマシアシカビヒコジらの自然神と、ふたつの系統の混成であること、（2）の人間神の話の方も、実はオノゴロジマを釣り上げる〈島釣り〉説話と、そこで男女神が結婚して島々を生む〈国生み〉説話の、ふたつの素姓の異なるものの合成であることは、いうまでもない。そして、それら四種の神話をささえているイデオロギーは、決して均質ではない。この四種のものをどういうところを重点に、どういうところを作り換えて、受け継いでいったかを考えてみることを、再話の歴史考察のひとつの手がかりとすることは重要だろう。

祭祀に埋没する者の無理解

九世紀に編まれた偽書『先代旧事《くじ》本紀』は、蘇我馬子らが撰録した、推古三十年（六二二）二月の成立の書を粧う点でのにせもので、内容は、九世紀の人が持ちえた史料で作ったという観点に立てば、今日の使用に耐えるものである。略して『旧事紀』と呼ばれているが、この書は、明らかに『日本書紀』に拠りながら、次のように再話している。

『旧事本紀』

古《いにしへ》、元気《はじめのいき》渾沌《まろか》れて天地《あのつち》未だ割《わか》れず、鶏卵《とりのこ》の溟涬《くくも》りて牙《きざし》を含《ふふ》めるが猶《ごと》くなりき、其の後、清気《すめるいき》は漸く登りて、薄く靡《なび》きて天《あめ》と為《な》り、浮き濁《にご》れるは重く沈み淹滞《とどぐほ》りて、地と為りき。いはゆる州壌《くにつち》浮き漂ひて開闢《わか》れしといふは、是れなり。譬へば游魚《およぐいを》の水上《みづのうへ》に浮かぶが猶《ごと》くなりき。時に天まず成りて、地後に定まる。然る後に高天《たかま》の原に化生《なりま》せる一神《かみ》の号《みな》を、天譲日天狭霧国禅月《あめゆづるひあめさぎりくにゆづるつき》国狭霧尊《くにのさぎりのみこと》と曰《まを》す。

『日本書紀』

古《いにしへ》に天地《あめつち》未だ剖《わか》れず、陰陽《めを》分れざりしとき、渾沌《まろか》れたること鶏子《とりのこ》の如くして、溟涬《ほのか》にして牙《きざし》を含《ふふ》めり。其れ清陽《すみあきらか》なるものは、薄靡《たなび》きて天《あめ》と為《な》り、重濁《おもくにご》れるものは、淹滞《つつ》ゐて地と為るに及びて、精妙《くはしくたへ》なるが合へるは搏《むらが》り易《やす》く、重く濁れるが凝りたるは竭《かたま》り難し。故《かれ》、天先づ成りて地後に定《さだま》る。然《しかう》して後に、神聖《かみ》、其の中に生《あ》れます。故《かれ》曰はく、開闢《あめつちひら》くる初《はじめ》に洲壤《くにつち》の浮《うか》れ漂へること、譬へば游魚《あそぶいを》の水上《みづのうへ》に浮けるが猶《ごと》し。時に、天地の中に一物《ひとつのもの》生れり、状葦牙《かたちあしかび》の如し。便《すなは》ち神と化為《な》る。国常立尊《くにのとこたちのみこと》と号《まう》す。

『日本書紀』の天地剖判説話が、文辞の上で中国の『准南子《えなんじ》』その他の書に負うものであることは、河村秀根の『書紀集解』などが指摘してきたとおりで、最初の神を葦牙《あしかび》のようなものからなったといいつつ、クニノトコタチとするなど、『古事記』の、「国稚《わか》く浮きし脂《あぶら》の如くして、くらげなすただよへる時、葦芽《あしかび》の如く萌え騰《あが》る物によりて成れる神の名は、宇《う》摩《ま》志《し》阿《あ》斯《し》訶《か》備《び》比《ひ》古《こ》遅《ぢの》神」とする、葦芽と神名の照応に比べて、すでに再話というべきものである。その再話する『旧事本紀』は、『書紀』の「重く濁れるものは」を「浮き濁れるは」とするなどのくふうをしている。『書紀』が天地の別ができ、地で陸がなお水上を漂っている状態を述べているので、その双方を顧慮して、「重濁」とせず「浮濁」とする。そういう合理化と同じ精神から、サギリノミコトという独特の初発の神を考えている。霧のごとくたちこめたものを最初の存在とみたのであろう。

そのあと、『古事記』の〈独《ひと》り神〉の世代から〈妹背《いもせ》神〉の世代へという構想を模して、〈独化《ひとりなりませる》神〉→〈倶生《ともになりませる》神〉→〈耦生《ならびになりませる》神〉という神々の時代を考えていく。二人一組の神、多数連立の神の時代である。そして、イザナギ・イザナミの〈島釣り〉〈国生み〉を祖述することになるが、その内容の大筋は記紀と変らない。記紀に拠りながら、なんらかの新鮮さを盛り込めようとしても、新しく持ち出した原理がないから、記紀や『書紀』の一書にいわくの条々の神々の配列替えに終始している。

同じ九世紀の『古語拾遺』（八〇七年）は、祭祀の家斎部《いんべ》氏の伝承を記述したものだが、天地創造を「ひとたび聞く。それ、開闢《あめつちひらくる》の初、伊奘諾、伊奘冉二《ふたはしらの》神、ともに夫婦《めを》となり、大八洲国および山川草木を生み、次に日《の》神、月《の》神を生み、最後《はて》に素戔嗚《の》尊を生む、と」というふうに簡略にかたづけてしまっている。十世紀の『延喜式』に収められている祝詞《のりと》、寿詞《よごと》の群れの中でも、「神《かむ》伊佐奈伎・伊佐奈美の命《みこと》、妹妖二柱《いもせふたはしら》嫁継《とつ》ぎたまひて、国の八十《やそ》国・島の八十島を生みたまひ、八百万《やほよろづ》の神等《たち》を生みたまひて、まな弟子《おとこ》に火結《ほむすび》の神を生みたまひて、みほと焼かえて石隠《いは》りまして」と「鎮火《ほしづめ》の祭」の祝詞に火の神の系図を述べるほかは、創世神話に言及する箇所がない。

国生みのイザナギ・イザナミを除いて、天地創造の神々は、各地の神社に祭られている神々ではない。祭られざる神々の神話であるところに、この記紀の神話の特性がある。『旧事本紀』が天地初発の神を捏造してもかまわず、神統譜を勝手に組み替えることができたのも、その点と関係があろう。

『古事記』の創世神話の（1）のうちのアメノミナカヌシやタカミムスビ・カミムスビやアメノトコタチ・クニノトコタチのような抽象神は、大和朝廷の天武朝以来の国史編修の過程で、各地の氏族のどの神よりも明らかに優越的地位に立ちうる高次の神として作意的に引き出されてきたものだから、たとえば、生産《むすび》の力の最高の象徴たるタカミムスビは、実は高木の神という一樹木神の別名だとされるような矛盾を含んでいる。しかし、最初の神を角《つの》ぐむ葦の芽の神格化ウマシアシカビヒコジとし、トヨクモノ・ウヒジニ・スヒジニ・イクグイ・タルグイからオモダル・アヤカシコネにまで展開していく神統譜には、「角ぐむ葦の芽が頭をもたげた。とろとろの状態の広いところに、一つ二つと泥土地帯が姿を現わし、杭が打たれて、排水がなり、大地はみごとに完成した。おお、尊いかぎり。壮大な大地の誕生よ」という原始の眼による創世期の想像が籠っている。(小稿「幻想——原始的想像力のゆくえ」、『火山列島の思想』所収、参照)大地の完成の状況を「面足《おもだ》る」の神が生まれたといい、それに対する「あや、かしこ(あな、尊と)」の讃嘆の声をも、次にアヤカシコネの神が生まれたと語るような、祭式・儀礼をいつかはみ出してしまった神話的想像も一方にはあり、それは単なる支配的契機から作り出された想像とは思えない、ゆたかな芸術性をはらんでいる。それらが祭式・儀礼と結びつきがないために容赦なく無視されていくのが、古代末・中世初期の再話の状況である。

『神道五部書』と呼ばれる伊勢神道の書は十三世紀後半に成立したらしいが、(久保田収『中世神道の研究』)その内の『豊受皇太神宮御鎮座本紀』では、「天地初めて発《ひら》けし時、大海の中一《ひとつ》の物ありて、浮けり。形、葦芽《あしかび》の如し。其の中に神人化生す。名づけて天御《の》中主神といふ。故《かれ》、豊葦原の中つ国といふ」というふうに『古事記』の創世神話の秩序を無神経に混乱させており、『倭姫世記』では、「天地開闢《わかれひらくる》の初、神宝日出の時、御饌都《みけつ》神と大日孁貴《おおひるめむち》と豫《か》ねて幽契《ふかきちぎり》を結び、永く天の下を治《しろしめ》し、言寿《ことほ》ぎ宣《のたま》ふ」というふうに、自家の祭祀に関係ないために記紀の天地創造説話を全くネグレクトして、代りに、「神宝日出」ということ、白分たちの与《あずか》っている外宮の神ミケツ(豊受大神）と内宮のオオヒルメムチ（天照大神）の提携という話をひねり出している。伊勢の祭祀権力の内部に安住し、思想的緊張を要しない中世初期の神道のリーダーは、天地創造説話を重視していない。それは日常的祭祀に埋没するかぎり、少しも重要でないからであろう。どんな形にせよ、天地創造をくわしく語ろうとすることは、思想の原理を語ることになるが、彼らにはその必要性がほとんどなかった。

理の探索

北畠親房は伊勢神道の流れを汲む立場にあった、と見られている。（西田長男『神道史の研究第二』）しかし、親房の『神皇正統記』は、前代、中世初期の伊勢神道書と違っている。

夫天地来《それあめつちいまだ》レ分《わかれ》ザリシ時、混沌トシテ、マロガレルコト鶏子《とりこ》ノ如シ。クヽモリテ牙《キザシ》ヲフクメリキ。コレ陰陽ノ元初未分ノ一気也。其気始《はじめ》テワカレテキヨクアキラカナルハ、タナビキテ天ト成リ、ヲモクニゴレルハツヾヰテ地トナル。其中ヨリ一物《ひとつのもの》出《いで》タリ。カタチ葦芽《あしかび》ノ如シ。即化《すなはちけ》シテ神トナリヌ。国常立尊《くにのとこたちのみこと》ト申《まをす》。又ハ天ノ御中主ノ神トモ号シ奉ツル。此神ニ木・火・土・金《ごん》・水ノ五行《ぎやう》ノ徳マシマス。先水徳ノ神ニアラハレ給ヲ国狭槌尊《くにのきつちの》ト云《いふ》。次ニ火徳ノ神ヲ豊斟尊《とよくむぬの》ト云。天ノ道ヒトリナス。ユヘニ純男ニテマシマス。次《つぎに》木徳ノ神ヲ泥土瓊尊《うひぢにの》・沙土瓊尊《すひぢにの》ト云。次金《つぎにこん》徳ノ神ヲ大戸之道尊《おほとのぢの》・大苫辺尊《おほとまべの》ト云。次ニ土徳ノ神ヲ面足尊《おもたるの》・惶根尊《かしこねの》ト云。天地ノ道相交《まじはり》テ、各陰陽ノカタチアリ。シカレドソノフルマイナシト云リ。此諸神《もろもろの》実《まこと》ニハ国常立ノ一神《ひとはしら》ニマシマスナルベシ。

親房は一方に仏教思想、一方に陰陽思想という手ごわい外来の思想体系を知っており、単に知っているばかりでなく、それらを包摂し、それらに優越する「大日本《おほやまと》者《は》神国《かみのくに》也」という神国思想を確立する必要に迫られていた。神国という歴史思想を、「同《おなじ》世界ノ中ナレバ、天地開闢ノ初ハイヅクモカハルベキナラネド」という合理主義を媒介させつつ、「カハルベキナラネド、三国ノ説各《おのおの》コトナリ」と天竺・震旦に対して区別し、「神代ヨリ正理ニテウケ伝ヘルイハレ」として展開しようとすれば、そういうくふうを要した。陰陽五行の説によりかかりつつ、陰陽二元論を超える陰陽五行一元の初発神を説く。『日本書紀』の叙述に基きつつ、そのはらむ理をふくめて再話していくのである。

天竺・震旦の思想体系に対決する姿勢で国体明徴を説くことは、実は武家政権に対して南朝政権の正統性を主張するイデオロギーのたたかいであった。常陸の小田城に籠って、外来の思想体系とわたりあい、それらをも包摂しようとする内面操作をしつつ、足利方との外面のたたかい思想の武器を磨《と》いでいく姿が、そこにうかがえる。天地開闢から思想的に南朝天皇政権の正統性を解明していかねばならない。親房のそういう思想的危機感が、創世神話を見直させたのだ、と考えられる。彼はこのあとイザナギ・イザナミの国生みをも説く。しかし、「スベテ是ヲ大八洲《おほやしま》ト云也。此外アマタノ嶋ヲ生《うみ》給。彼ニ海山ノ神、木ノヲヤ、草ノヲヤマデ悉《ことごとく》ウミマシテケリ。何レモ神ニマセバ、生給ヘル神ノ洲ヲモ山ヲモツクリ給ヘルカ。ハタ洲《しま》山ヲ生給ニ神ノアラハレマシケルカ、神世ノワザナレバ、マコトニ難レ測《はかりがたし》」と付言する。親房の合理主義は、五行一元の理で最初に乗りきっても、国生みでつまずかざるをえない。そこに矛盾が包蔵されている。

つけたり

両部神道・吉田神道・唯一神道など中・近世の神道家が天地開闢説話をどう扱ったかを問題にする余裕を失なったが、包括的にいえば、彼らには本格的なたたかいがなかった。したがって、『書紀』の陰陽未分の状態の叙述やイザナキ・イザナミを陰陽両極と見立てうることなどに頼っての、解釈・再解釈を反覆しつづけていたにすぎない。

そこへ本居宣長が出てきた。本居学は『書紀』を捨て、仏教的・陰陽五行思想的・宋学の理気説的いっさいの付会を排した。『古事記』に沿い、その書かれたままを読もうとした。外来思想と対決して、民族固有の思想をそこに掘りあてようとする『古事記伝』は、同時に、いまはそれを踏襲することが正統となった『古事記』の本居読みを創造した。本居読みが一種の美しい再話であり、文学としての神話への通路啓開であったことも、いまは省略しよう。本居の再話をささえるものは、受容ではなく、発掘であり、樹立の緊張、争闘の意欲であろう。本居読みの天地創造説話は、アメノミナカヌシ説話や島釣り・国生み説話の部分が、原始的自然観・日本的世界観への思想解放の役を買った。

しかし、それはその後の国家の展開、倒幕革命運動の進展の中で、ごく副次的なものになっていく。その時、大和の百姓女中山ミキにクニノサツチ・オモダル・アヤカシコネなどの名をもつ、天理王の命が天下った。これまでほとんど邪魔もの扱いしかされなかった、ウヒジニ・スヒジニ・イクグイ・タルグイの神らの大地生成説話が、ふしぎなエネルギーを噴き出したのである。だが、幕末にミキに天下った天理王がミキの身体を社として活躍しながら、『泥海古記』の新しい創世神話の創造に乗り出したのは、明治十年代であった。神に自身がならなければ、天地創造を語る必要が生じない。しかも、ひとつの体系ある思想を作り上げようとしなければ、創世記を作る必要がない。そのことが原始に神を見、神となり、思想の体系をつむぎ出そうとした古い天地創造説話の生み手たちについて考えさせるが、それも後日を期そう。

付記　ここでは記紀批判を略した。したがって、権力がつむぎ出す神話体系の中での天地創造説話の必要性の問題には触れえなかった。

第三章　秘儀の島——神話づくりの実態

神の島の幻想

渡中《わたなか》の神である沖の島は、崇高な厳島《いちきしま》（市寸島比売《いちきしまひめ》・市杵島姫《いちきしま》）とそれを取り巻く激浪の奔騰（たぎち）（多岐都《たぎつ》比売・湍津《たぎつ》姫）、それをさらに包み込んでいる雲霧《たきり》[1]（多紀理毘売《たきりびめ》・田心《たこり》姫）、という遠望のイメージ全体が神格化されていた。三位一体のイチキシマ・タギツ・タキリの三女神——島を包む洋上の霧も、四囲を嚙む波浪も、島の本体そのものが、神の生ける顕現の姿として受け取られるところに、海の女神の呪的・詩的原像がある。女神たちに対する命名法と、三位一体の構成法が、その太古の想像の原型を端的に語ってくれる。

朝鮮をめざして玄海灘を乗り切ろうとする、荒くれの太古の船びとたちは、その近づきがたい航路の神の荒ぶる姿に、女性のセックスを感じとっていた。イチキシマヒメ・タギツヒメ、そしてタキリビメ——三態の群れる姉妹神たち。彼らにとって、女性とは、そういう荒ぶる人々であったらしい。船びとたちの洋上での想像に大きな限定力として作用するほど、日ごろ、神がかった巫女たちから感じ取っていた女性の感覚は、強烈なものであり、その印象が、男たちのこの共有の想像の形成に、働きかけずにはおかなかったのだろう。男性シャーマンのイメージは、そこには登場してこない。荒々しく神々《こうごう》しいがゆえに、沖の島は女神でなければならなかった。その渡洋の船上には、『魏志・倭人伝』にいう〈持衰《じさい》〉の男が、のちの『北野天神縁起』の描くような姿で、忌みをつづけていたはずである。島の神は、その眼の前で忌み籠りつづけている男性――神を祀る者のセックスともかかわりなく、女であった。

宗像《むなかた》の三女神信仰が、その三位一体の具体的イメージから遠ざかったのは、意外に早かったらしい。浩瀚な『宗像神社史』二巻（宗像神社復興期成会編、一九六一、六六年）が、過去の宗像神社の祭神観の歴史的変遷を綿密に精査した後で、

沖津宮　田心姫
中津宮　湍津姫
辺津宮　市杵島姫

という結論を打ち出しているように、沖の島と筑前大島の中つ宮と、陸《おか》の田島の辺つ宮の三箇所の宮居に、それぞれ一柱ずつの女神を配祀する考えは、有力なものである。記紀にすでに見えている。しかし、明治政府の全国の神社の祭神についての決定版といわれる、『特選神名牒』（内務省蔵版）が、次のようになっているのは、三位一体観もまた強力であったことを示している。

宗像辺津宮の祭神中坐は田心姫左は湍津姫命右は市杵崎(ママ)姫命中津宮の祭神は中殿に湍津姫命左殿に田心姫命右殿に市杵島姫命奥津宮の祭神は第一中位田心姫命第二右位湍津姫命第三左位市杵島姫命にして田島大島沖島三所とも三神を一社に合せ祭りて各其社の主とする所を中坐に崇め奉る。

（一九二四年活版本）

おもしろいのは、この一処一神の見方にせよ、一処三神の見方にせよ、後世の考え方は、島そのものが神であるはずの沖の島に、斎《いつ》きの島の神格化であるイチキシマヒメを宛てることから、ずっと遠のいたことである。『日本書紀』の一書の伝承に見える、「……市杵島姫命と号《なづ》く。是《こ》は遠瀛《おきつみや》に居《ま》します者《かみ》なり」や、別の一書の伝承にある、「……瀛津《おきつ》島姫命、亦《また》の名は市杵島姫命」という考え方は、もう問題にしなくなっている。その島に上陸して、足もとの地面そのものを、踏みつけながら祭るということには、とまどうのだろう。沖の島が洋上の渡中の神であり、航海者が海上から斎く神であるかぎり、島が神の本体であってもとまどう必要はなかろうが、上陸し、祭の庭を設けて、神を招《お》ぎ降ろそうとすれば、地面そのも

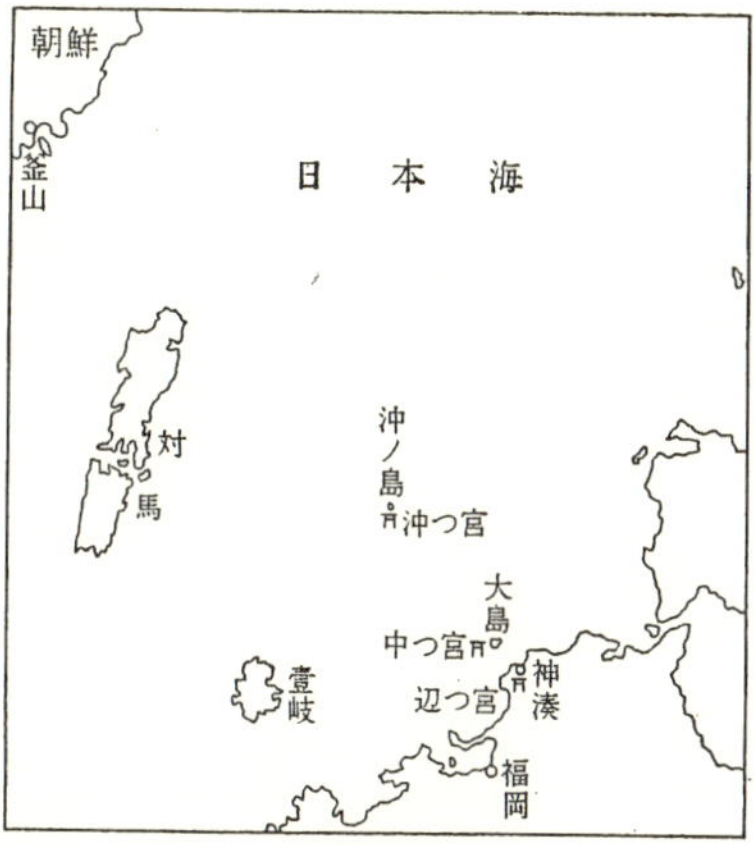

朝鮮・九州・本州関係図

のではない、別の名の神がほしいのもむりはない。

斎《いっ》かれる島から斎きの場としての島へ、沖の島の信仰は大きく変化した段階があるらしい。沖の島は、まず斎く島であった。同じ三女神を一処に遷し祀っている安芸の厳島は、周知のように、社殿がわざわざ海上に浮かべてあるが、海路の神は海上から祀るのが当然であろう。沖の島信仰の第一段階では、航行船上で島斎きを実修することの中心となりうる者が、司祭であったろう。もし、陸にあって、そういう船ごとの司祭を束《たば》ねる者があったとしても、それも航海技術者でなければなるまい。斎くことも航海技術であり、人々は、霧に包まれている島をめざして船を走らせ、波頭の噛みつく島辺に近づき、神聖な島を拝すると、進路を取り直しただろう。船を操る労働=信仰体験の具体的証言《あかし》として、三女神の名は、呪的・詩的想像をはらんだまま残されている。想像力の化石といってもよい。

お言わず様

わたしは、本州西端の朝鮮航路の起点、下関で生まれ、育ったので、幼い頃から、父に、玄海のオイワズサマのことは、くりかえし聞かされていた。沖の島には、たとえ、荒化《しけ》で上陸するようなことがあっても、そこで見たことはいっさい帰ってきて口外してはならない。オイワズサマという神さまがおられるからだ。……わたしが成長して、漁師か船乗りになりえていたら、それは相当に役立つことであったろうに……。

もし、この島が神であり、洋上から拝するだけの自然の島であるならば、『日本書紀』の一書に曰わくの、「今、海の北の道の中に在《ま》す。号《なづ》けて道主貴《ちぬしのむち》と曰《まう》す」の伝のように、道中の神として、手向け、拝して行くだけで、言わずのタブーは必要ではない。上陸するなのタブー(2)、島の樹木巌石をそこなうなのタブーで事足りる。それに対して、言わずのタブー、島の物を持ち出すなのタブーがより重視されてきた背後には、見てはならないもの、盗ってはならないものがそこにあること、そういうタブーを維持しようとする力が働きつづけてきたことを予想させる。島ではなにかがなされていた。それを示すなにかが、見うるものとして置かれていたのだ――秘儀?

洋上通過者の自然な崇敬とどこか異る、島に上って秘儀を執行する者の側からの、それは一種の強制ではないか。一九五四年になって、そのことがそうであったと、明るみに出るのだが、いっさいを口外するなの秘儀の島の思想は、神そのものとしての島の思想とは、大きなずれがある。

祭祀そのものを自己目的として、沖の島へ漕ぎ寄せ、事果てて陸へもどる。さらに、より近い中間の島大島に辺つ宮を設ける、それを中つ宮として、陸に第二の辺つ宮を造ってしまう。元来は、沖の島の第一遥拝所・第二遥拝所であるべき、それらの社の独立性が意識されだすと、現在の大島のように、中つ宮以外に、沖の島側の岸にもうひとつの沖つ宮遥拝所まで建てている。こういう祭祀の歴史的展開の軌跡は、すべて陸上を起点とする意識に貫かれてはいないか。そこには、島を大陸への「道の中《なか》」の神として捉えるのとはちがう地理感覚をもつ、陸の者の影が投影している――第二次の司祭者。

朝鮮へと、島へと、沖の島をめぐるこの二つの地理感覚の相違を、わたしは見逃したくない。田島→大島→沖の島という第二のコースは、そこからさらに進んで大陸をめざすのではない。開かれた道ではない。宗像の地にどっかりと腰をすえた者の用いる、田島⇅大島⇅沖の島という閉じられた海の道で、航海者だれもが辿る道ではないのではないか。「私は宗像社家の末裔に連なる者として、神縁深く、当社に奉仕すること前後三十余年、その間沖津宮に奉仕のため同島に渡り、跪拝すること数十百回にも及ぶであろうか」(『沖ノ島　宗像神社沖津宮祭祀遺跡』宗像辰美宮司序文)と、その特定の往来者はいう(3)。

日本⇅朝鮮の開かれた海の道、多数者の往来する海路は、瀬戸内⇅沖の島⇅対馬⇅朝鮮半島という、本州と朝鮮を結ぶ第一のコースと、九州と朝鮮を結ぶもうひとつの航路、筑前⇅壱岐⇅対馬⇅朝鮮のメイン・ルートとがあるが、九州にあって、しかも、この第一のコースとも、第二のコースともはずれた、その中間の、渡洋航路とかかわりないところに位置しているのが、田島の辺つ宮宗像神社であり、それを祀っていたのが、古代の宗像の君一族ということになる。辺つ宮から大島・沖の島へ出かける港を神湊《こうのみなと》というが、神湊はいつの時代にも朝鮮への基地ではなかったように思う。祀るために祀るということと、海を渡ろうとして祀るということとは、どうもうまく重なってくれない。むしろ、沖の島は、瀬戸内からきて沖を通過する者と、宗像の地にあって祀りに出かけてくる者と、二種類の人間に敬われて、神の島でありつづけたのではないか。どうも二つの顔をもっている。

秘儀の巌《いわ》むら

沖の島の内部はどうなっているか。だれも知らなかった。あるいは、だれも言わなかった。この秘境に探索の眼を注ごうとした学者は、一九五四（昭和二九）年の第一回発掘調査までは、一八八八（明治二一年）に上陸して、島内を歩き回った太宰府天満宮の神官江藤正澄、一九三二・三三（昭和七・八）年の両度の九州帝大農学部の沖ノ島学術調査隊、一九三四（昭和九）年の宗像高等女学校の教師田中幸夫、一九三六（昭和一一）年の国学院大学生豊元国にすぎない（『宗像神社史』）。田中・豊の両氏は考古学的関心から赴いたもので、沖つ宮の傍にある岩窟御金蔵に収められた祭祀遺物を見て、それについての学術的報告をした開拓者的功績は大きいが、そこから奥へ踏み込むことはできなかった。そのまえの九大の調査は、島の動植物・地質を対象としたもので、島の信仰上の遺跡については口外しなかった。外部から入り込んだけれども、神官という同職の関係から、宗像神社の神官の案内を受け、自由に秘境内部を目撃したらしいのは、明治の江藤氏であるが、紀行文をものし、その中で、社頭の空堀で発見した少数の遺物について報告することをしたが、森の内部のことには触れていない。言わずのタブーを破らなかった。

　タブーを破った話もある。貝原益軒の『筑前国続諸社縁起』に書いてある、黒田長政がタブーを恐れぬキリシタンを使って、島の神宝を持ち出した、という話。キリシタン大名らしい話だが、結末は神威恐るべし、侵すべからずというところへ落ち着く。

　長政公御入国のみぎり、澳津《おきつ》宮神宝の事聞召《きこしめし》及ばれ、御覧可レ被レ成との御意候へども、神職もつねの者も神威に恐れ、御ことわり申上候ゆゑ、しからば耶蘇は神を恐れぬ者なればとて、其ころまで博多に有レ之候切支丹寺の者に仰て御取寄なされ候、扨《さて》御覧の後、色々の神器共御やぐらに入れおかれ候へば頻《しきり》に鳴動し、をり〳〵光物など飛出候ゆゑ、かやうに神慮にをしみ給ふ物ならば返納さるべきとて又耶蘇持渡り、本のごとく納め置候へと仰付られけれども、後者どもにも何ぞ甚しき御祟ありけるにや、国主の仰なれば一度は相勤候、もはや此上は御免被レ遊候へと頻に御ことわり申上るにより、時の神職四郎右衛門を召寄られ、神器を御渡し本の如く返納仰付られ候、其後四郎右衛門存候は、とかく神宝あらはに有レ之ゆゑにかやうのあさましきことも出来る也、所詮島のうちへさへ納め候へば皆神物なりと了簡し、何がしとかや申谷に埋みたるよし申伝へ侍る、金の機物其余女工の具皆金にて候由、四郎右衛門何と仕候や、右神器うづみたる所を子どもにも不二申聞一ゆゑ、今において其所しれ不レ申候

話は、内容から見て、どうも宗像の社家側の伝承らしい。神主四郎右衛門がどう処置したという後日譚が大きい比重をもっていること、話の前段も、結局は、神威の尊さ、タブーの不可侵性が強調される結果になっているからである。その史実としての信憑性はいま確めようもないが、神宝が島で露出放置されていることが領主を刺激した、と四郎右衛門が考えたという、放置が確かな事実であることは、のちにわかってくる。それが言わずのタブーにかかわることであった。いまも広島県で考古学研究に没頭している豊氏は、沖の島へ眼をつけて飛び込んでいった青年の日に、敏感に、益軒が四郎右衛門が神宝を埋めたと書いている、「何がしとかや申谷」について、考えめぐらし、筑前大島の老人から聞いた話をもとにして、次のように推論している。

……私の大島滞在中に特に興味深く感じた一古老の説話がある。同老人は当時（昭和十二年）既に八十余歳であり、青年時代から漁業に従事して一年間の殆んど全てを此島〔沖の島〕で過して居り従つて本島に関することは仔細に亙つて知見してゐるとのことであつたが、この説話中沖津宮の後方から端を発して蜒々《ゑんゑん》長蛇の如く二列の大小巨岩が本島頂上を廻つて居り、この谷を俗に黄金の谷と称する由である。而してこの谷に一度足を入れると彼の老人でさへも遂には入口を見失つて仲々容易なことでは脱出し得ないと云はれ、島の漁師は神慮を恐れてこの谷には足を踏み入れぬと云ふ。これを俗に黄金の谷と称する所以《ゆゑん》は老人の話によると昔海賊がこの谷に黄金を埋蔵したからであると云ふが、若《も》し貝原益軒の筑前国続諸社縁起に見る記事が事実に基いて伝へられたものとすれば、この説話もこれに関聯して漸く形を変へて語られるに至つたものではあるまいか。この谷を構成する大小幾多の巨岩の存在は沖津宮の背後に巍然《ぎぜん》として聳ゆる三大巨岩と共に規模の雄大なる磐座、磐境の存在を推考し得るものとして特に注目すべき説話である。

（豊元国「官幣大社宗像神社沖津宮境内御金蔵発見の金属製遺品に就いて」『考古学』一一の三、一九四〇年三月）の註。

豊氏の推定は、当時の遺物中心の考古学的研究を一歩はみ出して、沖の島祭祀の中心を巨岩地帯と推定し、その信仰の形態として、巨岩に天降る神の崇拝を考えるところにまで達している。これは、氏の論文の本文で展開されていることではなく、註という付帯部分に添えられたことにすぎないけれども、現地を踏んだ者の鋭い直観が看破したものとして大きな価値をもっており、後年、その推定を裏づけるものが出てくることになる。

ところで、宗像の社家は沖の島へ来てなにをするのか。言わずの秘儀が厳修されるのではあるまいか。

『宗像神社史』は、意外に率直にその詳細を公開してくれた。わたしにとっては、いま極めて重要な部分であるから、残らず掲げることにする。社史に書かれざる事項があるのではないか、と一応は理屈の上で疑うこともできそうであるが、社史は、あの一九五四年以降の島の祭祀遺跡のはじめての、しかも大々的な発掘調査と、その報告『沖ノ島』『続沖ノ島』の公刊後に書かれており、いっさいの秘密のヴェールを学問の前で脱いでなされた事業であるから、疑いの余地がない。


沖津宮に渡海し、そこで祭祀を営む状況についていへば、慶応四年（一八六八）沖津宮大宮司書上の瀛津宮《おきつ》由緒書によると、先づ大島を出発するに当つては、毎朝禊《みそぎ》をし、身心の潔斎を行ふ。また船出の吉凶を神占に問うてみる。その方法は、船出する時期、海の真中の模様、沖ノ島に著く時の安否の三つを占ふのである。即ち出る時と真中とは心の如くならずとも、著の程よければ船を出す。また出と中とが吉でも、著が凶なれば船を出さないとされてゐる。大島の海人等は、沖ノ島と大島との真中を『神中』といひ、ここで手向けの幣を海中の神に奉り、航海の安全を祈つたのである。沖ノ島に著船すると、神主は断崖の下なる磯に仮屋を造り、そこに忌籠《いみこもり》する。七日の間は、潮にみそぎをし、その間は山の中に入ることをしない。七日に当る日、岸に近い末社正三位社に参り、八日目に初めて山腹なる大神の宮（沖津宮）に参り、祭礼を奉仕するのである。

祭が終つて島を離れるまで、在島中、毎朝海水を浴びて正三位社に参ること、平日と変りがない。祭以外には大神の宮に常に参ることをしないのは、神威を恐れ慎むためであつた。在島中は不浄なことをせず、忌詞を使つたことは、第六項に述べる通りである。

さらに、渡海の上、祭礼・神供に仕へることの細かなことについて、宗像神社縁起附録奥津島の条、筑前国続風土記 十六、宗像郡上 及び青柳種信の防人日記等にくはしく見えてゐる。以下それ等によつてその概要を述べよう。

例祭は前述の如く四月・十月の両度であるが、その日は渡海の都合によつて一定してゐない。著島後、七日間潔斎、八日目に祭祀を行ふを例としたことは先に述べた通りであるが、神饌に供へる魚の釣れないときは、釣れた日に祭る。神饌は一神に各三膳、三神で総べて九膳を供へる。進供した神饌は、次回の祭礼のときまでそのまま供へて置く。次回にその神饌の黴《か》びた色の具合によつて、その身、その年の吉凶を占ふのである。これを『試《タメシ》』といつてゐる。進供の九膳を天子・将軍・国君・大臣・国老・国の大夫・社司・産子それぞれに充てて吉凶を見るのであつて、その神饌に変ることが無いときは災異なしとする。若《も》しも御饌が『黒き毛おひて、かぶろの髪の如く、小児の黒髪のうるはしく、生ととのふるが如く、或海藻の如く、或黒く腐て、手にとれば忽《たちまち》くだけ消え』るが如き場合は、その人の身に変異あることを示すものであるとされてゐる。

また明治三年(一八七〇)沖津宮下行米内訳書によると、大祭には、先づ神灯を献備し、次に御祈、次に神饌を献備する。この神饌を特に『陶器神饌』といひ、これに変事あるときは、藩主に注進すれば、直ちに一七ヶ日の御祈を奉仕せしめられたといふ。その神饌は次の通りである。

〔左〕第二湍津《たぎつ》姫尊　公卿　一膳
大臣　一膳
天子　一膳

〔中央〕第一田心《たごり》姫尊　皇子　一膳
天子　一膳
禁中　一膳

〔右〕第三市杵島《いちきしま》姫尊　当藩中　一膳
当藩知事　一膳
当国中　一膳

この神饌献供の充て方は、すでに述べた中津宮のそれに倣つたものといへよう。この外、七十五末社にも神饌十五膳が献備されてゐる。

島にやってきても、一週間も磯の仮屋で忌み籠りをする。その上で、はじめて沖つ宮へ詣でるが、それからも、祭の日以外は宮へ参ることを避け、末社の正三位社に詣でることで替える。それほどに恐れ慎んで、さて沖つ宮で行なうのは、神燈献備・御祈・神饌進供だけであるという。同時に神饌を供える末社群も、すべて社より磯寄りに分布している。「黄金《こがね》の谷」には入っていかないのだ。

神道はふしぎな信仰形態をもっている。ないしは、ふしぎな信仰形態推移の歴史をもっている。一般的に知られているように、それは恐れ慎みの信仰、忌み籠りの信仰であるが、信仰の対象たる神は常在しない。祭りの季節にだけ訪れる。これが第一の特徴。その神の性格は、ごく初期には明確であっても、祀りつづけるうちに忘れられていく。祀りつづけるうちに神の個性がますます明確になっていくのではなく、神よりも祀り手の清浄と慎みごころの方に重点が置かれるようになる。神が稀薄化し、潔《きよ》まわり・物忌みという、こちら側の主体の態度だけが問題になる。神を忘れ(4)、感性的体験だけが残っていく。これが第二の特徴(「火山列島の思想」『火山列島の思想』所収)。しかも、一般の祀り手が忌みに籠っていて、神がかる者が代表としてひとり祭りの庭の密室で神と交わる。代表者性、ないし代理者性。これが第三の特徴(「廃王伝説」同前)。しかも、時代とともに神がかる司祭者が政治的支配者に昇華していき、神がかりもまた弱まる。民間信仰にやや形を変えて残っていく神がかりに対して、神社信仰の方は、ほとんどそれを喪失することになる。祭行事だけになって、なかみとしての神との交渉が稀薄化する。沖の島まで風波を凌いで祀りに出かけた神主が、厳重きわまる潔斎によって行なうものは、意外に充実した内容をもたない。しかし、当人は、「渡海の度に身を滌《すす》ぎ、心を清めて宮前に額《ぬか》づけば、神威霊徳に打たれ、常に自らわななき畏むの情を禁じ得ない」(『沖ノ島』宗像辰美宮司序文)というふうに十分酬いられた感じを抱いている。

こうした日本人の信仰の全体的性格に、もうひとつ加えておく必要があるのは、あとすざりして、祀る、という性格であろう。祭りの聖地を神聖視するあまりに、本来そこに立ち入って祭祀を行なっていたのに、しだいにそこから遠のく。一般的に、山宮に対して里宮を作る、というのも、祭祀の便宜ということだけではなく、入《い》らずのタブーを作り、平日の立ち入りを禁じている聖地に、祭りの季節にも立ち入らなくなる現象から生じる。沖の島から大島へ、大島から田島へ、という遥拝所の後退は、便宜とこのあとすざりの複合ではなかろうか。沖の島という聖地の設定がもつ意味については、少しあとで考えることにして、沖の島そのものについてみても、その、入らず、あとすざり、という祭祀上の現象を考えてよいように思う。「島は東西約一粁、南北約半粁、周りは約四粁の大きさである。波止場となっている所は島の南端で、ここがただ一つの舟がかりの場所である。波止場より南東一粁の距離には、小屋島《こやじま》・御門《みかど》柱の岩礁がある。島に入る小舟はこの岩礁の間を通って波止場に入る。御門柱は二つの岩礁で、北なるは天狗岩《てんぐいわ》といわれている」（『沖ノ島』）。どうしても通らねばならない必要もない岩礁を、神の門と見立てて、ここを通り抜けて島に船を寄せる習慣もおもしろいが、問題は島の聖地の位置・構造ではないか、と思う。「島の長軸（東北―西南）にあって、脊梁をなす山並みがある。そのほぼ中央に一ノ岳と呼ばれる海抜二四三・一米の山頂がある。島の最高所で風あたりは強いが、四周の展望がよくきき、ここに沖ノ島灯台が建っている。一ノ岳に連続して東北に向って二ノ岳（二二〇米）、三ノ岳（二一〇米）、白岳（一八〇米）が連っている。これらの峰の南側は露出する灰白色の岩壁が屹立している」（同）。そういう地形の島で、島全体が神の島として見られていながら、一の岳を神の本体とはしないのである。二の岳・三の岳についても同様で、山が、神、もしくは神の座《くら》、ひもろぎ（神籬）と考えられた形跡はない。「樹木は常緑樹の原生林が頂上まで密生している。北及び西南方は複雑な地形で谷を作り、狭いながらも平地を作っている。しかし、海岸は殆んど連続した絶壁で、青く澄んだ海水に深く没し、海蝕洞窟などの奇景もある」。しかし、洞窟の中が神の宮居とはならなかった。この島に祀るために上陸した人々は、谷を選んだ。

「島の地質に関しては、昭和七年鳥山武雄氏の実地踏査があり、その概報によれば、島の南斜面の下部は中世代の粘板岩で、長門・対馬・朝鮮に分布するものと同時代のものらしいといわれる。海岸の波止場附近では、粘板岩の層理を断崖にみることが出来る。その他の大部分の岩石は、石英玢岩《ひんがん》と名付くべき新しい噴出岩で、島の高所の岩質はこれであるという。また、斜面地や海岸に、石英玢岩の巨塊が散在し累積しているが、遺跡に重要な関係のある岩もこの転石である。その形が大きい上に、多面体をなして据《すわ》りの下面が広くなく、殆んど地表面から岩壁が斜に挺出する状態にあり、岩蔭を作っている」。——そういう大きな転石の谷のひとつが、そのかみの祭りの庭、聖地であった。雄大なる磐座《いわくら》の存在を予見した、若き日の豊氏の推定は的確であった。「所謂《いわゆる》岩蔭遺跡というものが、沖ノ島の祭祀遺跡の大部分をなしている。こういう自然の条件は、この沖ノ島に祭祀遺跡を生んだ二義的

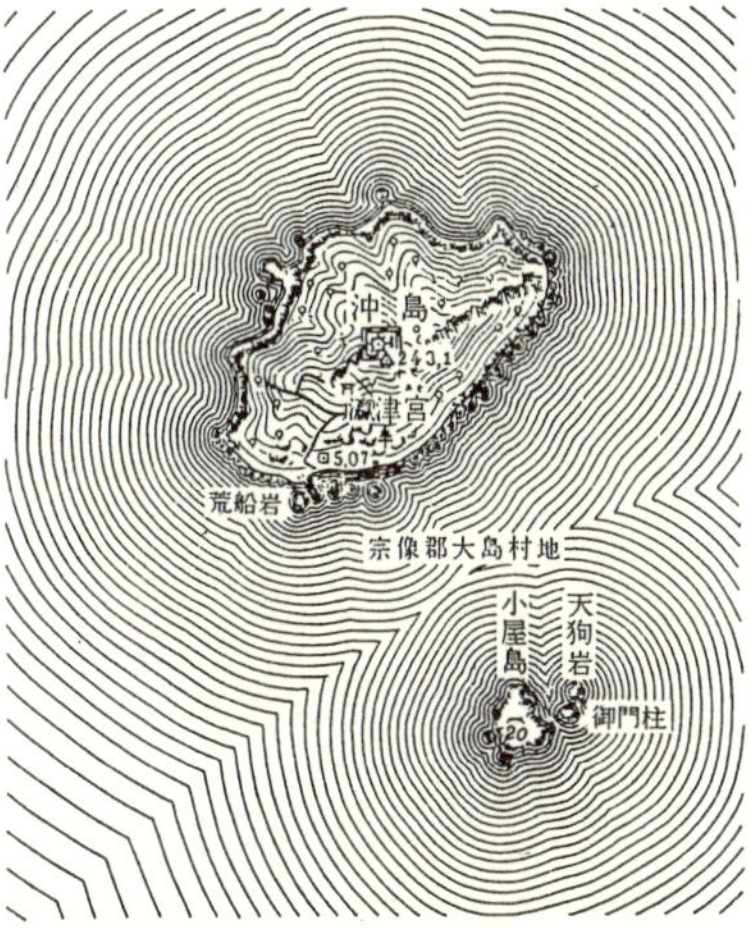

沖の島地形図（50000 分の 1）

な要素であるかもしれないが、自然条件として閑却し得ない所である」と、報告書『沖ノ島』で鏡山猛はいっている。鏡山氏が、周到に、「二義的な要素であるかもしれないが」と考えているのに感服する。巨岩を祀るために沖の島が神聖視されたのではなかろう。祀らねばならない、という前提があって、巨岩が選ばれたのであろう。

「沖津宮の社殿は三つの巨岩に取巻かれている。南側の巨岩の裾には三号遺跡があり、北側の巨石の下には御金蔵すなわち四号遺跡がある」（同）というように、沖つ宮はそうした巨岩の転石を祭り場とするところに発祥があり、しかも、その背後の転石のむれの最先端にある。一九五四年の最初の本格的考古学的調査は、めざましい勢いで巨大な民族製油資本を築き上げた、宗像郡出身の企業家出光佐三《いでみつさぞう》の後援で、彼を会長とする宗像神社復興期成会が主催して行なわれたが、調査団はこの沖つ宮の背後の谷に入り、巨岩の巌《いわ》むらの中の諸処に驚くべき大祭祀遺跡群を発見した。谷の巌むらが聖地であり、祀り手は、その聖地を入らずの地として、最前縁まであとずざりしていたのだ。宗像の神主たちは、この谷のことを知っていた。岩蔭に置きざらしになっている漢式鏡や玉のことも。「綜合的学術的調査によって、その全貌は漸次闡明《せんめい》せられ来った。尤《もっと》も文献により、また実際の見聞により、同島に多くの祭祀奉安品の存することは、予て私も知っていたが、かくまで大規模な祭祀場と多数に上る奉安品とが、厳然と保存されていようとは全く思いがけないところであった」（宗像辰美宮司序文）と、その時になって神官はいう。彼らは、言わずのタブーを守りとおしていたのだ。ところが、そこでもっと看過できないことは、彼らも、神社背後の谷の聖地に入って、聖地の状況を見ることはあったけれども、見るにとどまっていた、ということであろう。第一回発掘以来の調査は、回を重ねるごとに新しい事実をもたらしたけれども、そのひとつとして、巌むらの聖地での祭祀は古代にはやく終ってしまっていた、ということをも教えてくれた。秘密の祭式の遺跡は見つかったけれども、現代の秘儀は、もはやそこで展開されていない。言わずのタブーは、秘儀の故地を守りつづけるためのもので、生きている秘儀を守りぬくためのものではなかったのだ。

秘儀の形跡

沖つ宮背後の聖地遺跡は、東西約四十米、南北約百米の巨岩地帯であるが、一九五四―五五年の第一次調査、一九五七―五八年の第二次調査の結果では、祭祀の最盛期は古墳文化中期初頭から終末の間と推定された。そして、十九の遺跡の遺物を検討して、それらが単純遺跡で、「ある期間、次から次へと財宝を奉納して成立したのでなく、……一祭祀一祭場という一回限りの祭祀遺跡」の群れらしいことが、浮かび上っている(『続沖ノ島　宗像神社沖津宮祭祀遺跡』)。

第一次・第二次の調査を総括した原田大六は、各遺跡の遺物による編年を試み、十七号遺跡を最も古く古墳文化中期初頭、これとほぼ並ぶ十八号・やや遅れて十九号・十六号、そのあとに来る七号遺跡は古墳文化後期の前半、八号はそれより遅れる、と見ている(同)。普通の遺跡の場合、編年は出土土器を中心に行なうが、ここは、「土器は祭祀終了後取払われたのか、破片数点を検出するに過ぎなかった」(『沖ノ島』)というのが各遺跡の状況で、鏡・武器・工具・装身具・馬具・滑石製品、それぞれによる編年を、さらに綜合するかたちでなされている。まず、その最も古い十七号遺跡を中心に、遺跡が物語ってくれるものはなにかを、報告書『続沖ノ島』に拠って検討してみよう。

谷の遺跡のいちばん奥に、四囲に十七・十八・十六・十九・十五号遺跡をもつI号巨岩がそばだち、その西側に七号・八号の遺跡を岩蔭にもつD号巨岩が対峙している。「I号巨岩は、この付近では最も高く、岩頂は低い樹が若干あるが、中央部は岩肌を露わしている。岩は周りの樹のこずえよりぬきんでて、岩上に立てば海浜の一部を見下すことが出来る。また北方には密林を越して白亜の断崖の上に立つ沖ノ島の灯台を望見することも出来る。I号巨岩の基底に、いくつかの岩が重なり合っているので、十六号遺跡はその西に累積する岩石の間に発見された遺跡である。十七号遺跡は、十六号の東隣りにあって、I号巨岩の下になったJ号巨岩の西南隅にあたる位置の基岩上に集積されたものである。後世の落下移動によって、遺物の集積範囲は多少拡がっている。十八号遺跡は、十七号の直上I号巨岩の上縁にあたっている。ここには巨岩の上に乗っている平石があって、調査前に宗像神社にもたらされた鏡はその平石の下から発見されている。十九号遺跡は、I号巨岩の基礎をなす一岩(K号)の上に発見された。K号巨岩も、頂点はI号巨岩に接してやや平たい場所を持っているが、周りは傾斜が急で、若干の遺物はすべり落ちたあとが明らかである。」

「このI号巨岩は、一個の石英玢岩が地形変動の際に転落し、炸裂して三個の巨岩となった最上部のもので、他の二個のうち一個はI号巨岩の北側でK号巨岩として支石の役割をし、残りの一個はI号巨岩下に空隙を作って接したJ号巨岩となってI号巨岩と共に甲岩の一角で支えられている。……I号巨岩の岩頂は沖津宮の拝殿床面からの高さは二一米であり、標高は約九〇米である。」

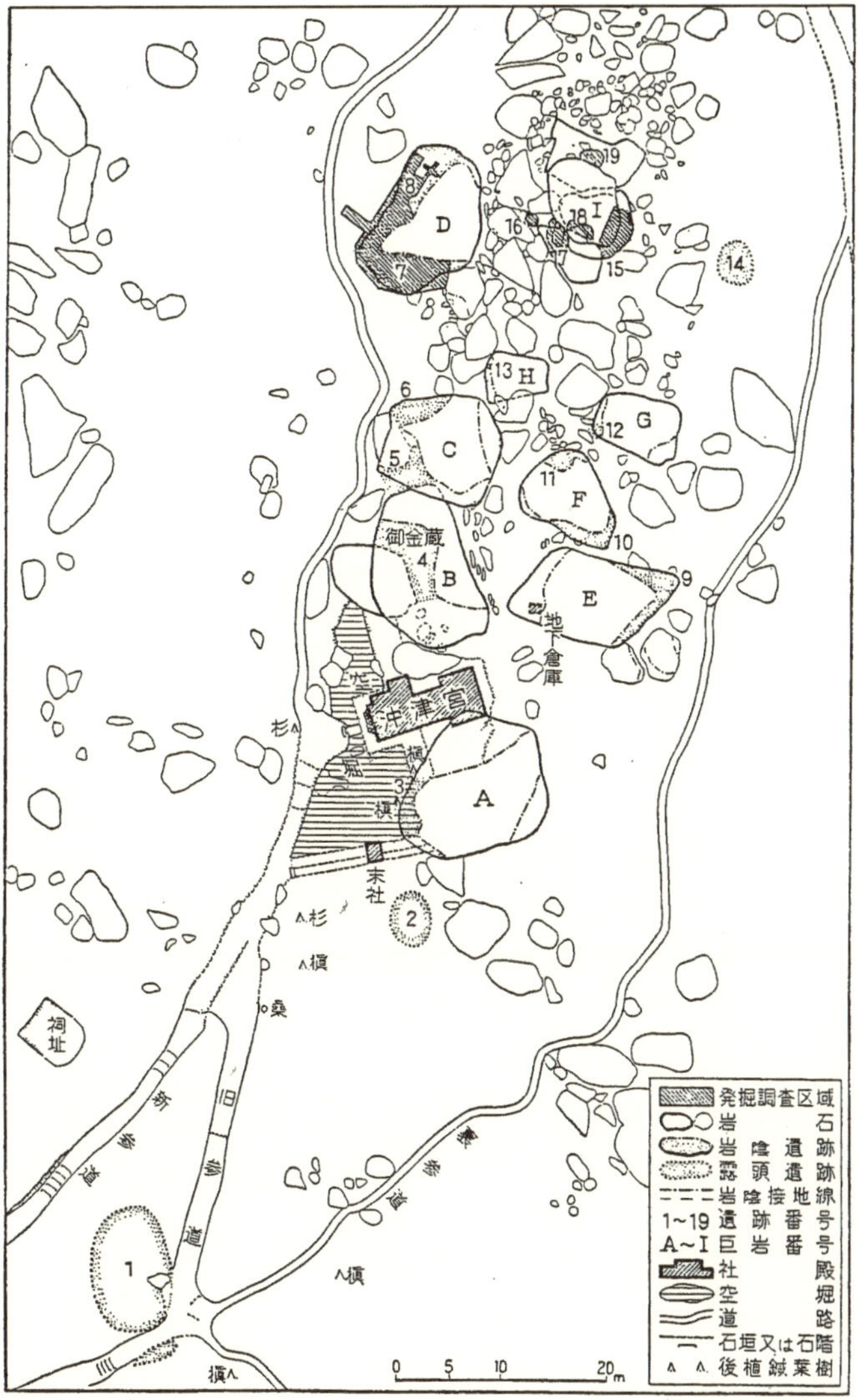

遺跡分布図（『宗像神社史』上巻に拠る）

十七号遺跡でかつて祭祀を営んだ人はどういうことをした形跡があるか。まず、長さ約七米、幅約四米、厚さ三米以上もある甲岩に、ルートを見つけてよじのぼっている。甲岩上には東南へ傾斜する平坦部がある。といっても、それは、その甲岩にのしかかっているJ号巨岩、またその上に重なっているI号巨岩に面しての、東西一・五米、南北二米の狭隘《きょうあい》な岩頂である。「発掘調査も二名で行うのがかろうじて」であった、というから、祭祀実修者も、一、二名、多くて三名の、ひそやかな祭でなければなるまい。

　この岩頂部とJ号巨岩との空隙に二面の鏡が一部を露呈し、タブの木の葉が積もっていた。完全発掘の結果、変形方格規矩《きく》鏡七面、変形内行花文《ないこうかもん》鏡三面、鼉竜《だりゅう》鏡二面、変形文鏡一面、変形獣帯鏡二面、変形画象鏡二面、変形三角縁《さんかくえん》神獣鏡三面、変形夔鳳《きほう》鏡一面、計二一面の鏡と、七口（推定）の鉄剣、五口の鉄刀、三口の蕨手刀子《けっしゅとうす》、勾玉《まがたま》三、管玉《くだたま》二一、棗玉《なつめだま》四、小玉三七三、車輪石二、石釧《いしくしろ》一、鉄釧四（推定）が出現した。腐蝕土に埋もれていた、これら彪大な供献品の集積は、上に散乱している石英玢岩の裂片を自然の集積とみるか、人工の集積とみるかで、解釈も若干異なろうが、調査者たちは、「当初は甲岩上に全く露呈するように集積し、その上を積石で覆っていたもの」と考えようとしている。また、甲岩の上面に約二〇度の傾斜があるので、石を敷いて平坦にしたことも確認されている。それに用いたのは、磯の石でない点が、あとで触れる十九号遺跡の場合と異なる。鏡と鏡とは、直接接触しないように車輪石や磯の石がわざわざ挟んであった。「古墳文化中期初頭のもののみが伴出し、決して古墳文化後期とか、後世の遺物の介入を許していない」出土状況は、それが千五、六百年間放置されていたことを意味しよう。

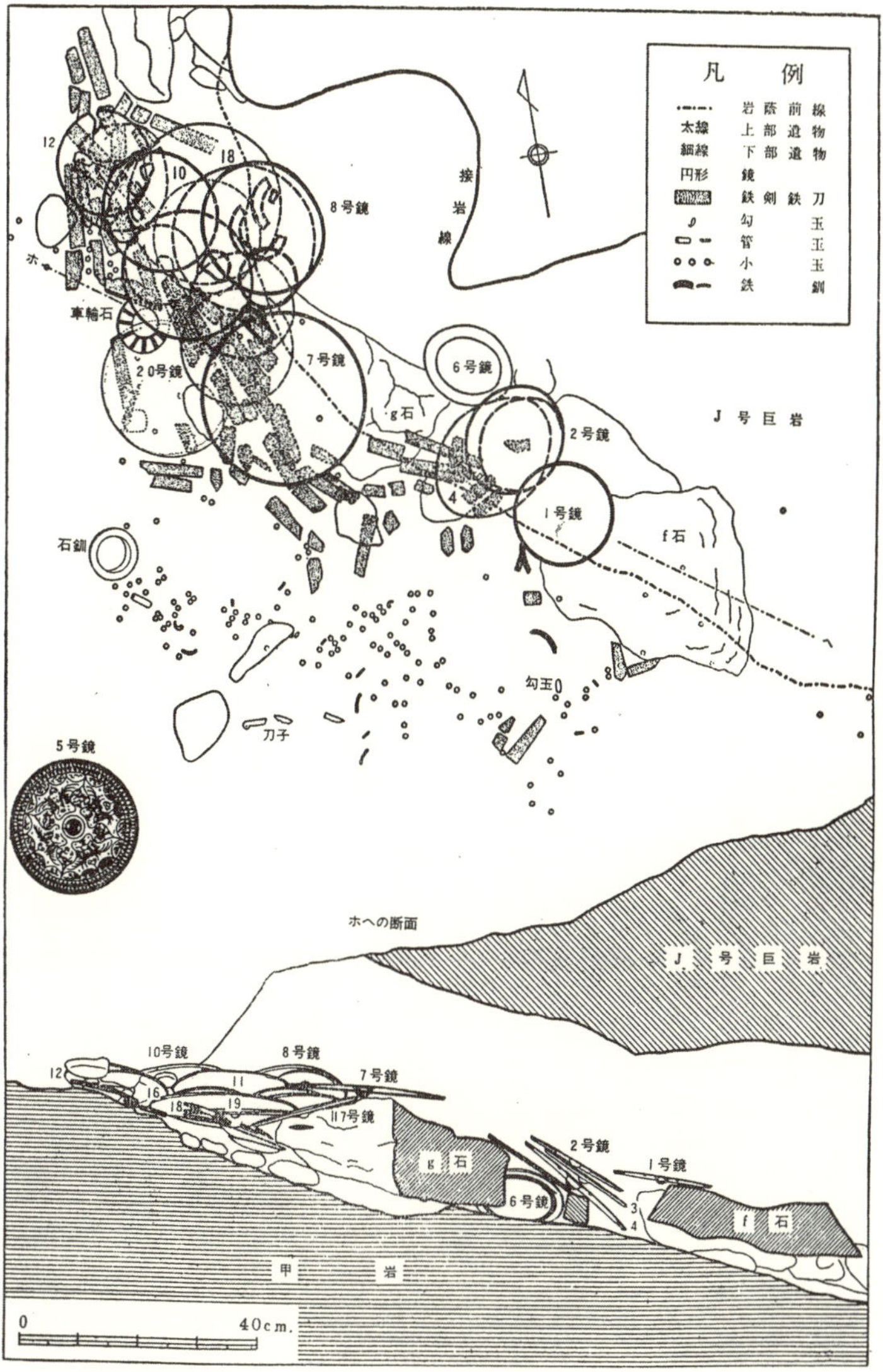

17号遺跡遺物分布図（『続沖の島』に拠る）

「これを、古墳文化前期から中期初頭にかけた古墳の外部構造と比較した場合に、その懸隔の著しいのには、一驚を禁じ得ないであろう。二〇面を超える鏡を副葬した古墳ならば、墳丘の長さは百米から二百米もあり、あるものは埴輪《はにわ》円筒をめぐらすとか、器財埴輪を樹立するとかしている。内部構造も狭長な竪穴《たてあな》式石室または粘土槨《かく》、木棺あるいは石棺と、豪壮さを誇っているものである。それにひきかえ、沖ノ島十七号遺跡は、まるで弥生文化以前のような原始的且つ簡単な構造である。そこに豪族の墓と神の祭祀という差が見受けられるようである。無形の神に対する供献の姿はそれでよかったのであろう」という報告書の賀川光夫の考察には、調査活動を通じて得た驚きと発見が息づいており、「ただし、十七号遺跡が当時の祭祀の状態をそのまま具現しているとすることは早計であろう。降神の依り代《よりしろ》として I 号巨岩が崇敬の対象となって、祭祀は盛大に別の形をとったものであろう。十七号遺跡は、祭祀終了後、その祭器を I 号巨岩に供献した姿を積石遺跡として遺存したのではないかと考えられる」という賀川氏の推定とともに、啓発されるところが多い。確かに、玉も剣も釧《くしろ》も、祭式のもなかでの用いられ方は別にあったであろう。祭場では、鏡二十一面の並べられ方も、積み重ねた形ではない形であったろう。祭りごと果ての供献品の後始末のようすと、実際の祭祀の場の光景は区別される必要がある。しかし、I 岩・J 岩の下、甲岩の上という、積み重なる巨岩群の中段の岩棚が祭りの庭に選ばれたこと、そこで豪華なこれらの供献品・祭具とともに、ひとりもしくはほんの数名の祀り手が、祭の夜の神との交わりを結んだことは確実だろう。絶海の孤島の谷間、巨岩の中腹の岩棚の夜、そこにどのように神は来たり、どのように人と交わったのか。

十九号遺跡は、十七号遺跡とは、I号巨岩を挟んだ反対側にある。そちら側では、I号巨岩はK号巨岩をふまえているが、そのK号巨岩上にある。起伏のはげしい基岩の上に、赤土や礫《れき》を運んで地固めを行ない、更に一方を石塁で限り、壇をこしらえ、その上に平らな大石を敷きならべ、磯の石を葺いた、長さ約四米、幅約二米の祭場が、堆積物を取り除いて復原された。「しかるに、祭壇上における遺物の配置は著しく乱れていて、旧態を復原するには極めて困難なまでに損ぜられていた。……恐らく本遺跡においても十六号遺跡その他の場合と同様に、『オオミズナギドリ』のために、蹴散らされてしまったのではないかと考える。今でもI号・K号巨岩一帯には、おびただしい『オオミズナギドリ』の群棲をみるのである」と乙益重隆は記している。ここの遺物は、この祭壇と祭壇の石塁の脚部にあたるI号巨岩の岩蔭とで、鏡は、露出していた変形内行八花文鏡一面ともう一面の破片の、二面分、鉄剣五口、鉄刀一〇口、鉄矛一口、蕨手刀子一〇口、鉄針三片、それに勾玉二八、管玉一〇〇、小玉三六七、棗玉一、鉄釧三、石釧一、土師器《はじき》の破片一が発見されている。

ところで、祭式の状況を遺物の分布状況から推測する場合の手がかりは、古墳後期の前半と考えられる七号遺跡が最もよく保存している。これは、第一次に調査されているので、『沖ノ島』の方で報告されているが、I号巨岩と向かい合ったD号巨岩の岩蔭と付近の大石の間の、東西約八米、南北約三・五米の平地である。D号巨岩の岩頂は、この平地から九・四米の高さである。

遺物の出土状況は、図面に拠って見ることが早道だが、看過できないのは、坂本経尭・原田大六の次のような報告だろう。

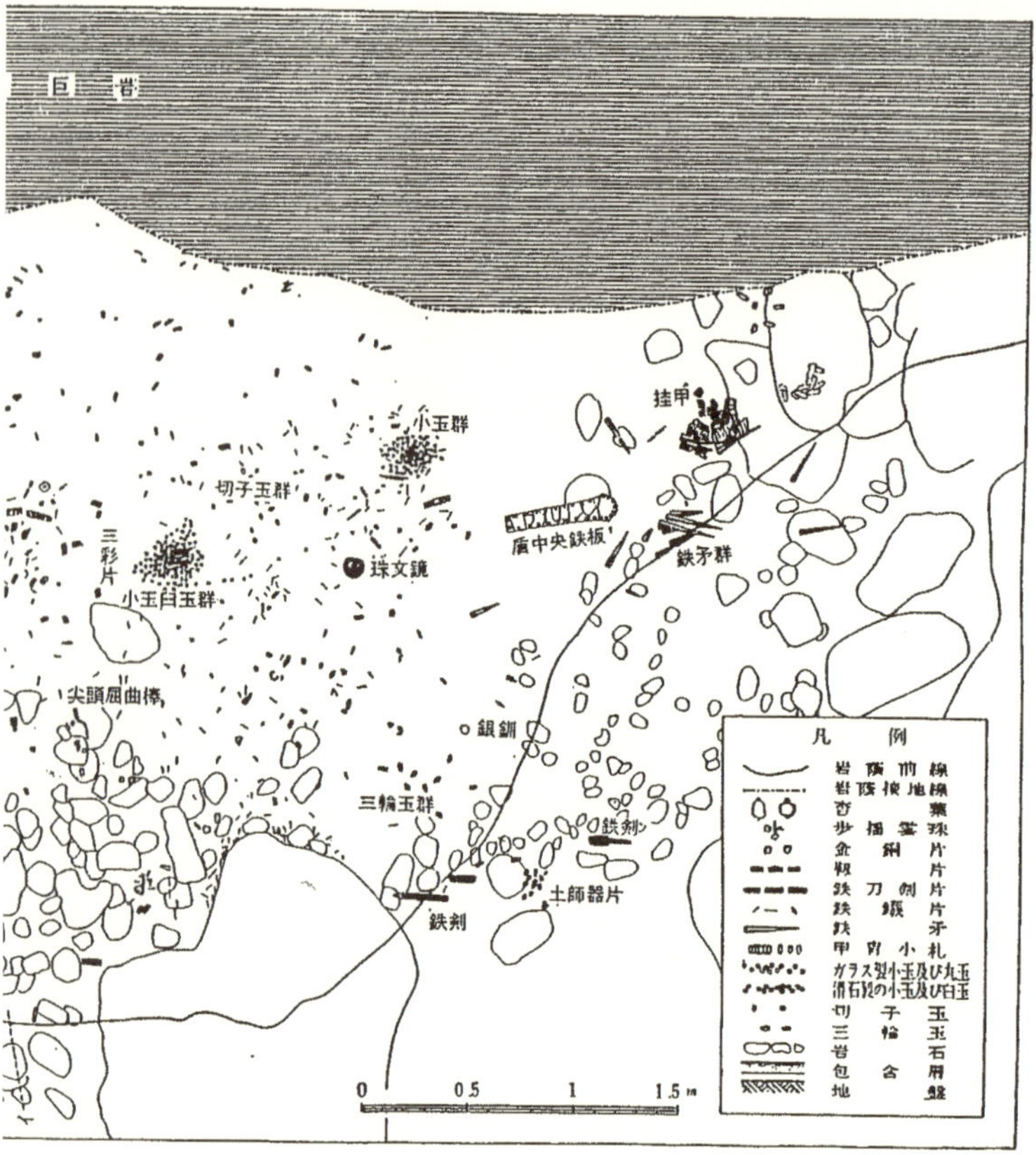
巨岩
挂甲
小玉群
切子玉群
三彩片
盾中央鉄板
鉄矛群
珠文鏡
小玉臼玉群
尖頭屈曲棒
銀釧
三輪玉群
鉄剣
土師器片
鉄剣
凡例
岩陰前線
杏葉
歩揺雲珠
金銅片
板片
鉄刀剣片
鉄鏃片
鉄矛
甲冑小札
ガラス製小玉及び丸玉
滑石製の小玉及び臼玉
切子玉
三輪玉
岩石
包含層
地盤
0 0.5 1 1.5m

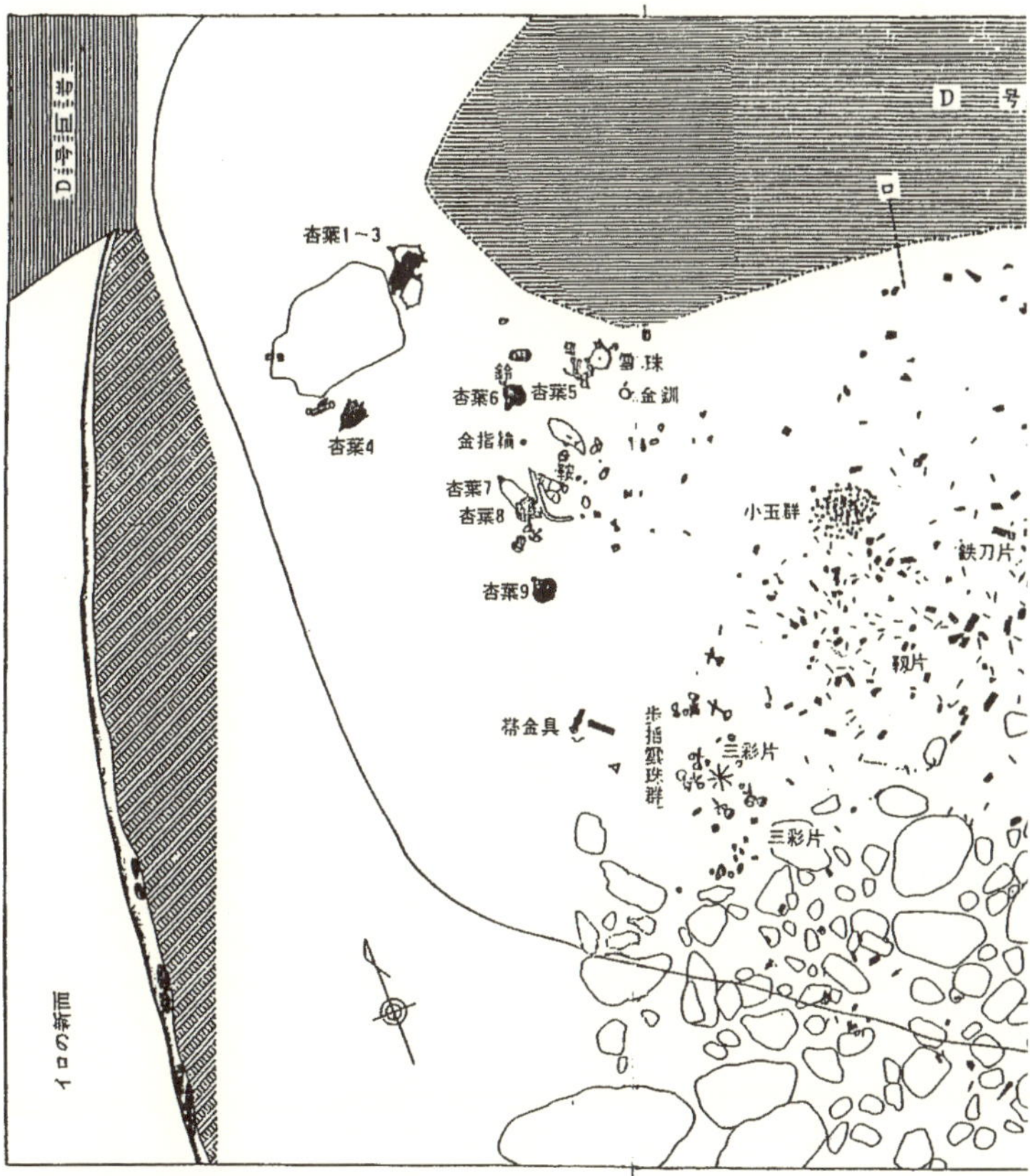

7号遺跡遺物分布図（『沖の島』に拠る）

七号遺跡における遺物出土状態は、場所によって種類とその組合せに鮮やかな相違があるので出土地区を区分して検討してさしつかえない。

遺跡の区画　D号巨岩の岩蔭に設けられた儀式の場所は、北は岩蔭接地線の東半が約一米ばかり出張るが、見る所大体一線に区切られる。東は累岩の西端に区切られ、場所として奥にあたる。東西約八米、南北約三・五米の矩形の岩蔭下に遺物が検出された。一応、岩蔭を、中央部と東西両部の三部に区分して遺物の状態を検討しよう。

中央部　東にかたよって切子玉・ガラス製小玉、滑石製小玉の群、珠文鏡《しゅもん》とが位置し、その中間に銀張鎺《はばき》を装した大刀と銀張勾金と三輪玉とがあった。セットとなる鏡・玉・刀である。その他五集束分とみられる鉄鏃《てつぞく》・刀片があり、特に刀の中心の多いのが目立っている。この玉群の西側には剣・刀・斧・矛等の破片が散乱し金銅片も少くない。大石の右手には鉄剣に近接して銀張勾金と三輪玉、直前には矛、左手には散石の上に歩揺飾雲珠《うず》があった。

東部　鏡・玉群に隣接して盾中央鉄板が、上部を東に向けて横たわり、その東に挂甲小札《けいこうござね》群と鉄矛群があり、矛鋒《ぼうほう》は東に向いて集束している。鉄槍の他には斧片・鏃片が少々あるだけで、混在する鉄片は極めて少い。東端に平たい大石があり、上に鉄矛二個が鋒を東にして横たわり、岩蔭接地線に挂甲札が乱雑に落ち込んでいる。

西部　中央部小玉群から約一・五米西に離れてガラス製小玉の一群があり、この附近採取銅片のなかに仿製《ぼうせい》鏡破片が検出された。剣・刀の破片が多く、特に剣尖・切先の多いことが目立つ。

鉄鏃・鉄矛・鉄斧・刀子片も少くなく、有鋲《ゆうびょう》鉄片・金銅雲珠片が散乱していた。最も攪乱された地区である。小玉群の西北に隣り、岩蔭接地線に片寄って金製指輪・金製釧・銀製釧などの服装品と金銅製の杏葉《ぎょうよう》群・鞍《くら》金具・尾錠《びじょう》などの馬具類が一括し、そのなかに歩揺飾雲珠一個が共存した。この部位より約一米南に離れて雲珠群があり、これに接して玉虫《たまむし》翅雲母《うんも》板飾りの帯金具が見られ、附近に剣・矛・刀・斧の破片が散らばり三彩片が検出された。

そして、両氏の報告は、こうも付け足す。「このようにして、多数の物がこの場所に置かれる場合に、机状のものに置き並べたものか、或は榊のようなものにかけたものか明らかではない。しかし東部の挂甲裾小札は八個の礫を中高に積み重ねたものの周囲に集束しており、楯金具の下には二個の平たい石が並べ置かれていることは、偶然と見捨てがたい状態である。挂甲群・小玉群・服飾品群などの位置は、岩蔭接地線に片寄せた状態のものもあるが、岩蔭をつくる岩の傾斜と均《なら》された床との間に出来る空間が、考慮されているようでもあり、一切のものが地上に直接置き並べられたかどうかは残された遺跡の調査にまたねばならぬ。」

こうした考古学者の謙抑の態度で貫かれている報告に、ほしいままの妄想を添加することを避けるのが、読み手の礼儀であろう。ではあろうが、すでに、坂本・原田両氏が思い浮かべているところの、西側は馬具中心の供献品、東側は挂甲・矛・剣・盾中心の供献品、そして中央が鏡・玉・刀類の神の依《よ》り代《しろ》という祭りの庭の具体像、刀身の中心部が中央に多く、切っ先部が西側に多い、ということは、それ以上の想像を掻き起こさずにおかない。もっと悪いことに、中央部の玉の集積は、実に判然と三箇所に分けられてさえいる。これまで問題にしてきた古墳中期初頭と目されている十七号遺跡やほぼ同時代と見られている十九号遺跡など、I号巨岩群の岩棚の祭壇とは、ずいぶんと違う。I号巨岩をめぐる岩棚に露出した遺跡は、十七号に二十一面、十八号に四面、十九号に二面、十六号に三面の鏡が発見されており、極めて狭い場所での鏡を多く用いる祭祀であった。それに対して、D号巨岩の七号遺跡の祭式は、鎧《よろい》や馬具をもち、岩蔭のはるかに広い場所で展開され、そのままになって残っている。岩蔭の祭祀は、巨岩を依り代と仰ぐことを止めて、玉飾り、もしくは木の枝にかけられた玉飾りに神の依り代を見出しはじめたのではなかろうか。

海上から遥かにおろがむ霧の中の島神。船で漕ぎ寄せて密林の谷間に分け入った者が仰いだ巨大な神の磐座《いわくら》。沖の島の神は、さらに、ここで一転していないだろうか。

伝承との符合

『古事記』は、ハヤスサノオノミコトが、根の堅州国《かたす》へ下るまえに、姉神に袂別にきたところをこう述べている。三女神が生まれた経緯を語る箇所でもある。

A　故是《かれここ》に速須佐之男命《の》言ひしく、「然らば天照大御神に請《まを》して罷らむ。」といひて、乃ち天《あめ》に参上《まゐのぼ》る時、山川悉《ごとごと》に動《とよ》み、国土《くにつち》皆震《ゆ》りき。爾《ここ》に天照大御神聞き驚きて詔りたまひしく、「我が那勢《なせ》の命《みこと》の上り来る由《ゆゑ》は、必ず善き心ならじ。我が国を奪《うば》はむと欲《おも》ふにこそあれ。」とのりたまひて、即ち御髪を解きて、御美豆羅《みみづら》に纏《ま》きて、乃ち左右《ひだりみぎ》の御美豆羅にも、亦御縵《みかづら》にも、亦左右の御手にも、各八尺《おのおのやさか》の勾璁《まがたま》の五百津《いほつ》の美須麻流《みすまる》の珠を纏き持ちて、曾毘良邇《そびらに》は千入《ちのり》の靫《ゆき》を負ひ、比良邇《ひらに》は五百入《いほのり》の靫を附け、亦伊都《いつ》の竹鞆《たかとも》を取り佩《お》ばして、弓腹《ゆはら》振り立てて、堅庭《かたには》は向股《むかもも》に蹈《ふ》み那豆美《なづみ》、沫雪如《あわゆきな》す蹶散《くゑはらら》かして、伊都《いつ》の男建《をたけび》蹈み建《たけ》びて待ち問ひたまひしく、「何故上《なにしかものぼ》り来つる。」と、とひたまひき。爾に速須佐之男命、答へ白《まを》ししく、「僕《あ》は邪《きたな》き心無し。唯《ただ》大御神の命《みこと》以ちて、僕《あ》が哭《な》き伊佐知流《いさちる》事を問ひ賜へり。故《かれ》、白《まを》し都良久《つらく》、『僕《あ》は妣《はは》の国に往《ゆ》かむと欲《おも》ひて哭くなり。』とまをしつ。爾に大御神詔りたまひしく、『汝《いまし》は此の国に在るべからず。』とのりたまひて、神夜良比夜良比《かむやらひやらひ》賜へり。故、罷《まか》り往かむ状《さま》を請《まを》さむと以為《おも》ひてこそ参上《まゐのぼ》りつれ。異《こと》心無し。」とまをしき。爾に天照大御神詔りたまひしく、「然らば汝《いまし》の心の清く明《あか》きは何《いかに》して知らむ。」とのりたまひき。是に速須佐之男命答へ白ししく、「各宇気比《うけひ》て子生まむ。」とまをしき。

故爾《かれここ》に各天安河《あめのやすのかは》を中に置きて宇気布《うけふ》時に、天照大御神、先づ建速須佐之男命の佩ける十拳剣を乞ひ度《わた》して、三段《みきだ》に打ち折りて、奴那登母母由良爾《ぬなとももゆらに》、天《あめ》の真名井《まなゐ》に振り滌《すす》ぎて、佐賀美邇迦美《さがみにかみ》て、吹き棄《う》つる気吹《いぶき》の狭霧《さぎり》に成れる神の御《み》名は、多紀理毘売《たきりびめの》命、亦の御名は奥津島比売《おきつしまひめの》命と謂ふ。次に市寸島比売《いちきしまひめの》命。亦の御名は狭依毘売《さよりびめの》命と謂ふ。次に多岐都比売《たきつひめの》命。速須佐之男命、天照大御神の左の御美豆良《みみづら》に纏《ま》かせる八尺《やさか》の勾璁《まがたま》の五百津《いほつ》の美須麻流《みすまる》の珠を乞ひ度《わた》して、奴那登母母由良《ぬなとももゆら》爾《に》、天の真名井に振り滌ぎて、佐賀美邇迦美《さがみにかみ》て、吹き棄《う》つる気吹《いぶき》の狭霧《さぎり》に成れる神の御名は、正勝吾勝勝速日天之忍穂耳《まさかつあかつかちはやひあめのおしほみみの》命。亦右の御美豆良に纏かせる珠を乞ひ度して、佐賀美邇迦美て、吹き棄つる気吹の狭霧に成れる神の御名は、天之菩卑能《あめのほひの》命。亦御縵《みかづら》に纏かせる珠を乞ひ度して、佐《さ》賀美邇迦美《がみにかみ》て、吹き棄つる気吹の狭霧に成れる神の御名は、天津日子根《あまつひこねの》命。又左の御手に纏かせる珠を乞ひ度して、佐賀美邇迦美《さがみにかみ》て、吹き棄つる気吹の狭霧に成れる神の御名は、活津日子根《いくつひこねの》命。亦右の御手に纏かせる珠を乞ひ度して、佐賀美邇迦美《さがみにかみ》て、吹き棄つる気吹の狭霧に成れる神の御名は、熊野久須毘《くまのくすびの》命。弁《あは》せて五柱《いつはしら》なり。是に天照大御神、速須佐之《の》男命に告りたまひしく、「是《こ》の後《のち》に生《あ》れし五柱の男子《をのこご》は、物実《ものざね》我が物に因りて成れり。故、自《おのづか》ら吾《あ》が子ぞ。先に生《あ》れし三柱の女子《をみなご》は、物実汝《いまし》が物に因りて成れり。故、乃ち汝が子ぞ。」如此《かく》詔《の》り別けたまひき。

故、其の先に生れし神、多紀理毘売《の》命は、胸形《むなかた》の奥津宮に坐《ま》す。次に市寸島比売《の》命は、胸形の中津宮に坐す。次に田寸津《たきつ》比売《の》命は、胸形の辺《へ》津宮に坐す。此の三柱の神は、胸形君等の以《も》ち伊都久三前《いつくみまへ》の大神なり。故、此の後に生れし五柱の子の中に、天《の》菩比《の》命の子、建比良鳥《たけひらとりの》命、此は出雲国造、无邪志国造、上菟上国造、下菟上国造、伊自牟国造、津島県直、遠江国造等が祖なり。次に天津日子根《の》命は、凡川内国造、額田部湯坐連、茨木国造、倭田中直、山代国造、馬来田国造、道尻岐閇国造、周芳国造、倭滝知造、高市県主、蒲生稲寸、三枝部造等が祖なり。（『日本古典文学大系』）

このアマテラスとスサノオの誓《うけ》いの伝承が、自然発生的な神話でありえないことは、今日では、もう見極《みきわ》めがついているといってよい。大和朝廷の高度な政治的配慮が、出雲の祖神《おやがみ》スサノオがアマテラスに二心ないことを誓って、ウケイでそれを確証しえた話を創り出し、その副産物の形で、宗像の君や出雲の国造《くにのみやつこ》・武蔵《むさし》の国造・上《かみ》つ海上《うなかみ》の国造・下《しも》つ海上の国造以下の多数の地方豪族の系譜を、中央の神話体系に繰り込みえた、ということはほぼ疑いないところであろう。伝承があって、それが中央に吸い上げられたのではなく、創られた伝承が、高天《たかま》が原《はら》系神話（大和朝廷の神話）

と出雲系神話を結んだことになろう。そういう性格の伝承であるにもかかわらず、古墳後期前半の沖の島七号遺跡の遺物分布状況が物語るものとの間に、奇妙な符合を見せる。

それがわたし独りの思い做《な》しのせいであってほしい気持も、心の一隅にありさえするのだが……。この遺跡東側の挂甲が積み上げられた礫八個を包んで残っていることは、やはり、それが寝かせて置かれていたのではなく、立てて置かれたことを意味しよう。祭式の中では、立てられた鎧がそれを着ている人ないし神の想定でないわけがない。横に鉄矛が倒れ、前に盾が倒れていた。盾は二個の平たい石の上に倒れかかっていた。石に支えられて立っていたかもしれない。盾を立てて防禦の姿勢で場に臨んでいるのは、いったい誰れだろう。

それと西側から向き合っているのは、馬具群——ということは、杏葉や雲珠などできらきらしく飾った馬具を付けた馬と、その背に跨がった騎馬の武者ということになる。武者は男性である。金の指輪が出土して、それを立証してくれる。「七号遺跡の西部馬具類の一群中、破損した鉄製鞍に接して出土したもので、或は鞍上にでも安置していたのかも知れない。金製であるから、腐蝕していないのはいうまでもないが、歪みも破損もしていない完成品である。内径一・八八——一・八六糎で前後がわずかに大きい。婦人用には大に過ぎるようで、男子の指に適合するから男子用であろう」という報告は、註で、大島中つ宮東方台地で採集された銀の指輪が、小さく婦人用らしいのと比較して、その点を補強してもいる。金の指輪をはめた武者は馬で遠くから馳けてきて、いま、盾を前に立てた徒歩の挂甲の人と向き合っている。

ところが、この二人の間、中央部では折れた刀身がいくつも転がり、その切っ先はというと、騎

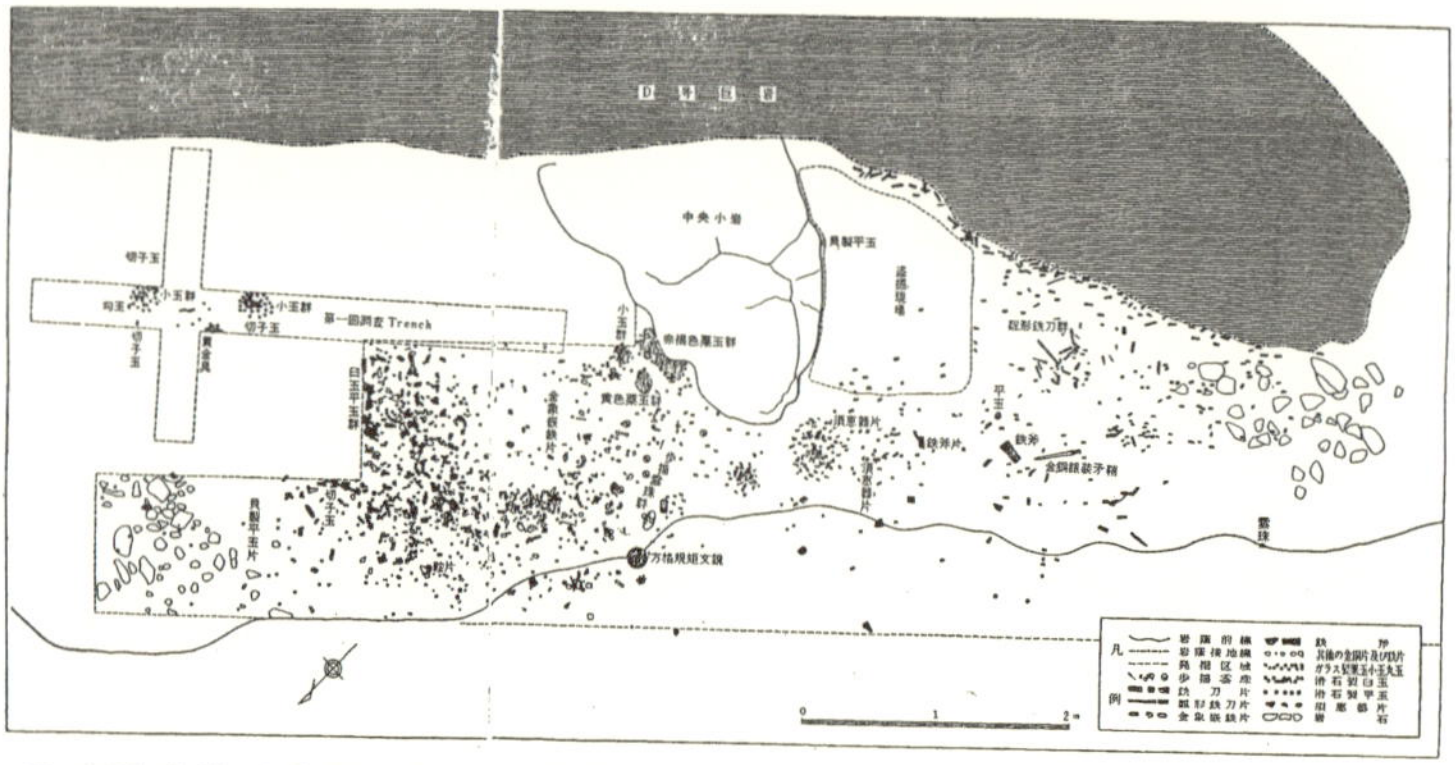

8 号遺跡遺物分布図—第 1 次調査（『沖の島』に拠る）

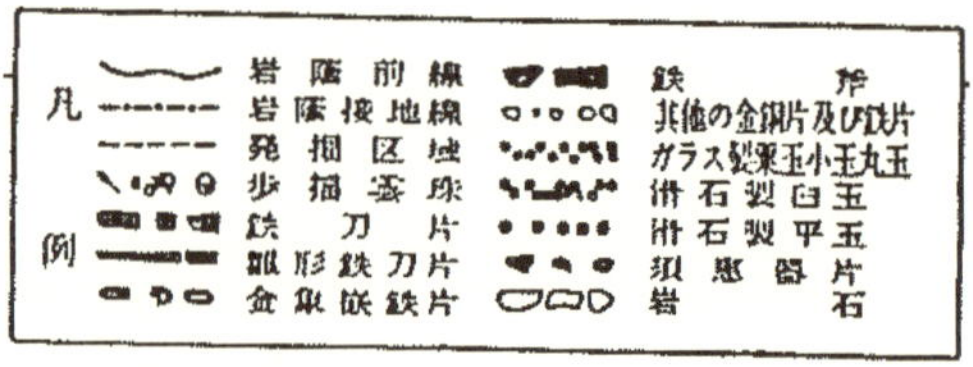

上図右下の凡例

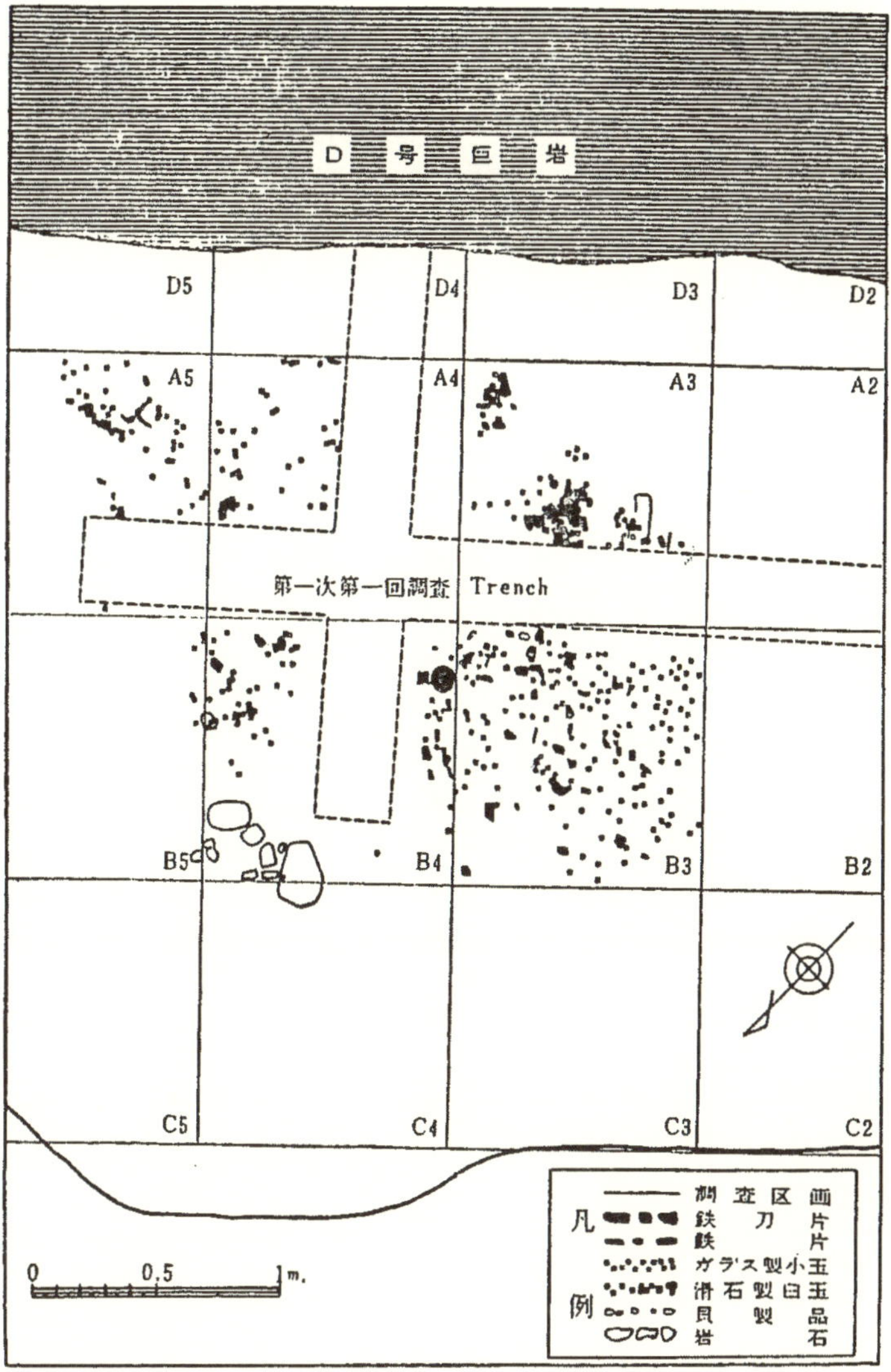

8号遺跡遺物分布図—第2次調査（『続沖の島』に拠る）

馬の武者の方へ飛んできている。そして、中央の奥に、玉の飾りを胸にかけた三柱の女神が立っている……

これは、スサノオが高天が原へ上ってきたのを防ぐため、武装して出てきたアマテラスが、天の安の河原で対峙している光景そのものではないか。『古事記』では、スサノオが高天が原へ馬で馳け上ったとは書いてないが、遥かな距離をテクテク来ました、というわけではもとよりなかろう。相手の矛と盾の人物をアマテラスと見るというのは、『古事記』が、玉のみすまるをみづらとかづら、左右の手に巻きつけ、靫《ゆき》を負い、弓を手にしたアマテラスを語っているのと、必ずしも抵触しない。弓矢で武装した時、鎧は着けなかったわけではあるまい。男方には、そういう武装はない。刀をたずさえているにとどまる。なによりも重要なのは、スサノオの十拳《とつか》の剣《つるぎ》を三つに打ち折って、噛み砕いて吹き棄てた、というところで、アマテラスの吐き飛ばした刀身は、二神のまんなかに、先の方はスサノオの傍へまで飛んできている。念入りな演出。その息吹《いぶ》きの霧で、三女神が生まれ出たシーンが、ちゃんとそこにある。玉の首飾りは、玉がさして散乱していないところをみると、榊に付けてあったとしても、榊の枝が枯れ朽ちて後、玉の緒の方は相当永い間朽ちなかったのだろう。

しかし、D号巨岩の岩蔭の七号遺跡にありありと神話劇の化石を見出しているわたしは、なにかに惑わされているのかもしれない。もっと確信を抱くための道はないのか。同じD号巨岩の反対側の八号遺跡なども、これと同様であってほしいのだが……。この遺跡は、岩庇《いわびさし》の深さが東北部で五米、西南部では一・五米しかない。長さは八米以上もある。三角形の地形である。驚くべきことに、この入らずの聖地をいつか盗掘しており、その時の遺物らしいものが大島の中学校にあることもわかっている。第一次調査では、この岩蔭は完全発掘されなかった。東北部はトレンチを入れただけで、第二次調査になって残りが掘られた。報告書を尊重して、みだりに出土遺物の分布図は合成しないが、『沖ノ島』の図と『続沖ノ島』の図を重ねて見よう。こちらにも、中央に伏している小岩のところに、赤褐色粟玉群・黄色粟玉群・小玉群の判然たる玉の三つの固まりがある。小岩より西南は、ミニチュア（雛形）鉄刀・金銅銀装矛鞘・鉄斧があり、小岩の全面は歩揺雲珠群、少し東北によって鞍の一片がある。三つの玉の固まりの北東にばらまかれているのは、バラバラの鉄刀片、バラバラの玉。それらをアマテラスとスサノオと、吐き出された剣や玉の姿といえないことはない。しかし、盗掘部分があり、トレンチから出ているまとまった玉飾り、二個所の鏡の意味など、わたしにはわからないことが多すぎる。

だが、八号遺跡では七号遺跡のようにわりきれない部分があるといっても、そのことから、わたしは、七号遺跡で見たことを否定したくない。八号遺跡にもきわめて類似した形跡があることも、事実の重みとして、無視することができない。そればかりか、もう一度七号遺跡に立ちもどって、

鉄鏃

七号遺跡出土二三五本

七号遺跡の鉄鏃の出土状態は、当初の状態をとどめず、離散移動甚大で、殆んど断片となり、接合復原を試みたが、完形一個を得ることができなかった。ただ七号遺跡の中央部に多く散乱していたことだけが記録される。その数は鏃身で数えて二三五本に達している。

（『沖ノ島』）

というような事実も、あの岩蔭の神話劇に組み入れたくなる。姉弟の間に散乱する矢――ウケイの前に、アマテラスはスサノオに雨のように矢を降り注いだ。スサノオが懸命に弁明し、ウケイを申し入れる。そういう『古事記』に語られていない部分まで、沖の島の岩蔭で演出されていたと、わたしには考えるほかなくなってきた。

ところが、そういうわたしの推測を決定的にはばもうとするものがある――七号遺跡の編年上の年代性。古墳後期の前半という考古学者の推定は、それが八世紀初頭の『古事記』よりもずっと古いことを意味するからである。古墳後期の前半という七号遺跡を実年代に載せると、いつごろになるか。最近の講座『日本の考古学』は、古墳そのものによる古墳時代の時代区分に、二分法をとり、

前・Ⅰ期　四世紀前半
Ⅱ期　同　後半
Ⅲ期　五世紀前半
Ⅳ期　同　後半
後・Ⅰ期　六世紀前半―七世紀前半
Ⅱ期　六世紀後半―七世紀初頭
Ⅲ期　七世紀中葉―同　後半

と区分をする。後・Ⅰ期とⅡ期がダブるのは、古墳そのものの区分だからで、時間の区分ではないからである（大塚初重「古墳の変遷」『古墳時代上』一九六六年六月、河出書房新社）。以前三分法の頃には、中期を「五世紀中葉を境とした前後百年の間とみ、その前後を前期・後期としていた」（楢崎彰一「中期古墳文化の特質」『日本考古学講座5』一九五五年七月、河出書房）。いずれにせよ、後期を六世紀以降と考えることは変りないが、『続沖ノ島』では、「六、七世紀の後期古墳」といい、「六世紀末の八号遺跡」という表現もしているから、古墳後期の前半が六世紀を指すつもりであることも、まず、確かである。八号遺跡の六世紀末という年代決定は、出土した鏡の他の古墳出土鏡との前後関係を見定めてなされたもの。七号遺跡は、これに先行するのだから、大づかみに六世紀、八号遺跡に引き寄せると、その後半、といってよいのかもしれない。『古事記』の成立に先立つ、天武天皇の国史編纂事業といっても七世紀中葉。推古天皇時代にさらに早い編纂事業があったという伝承を信じると、七世紀前半。それよりも早くアマテラスとスサノオのウケイの物語があった、ということになる……。

もっとも、津田左右吉の記紀の本文批判は、新羅の登場の仕方その他から、記紀の説話が六世紀の歴史を背景に背負っていることを、早く立証している。その視角からすれば、姉弟神のウケイの物語が六世紀に存在するということも、当然すぎるのかもしれない。しかし、それが、玄海灘上の孤島の巨岩の岩蔭で、ひめやかに祭りの装置として演出され、祀り手の幻想の中では、神々の行為そのものとして存在していたということは、わたしにとっては驚き以外ではありえない。

古墳中期初頭という十七号遺跡は、やはり鏡による他の古墳の鏡との比較編年の結果、「四世紀末、

あるいは五世紀初頭」という実年代にあてるのが、『続沖ノ島』の見方であるが、そうすると、

十七号―（十八号）〈十九号／十六号〉七号―八号―三号

という遺跡間の前後関係から、I号巨岩をめぐる十九号・十六号遺跡までは、この祭の庭での記紀神話的装置はなく、七、八号のD号巨岩をめぐる遺跡になって、それが認められることになる。五世紀までの岩棚の祭場から六世紀の岩蔭の祭場へ、その変化のプロセスでアマテラスとスサノオのウケイ演出の秘儀が出現した、といえそうである。

七号・八号遺跡以後の新しい遺跡は、三号・一号など、沖つ宮より海岸側、巨岩の谷から出たところに点在している。一九六九年八月から七〇年五月にかけての第三次調査は、この地帯も詳しく探り、「1号遺跡からは高さ7〜8㎝ほどの奈良三彩の壺3点を出土、うち1点は薄緑色の釉薬《ゆうやく》が葉模様に浮き出た完形品」（『月刊考古ジャーナル』四六号、一九七〇年七月）も発見している。この聖地の谷からあとずさりして平地に作られた祭場こそは、実は記紀の編まれた時代のものにあたるのだが、第一次調査以来の成果は、土器の数が多く、岩蔭の遺跡と遺物の種類がずっと変ってきている、という方向にしか揚がっていない。岩蔭の神話劇の時代も必ずしも永くはなかったのだ。

その点からも、第二次調査の総括の中で、原田氏が、「遺物の軽重」という項目を立てて、

発掘調査を行った五遺跡を、改めて回顧するならば、そこに出土した遺物が、必ずしも同等のものとか、等しい数の品物を奉納したというものではなかった。量的にも質的にも抜出しているのは、十七号・七号・八号の三遺跡であり、これにつぐのが十六号遺跡、最も少ないのが十九号遺跡である。このような遺物の軽重の差は、古墳においては身分の差を表わすものであろうが、祭祀遺跡で具現している差は、司祭の身分差を示すのでもなかろう。その差は祭祀自体の軽重の差ではなかろうか。編年上沖ノ島祭祀遺跡の最古の位置にある十七号遺跡は、沖ノ島祭祀の事始めとして盛大に行われたのではなかったろうか。七号・八号両遺跡の時は、何か特別に祭祀を行わねばならぬことが発生したと見られないことはない。

（『続沖ノ島』傍点筆者）

といったのは、刮目《かつもく》すべき洞察であった。（1）なぜ、沖の島祭祀をはじめたのか、という十七号遺跡をめぐる問題と、（2）七号・八号の遺跡は、いかなる特別の祭祀を意味するのか、という二つの問題が、そこに提出されている。氏の問いを設定した態度には、どこまでもその答えを実証的に探り出そうとする志さえ読みとれる。常識との連繫は避けたのだ。

氏のもうひとつの指摘に、「豪華な遺物」というのがある。

　沖ノ島祭祀遺物中には、高級品を含有し、多様性や夥《か》多性を示しているが、それらは、古墳副葬品にないものではないが、十七号遺跡から検出された二一面の鏡は古墳文化では屈指の優位にあり、七号遺跡の馬具のような雲珠五八個・杏葉二一枚等も後期古墳の副葬品としては現在のところ最高であろう。このような豪華を誇る祭祀遺跡は、今のところ検出された遺物は少ないが、石上《いそのかみ》神宮以外には、絶無ではなかろうか。……思うに、その巨大古墳の前期的副葬品そのままを祭器として祭祀したという沖ノ島祭祀は、大和朝廷の祭祀以外に考えられぬことで、民間信仰と同列に論ずることも並べることもできない。（同）

これだけの供献品を費消する祭祀は、一地方豪族の祭祀ではなく、中央政権の祭祀であろう、という鋭い考察である。とすれば、その国家の祭祀について、十七号遺跡の場合と、七号・八号遺跡の場合とは、区別して考えてみる必要があることになるわけである。わたしは、七号遺跡の状況を再検討して、そこに記紀に先立つ記紀の神話を演じた秘儀の形跡を見出したのだが、しかし、あのウケイの神話についていえば、そこで重大なのは、出雲系の代表であるスサノオの従順、赤誠の立証という点で、沖の島の三女神の生誕は、むしろ、第二義的でもある。

スサノオの逆心ないことを証拠だてるには、ウケイで彼が男神を生む必要があり、そのためには、アマテラスは女神を生まねばならない。女神でありさえすればよい、ともいえる。女神の著名なるもの、となれば、この三女神がまず浮かび上ってくるのであろうし、タギリビメの名、その霧の神のイメージは、逆に、「さ噛みに噛みて、吹き棄《う》つる気吹《いぶき》の狭霧《さぎり》に成れる」神々の誕生を想像させるきっかけとなった、という事情も隠れているかもしれない。しかし、このウケイの場は、神話の中では、高天が原であり、沖の島ではない。祭式に実演するとして、なぜ、大和でしないのか、出雲でしないのか。ところで、わたしがもうひとつ不審に思うのは、そのウケイで生まれた男神たちについて、どことどこの地方豪族の祖先だ、とていねいに指摘しながら、三女神を筑紫の宗像の君の「祖《おや》」といわない点である。「胸形君等《の》の以《も》ち斎《いつ》く三前《みまへ》の大神なり」としかいわないのだ。

異伝の意味（1）

沖の島の女神たちは、はじめから宗像の君に祀られていただろうか。三女神の誕生の物語は、すでに掲げた『古事記』のほかに、『日本書紀』の本文と一書に曰わくの三つの異伝があり、物語の大筋は共通しながら、細部の点で、少しずつ異同がある。

B　始め素戔嗚尊《すさのおのみこと》、天に昇ります時に、溟渤《おほきうみ》以て鼓《とどろ》き盪《ただよ》ひ、山岳《やまをか》為に鳴り呴《ほ》えき。此《これ》則ち、神性雄健《かむさがたけ》きが然らしむるなり。天照大神、素《もと》より其の神の暴《あら》く悪《あ》しきことを知《しろ》しめして、来詣《まうく》る状《かたち》を聞《きこ》しめすに至りて、乃《すなは》ち勃然《さかり》に驚きたまひて曰《のたま》はく、「吾《あ》が弟《なせのみこと》の来《きた》ることは、豈《あに》善き意《こころ》を以てせむや。謂《おも》ふに、当《まさ》に国を奪はむとする志有りてか。夫《そ》れ父母《かぞいろはのみこと》、既に諸《もろもろ》の子《みこたち》に任《ことよ》させたまひて、各《おのおの》其の境を有《たも》たしむ。如何《いかに》ぞ就《ゆ》くべき国を棄て置きて、敢へて此の処を窺窬《うかが》ふや」とのたまひて、乃ち髪《みぐし》を結《あ》げて髻《みずら》に為し、裳《みも》を縛《ひ》きまつりて袴《はかま》に為して、便《すなは》ち八坂瓊《やさかに》の五百箇《いほつ》の御統《みすまる》を以て、其の髻鬘《みいなだき》及び腕《たぶさ》に纏《まきつ》け、又背《そびら》に千箭《ちのり》の靫《ゆき》と五百箭《いほのり》の靫とを負ひ、臂《ただむき》には稜威《いつ》の高鞆《たかとも》を著き、弓彇《ゆはず》振《は》り起《た》て、剣柄急握《たかびとりしば》りて、堅庭《かたには》を蹈《ふ》みて股《むかもも》に陥《ふみぬ》き、沫雪《あわゆき》の若《ごと》くに蹴散《くゑはららか》し、稜威《いつ》の雄誥《をたけび》奮《ふる》はし、稜威の嘖譲《ころひ》を発《おこ》して、俓《ただ》に詰《なじ》り問ひたまひき。

素戔嗚尊対《こた》へて曰はく、「吾《やつかれ》は元黒《はじめよりきたな》き心無し。但し父母《かぞいろはのみこと》已に厳《いつく》しき勅《みことのり》有りて、永《ひたぶる》に根国《ねのくに》に就《まか》りなむとす。如《も》し姉《なねのみこと》と相見《まみ》えずは、吾《やつかれ》何《いかに》ぞ能く敢へて去《まか》らむ。是《ここ》を以て、雲霧を跋《ふ》渉み、遠くより来参《まうき》つ。意《おも》はず、阿姉《なねのみこと》翻《かへ》りて起厳《い》顔《か》りたまはむといふことを」とのたまふ。時に、天照大神、復《また》問ひて曰《のたま》はく、「若《も》し然らば、将《まさ》に何を以てか爾《いまし》が赤《きよ》き心を明《あか》さむ」とのたまふ。対へて曰はく、「請ふ、姉《なねのみこと》と共に誓《うけ》はむ。夫《そ》れ誓約《うけひ》の中《みなか》に、必ず当に子《みこ》を生むべし。如《も》し吾《やつかれ》が所生《う》めらむ、是女《たをやめ》ならば、濁《きたな》き心有りと以為《おもほ》せ。若し是男《ますらを》ならば、清き心有りと以為《おもほ》せ」とのたまふ。是《ここ》に、天照大神、乃ち素戔鳴尊の十握剣《とつかのつるぎ》を索《こ》ひ取りて、打ち折りて三段《みきだ》に為して、天真名井《あまのまなゐ》に濯《ふりすす》ぎて、䶗然《さがみ》に咀嚼《か》みて吹き棄《う》つる気噴《いふき》の狭霧《さぎり》に生まるる神を、号《なづ》けて田心《たこり》姫と曰《まう》す。次に湍津《たぎつ》姫。次に市杵《いつき》島姫。凡《すべ》て三《みはしら》の女《ひめかみ》ます。

既にして素戔鳴尊、天照大神の髻鬘《みいなだき》、及び腕《たぶさ》に纏《ま》かせる、八坂瓊《やさかに》の五百箇《いほつ》の御統《みすまる》を乞ひ取りて、天真名井《あまのまなゐ》に濯《ふりすす》ぎて、䶗然《さがみ》に咀嚼《か》みて、吹き棄《う》つる気噴《いふき》の狭霧に生まるる神を、号《なづ》けまつりて正哉吾勝勝速日天忍穂耳尊《まさかあかつかちはやひあまのおしほみみのみこと》と曰《まう》す。次に天穂日命《あまのほひのみこと》。是《これ》出雲臣《のおみ》・土師連《はじのむらじ》等が祖《おや》なり。次に天津彦根《あまつひこねの》命。是凡川内直《おほしかふちのあたひ》・山代《やましろの》直等が祖なり。次に活津彦根《いくつひこねの》命。次に熊野橡樟日《のくすびの》命。凡《すべ》て五《いつはしら》の男《ひこがみ》ます。是の時に、天照大神、勅《みことのり》して曰はく、「其の物根《ものざね》を原《たつ》ぬれば、八坂瓊の五百箇の御統は、是吾《これあ》が物なり。故《かれ》、彼《そ》の五《いつはしら》の男神《ひごがみ》は、悉《ふつく》に是吾が児なり」とのたまひて、乃ち取りて子養《ひだ》したまふ。又勅《みことのり》して曰はく、「其の十握剣《とつかのつるぎ》は、是《これ》素戔鳴尊の物なり。故、此の三《みはしら》の女神《ひめ》は、悉《ふつく》に是爾《いまし》が児なり」とのたまひて、便《すなは》ち素戔鳴尊に授けたまふ。此《これ》則ち、筑紫の胸肩《むなかたの》君等が祭《いつきまつ》る神、是《これ》なり。

C　一書《あるふみ》に曰《い》はく、日《ひの》神、本《もと》より素戔嗚尊の、武健《たけ》くして物を凌ぐ意《こころ》有ることを知《しろ》しめせり。其の上《のぼ》り至るに及びて、便ち謂《おもほ》さく、弟《なせのみこと》の来ませる所以《ゆゑ》は、是《これ》善き意《こころ》には非じ。必ず当に我が天原《あまのはら》を奪はむとならむとおもほして、乃ち大夫《ますらを》の武《たけ》き備《そなへ》を設けたまふ。躬《みみ》に十握剣《とつかのつるぎ》・九《ここのつかの》握剣・八《やつかの》握剣を帯《は》き、又背上《そびら》に靫《ゆき》を負ひ、又臂《ただむき》に稜威《いつ》の高鞆《たかとも》を著《は》き、手に弓箭《や》を捉《と》りたまひて、親ら迎へて防禦《ふせ》きたまふ。是の時に、素戔嗚尊告《まう》して曰《のたま》はく、「吾《やつかれ》元より悪《きたな》き心無し。唯姉《なねのみこと》と相見《まみ》えむと欲《おも》ひて、只暫《あからさま》に来《まうき》つらくのみ」とのたまふ。是《ここ》に、日神《の》、素戔嗚尊と共に、相対《むか》ひて立たして、誓《うけ》ひて曰《のたま》はく、「若《も》し汝《いまし》が心明浄《きよ》くして、凌ぎ奪はむといふ意《こころ》有らぬものならば、汝が生《な》さむ児は、必ず当に男《ますらを》ならむ」とのたまふ。言《のたま》ひ訖《をは》りて、先づ所帯《みはか》せる十握剣《とつかのつるぎ》を食《を》して生《な》す児《みこ》を、瀛津《おきつ》島姫と号《なづ》く。また九《ここのつかの》握剣を食して生す児を、湍津《たぎつ》姫と号く。又八《やつかの》握剣を食して生す児を、田心《たこり》姫と号く。凡《すべ》て三《みはしら》の女神《ひめ》ます。已にして素戔嗚尊、其の頸《うな》に嬰げる五百箇の御統の瓊《たま》を以て、天渟名井《あまのぬなゐ》、亦の名は去来之《いざの》真名井に濯《ふりすす》ぎて食《を》す。乃ち生す児を、正哉吾勝勝速日天忍骨《の》尊と号《まう》す。次に天津彦根《の》命。次に活津彦根《の》命。次に天《の》穂日《の》命。次に熊野忍蹈《のおしほみの》命。凡て五《いつはしら》の男神《ひこ》ます。故《かれ》、素戔嗚尊、既に勝つ験《しるし》を得つ。是《ここ》に、日神《の》、方《まさ》に素戔嗚尊の、固《まこと》に悪《あ》しき意《こころ》無きことを知《しろ》しめして、乃ち日神《の》の生《な》せる三《みはしら》の女神《ひめ》を以て、筑紫洲《のくに》に降《あまくだ》りまさしむ。因りて教へて曰《のたま》はく、「汝三《いましみはしら》の神、道の中に降《くだ》り居《ま》して、天孫《あめみま》を助け奉《まつ》りて、天孫の為に祭られよ」とのたまふ。

D　一書《あるふみ》に曰はく、素戔嗚尊、天《あめ》に昇りまさむとする時に、一《ひとはしら》の神有《ま》す。号《な》は羽明《はかる》玉。此の神、奉迎《むかへまつ》りて、瑞《みつの》八坂瓊の曲玉《まがたま》を進《たてまつ》る。故、素戔嗚尊、其の瓊玉《たま》を持ちて、天上《あめ》に到《まう》づ。是《こ》の時に、天照大神、弟《いろせのみこと》の悪《あ》しき心有らむと疑ひたまひて、兵《いくさ》を起《おこ》して詰問《と》ひたまふ。素戔嗚尊対《こた》へて曰はく、「吾《やつかれ》来《まうく》る所以《ゆゑ》は、実《まこと》に姉《なねのみこと》と相見えむとなり。亦珍宝《たから》たる瑞《みつの》八坂瓊の曲玉を献らむと欲はくのみ。敢へて別《こと》に意《こころ》有るにあらず」とのたまふ。時に天照大神、復《また》問ひて曰はく、「汝《いまし》が言《いふこと》の虚実《いつはりまこと》、将《まさ》に何を以てか験《しるし》とせむ」とのたまふ。対へて曰はく、「請ふ、吾《やつかれ》と姉《なねのみこと》と、共《とも》に誓約《うけひ》立てむ。誓約の間《みなか》に、女《たをやめ》を生《な》さば、黒《きたな》き心ありと為《おもほ》せ。男《ますらを》を生さば、赤《きよ》き心ありと為せ」とのたまふ。乃ち天《の》真名井三処《みところ》を掘りて、相与《とも》に対《むか》ひて立つ。是《こ》の時に、天照大神、素戔嗚尊に謂《かた》りて曰《のたま》はく、「吾が所帯《はか》せる剣《つるぎ》を以て、今当に汝《いまし》に奉らむ。汝は汝が持たる八坂瓊の曲玉を、予《われ》に授《く》れよ」とのたまふ。如此約束《かくちぎ》りて、共に相換《か》へて取りたまふ。已にして天照大神、則ち八坂瓊の曲玉を以て、天真名井に浮寄《う》けて、瓊《たま》の端《はし》を嚙《く》ひ断《た》ちて、吹き出《う》つる気噴《いふき》の中《みなか》に化生《な》る神を、市杵島姫命《いつきしまひめのみこと》と号《なづ》く。是《こ》は遠瀛《おきつみや》に居《ま》します者《かみ》なり。又瓊の中を嚙《く》ひ断ちて、吹き出つる気噴《いふき》の中《みなか》に化生《な》る神を、田心姫《たこりひめの》命と号く。是は中瀛《なかつみや》に居《ま》します者《かみ》なり。又瓊の尾を嚙ひ断ちて、吹き出つる気噴の中に化生《な》る神を、湍津姫《たぎつひめの》命と号く。是《こ》は海浜《へつみや》に居《ま》します者《かみ》なり。凡て三《みはしら》の女神《ひめかみ》ます。是《ここ》に、素戔嗚尊、持たる剣を以て天真名井に浮寄《う》けて、剣の末《すゑ》を嚙《く》ひ断ちて、吹き出つる気噴の中に化生《な》る神を、天穂日《の》命と号く。次に正哉吾勝勝速日天忍骨《の》尊。次に天津彦根《の》命。次に活津彦根《の》命。次に熊野櫲樟日《の》命。凡《すべ》て五《いつはしら》の男神ますと、云爾《しかしかいふ》。

E

一書《あるふみ》に曰《い》はく、日《の》神、素戔嗚尊と、天《の》安《の》河を隔てて、相対《むか》ひて乃ち立ちて誓約《うけ》ひて曰《のたま》はく、

「汝《いまし》若《も》し奸賊《あたな》ふ心有らざるものならば、汝が生《う》めらむ子《みこ》、必ず男《をのこ》ならむ。如《も》し男を生まば、予《われ》以て子として、天原《あまのはら》を治《しら》しめむ」とのたまふ。是《ここ》に、日《の》神、先づ其の十握剣《とつかのつるぎ》を食《を》して化生《あ》れます児《みこ》、瀛津島姫命《おきつしまひめのみこと》。亦の名は市杵島姫《いつきしまひめの》命。又九握剣《ここのつかのつるぎ》を食《を》して化生《あ》れます児、湍津姫《たぎつひめの》命。又八握剣《やつかのつるぎ》を食して化生《あ》れます児、田霧姫《の》命。已にして素戔鳴尊、其の左の髻《もとどり》に纏《ま》かせる五百箇《いほつ》の統《みすまる》の瓊《たま》を含《ふふ》みて、左の手の掌中《たなうら》に著《お》きて、便《すなは》ち男《ますらを》を化生《な》す。則ち称《ことあげ》して曰はく、「正哉吾勝《まさかわれ》ちぬ」とのたまふ。故《かれ》、因《よ》りて名《なづ》けて、勝速日天忍穂耳尊《かちはやひあまのおしほみみのみこと》と曰《まう》す。復《また》右の髻《もとどり》の瓊《たま》を含みて、右の手の掌中《たなうら》に著《お》きて、天《の》穂《の》日命を化生《な》す。復頸《またみくび》に嬰《うな》げる瓊《たま》を含みて、左の臂《ただむき》の中《うち》に著《お》きて、天津彦根《の》命を化生《な》す。又、右の臂の中より、活津彦根《の》命を化生《な》す。又、左の足の中より熯之速日《ひのはやひの》命を化生《な》す。又、右の足の中より熊野忍蹈《のおしほみの》命を化生《な》す。亦の名は熊野忍隈《のおしくまの》命。其れ素戔鳴尊の生める児《みこ》、皆已に男《ひこがみ》なり。故、日《の》神、方《まさ》に素戔鳴尊の、元《はじめ》より赤《きよ》き心有ることを知《しろ》しめして、便ち其の六《むはしら》の男《ひこがみ》を取りて、日《の》神の子《みこ》として、天原《あまのはら》を治《しら》しむ。即ち日《の》神の生《あ》れませる三《みはしら》の女神《ひめ》を以ては、葦原中《のなかつ》国の宇佐《の》島に降《あまくだ》り居《ま》さしむ。今、海の北の道の中《なか》に在《ま》す。号《なつ》けて道主貴《ちぬしのむち》と曰《まう》す。此《これ》筑紫の水沼君《みぬまの》等が祭《いつきまつ》る神、是《これ》なり。

（『日本古典文学大系』）

これらの伝承を（『古事記』の本文（A）をも含めて）、だれが祀るか、祀り手の角度から見てみると、

1　三女神は三処に分祀されていて、宗像の君らが祀っている、という伝承。（A）

2　宗像の君らが祀っている、というが、分祀に触れていない伝承。（B）
3　三処に分祀されていることだけで、祀り手に触れていない伝承。（D）
4　「道の中に降り居して、天孫《あめみま》を助け奉りて、天孫の為に祭られよ」とあって、沖の島だけをいい、大和朝廷の祭祀を受けよ、と後にそれを受けたことを暗示する伝承。（C）
5　「海の北の道の中」と沖の島だけをいい、水沼の君らが祀っている、という伝承。（E）

に分類できる。宗像の君奉祀説は三処分祀の要素をもち、朝廷奉祀暗示説・水沼の君奉祀説は沖の島本位で、道中の神であるという性格を重んじる説である、ということもいえよう。しかも、沖の島の発掘調査によって、島での祭祀は、最古のI号巨岩の下の十七号遺跡での二一面の鏡が語るように、最初から大和の朝廷が関与していた、と考えるほかない大がかりな供献品を残している。宗像の君による祭祀よりも、朝廷の祭祀が先行している、といわねばならない（宗像の君が手伝っていようとも）。実際に朝廷に祀られたために、「天孫の為に祭られよ」というアマテラスの勅命が、そのいわれを示すものとして、神話（C）に繰り込まれているのだろう。後になって出てきた事実が、作られた神話の中では、逆にそういう事実を生む予言とか命令とかになっていく、というのは、一種の神話の法則である。

同じ伝承（C）の中で、三女神を、「道の中に降り居して、天孫を助け奉」るべき神として、性格づけているのは、大和朝廷の朝鮮との交渉ないし交通にかかわる祭祀として、沖の島の祭祀が考えられていたことを示す。と同時に、この部分は、伝承間の共通部分である姉弟神のウケイ物語に対しては、付属的可変部分になっていて、宗像の君奉祀説にも、水沼の君奉祀説にも置換されやすい部分でしかない。島の遺跡が物語るところは、それと大いに相違する。沖つ宮背後の谷の諸遺跡の共通部分こそ、この朝廷奉祀の要素であって、本来、朝鮮とはなんのかかわりもない、大和・出雲不二一体の強調のためのウケイ物語こそ、D号巨岩の七号遺跡の時点、すなわち六世紀になって、その朝廷奉祀の要素に添加された変動部分であった。伝承と遺跡とでは、不動部分と可変部分とが逆の関係にある。事実としての可変部分・付加的契機が、伝承としては根幹部分・本質的契機としての装いをもつに至っている。

六世紀の大和朝廷が、神話づくり、特に出雲服属の神話づくりのために、沖の島での祭式を案出するまでに心を労したとは、わたしにとっても、意外中の意外であるが、まつりごと（政治）が、まず、まつりごと（祭祀）でなければならない、当時の原則からすれば、ふしぎとはいえないかもしれない。出雲服属神話の念を入れた出来栄えからみても、そうする切実な現実的必要があったのではないか、と考えられる。大和と出雲の関係は、記紀神話の中では、アマテラスとスサノオの血縁関係、ウケイによるスサノオに逆心なきことの立証と、スサノオの乱暴・出雲下りのコースと、オオクニヌシの国譲りコースとの複合、というきわめて手の込んだやり方で語られている。国譲りが、高天が原から三度の使者の天下り、その変心、というプロセスのあとで実現するところの、複雑なものであることも、その苦渋に満ちたプロセスと実現の輝やかしさの強調を必要とする、政治過程を裏にもつためかもしれない。アマテラスとスサノオのウケイは、オオクニヌシの国譲りのそのまた神話的前提、いわば神話の神話という位置を与えられている。高天が原の天つ神と合一すべきいわれが、はやくからあったのだ、という論理になっている。

ウケイの神話は、スサノオがウケイに勝ち、「正哉《まさか》、吾勝つ！（まさしく、われ勝てり！）」の凱歌を挙げ、生まれた男神にマサカアカツカチハヤヒの名が付く、というような、出雲に花をもたせるくふうを凝らしている。大和の神話のつくり手は、被征服者の心理を汲み上げる手練の想像力の技師《わざし》であったことが、注目に価する。そして、スサノオが勝利の男神を生むためには、反対に、アマテラスの方は女神を生まねばならぬ。極端にいえば、この女神は、女神でさえあればどこの女神でもよいのが、話の筋からの実際だろうが、技師は、著名な玄海灘の三女神に飛びついた。すでに前世紀から、大和の使者がそこに出かけて祭祀を司どっている、島の女神たちの登用。

中央の技師は、ここでも神話固有の法則を逆用した。沖の島の三女神が登場することによって、新しく作られた神話は実在性をもつ。なぜならば、三女神が実在の神であるから。全体が部分を保証するならば、部分も全体を保証する、という理窟になろう。以前に、わたしは、「幻視——原始的想像力のゆくえ——」（『火山列島の思想』所収）で、「『風土記』の世界は、神々の伝承の記念物の実在する世界であり、伝承を構成する呪術的原始的幻想が、現に眼に見える物として、その一部分を顕現していなければならないとりきめが生きていた。伝承は、そのかみのことがらの、事実としての伝承であったが、伝承の権威は、伝承に関連する数々の証拠が、厳然としていまここにあるがゆえに、ゆるぎないのであった。……時間は眠っている。時は過ぎ去らない。時がいっさいを押し流す、というような思考法と異る、信じて受ける者の心の働きがそこにあった。神がかる者の眼、神語《かむがたり》を信じて受ける者の眼、それは相寄って、幻想を外在する物で保証していく作用をもっていた。

そういう外在物の媒介なしでは展開しにくいところが、呪術的原始的幻想の個性でもあった」と考えていったことがある。幻想を外在する物で保証していく想像の往路は、外在する物づくりで、逆に想像の伝承性を確立させる復路を開いている。沖の島へ神話づくりに渡ってきた大和の使者は、島の神の磐境《いわさか》に分け入って、周囲に前世紀の磐座《いわくら》があるI号巨岩と相対するD号巨岩の岩蔭を選んだ。そこで新しい神話が祭式として厳修されると、それは、そのことでゆるぎない事実となる。なぜならば、その岩蔭に、かつてアマテラスの腕にまかれていて、スサノオが嚙んで吹き出した玉そのもの、スサノオが佩《お》びていて、アマテラスが嚙み砕いて吹き飛ばした剣そのものが、現にあることになる。そして、それ以上に、「吹き棄《う》つる気吹《いぶき》の狭霧《さぎり》に成れる神」タキリビメ（霧の神）が、森厳な島のたたずまいそのものとして、実在する。タキリビメがタキリビメの神話の伝承性を保証する形で、出雲服属の一神話が保証される。

記紀の巨大な神話体系樹立は、大和の史官の案上で作られてすむ仕事ではなかったろう。相当な時間のかかった、体系づくりのプロセスが予想される。神話をふまえた祭式の創出と実修によって、それが固められていく手つづきもあったことを、わたしは、いま、ようやく知った。孤島の巨岩地帯で神が祀られることにも、少しも変りはない。祀られる神にも、少しも変りはない。祭式の内容が変るだけである。換骨奪胎の方式で、事は進む。豪奢華麗な武具・馬具や装身具が運び込まれたけれども、洋上の島の磐境は清邃《せいすい》で、岩蔭の秘儀に加わった人数も少ない、そのことを知る者も少ない。巨岩をひもろぎとする祭り方は、おそらく、玉飾りを吊した三本の賢木《さかき》（榊）を中心とする祭り方となった。その際立《きわだ》たない変革が、出雲服属の神話づくり、大和神話と出雲神話の連繫の創出、という大きな、かつ実効ある意味をもちうる背景には、少数者による祭祀が多数者のものとなりうる状況がなければならない。すべて神との交通が代表者たる司祭によってひめやかに執行されながら、現場に立ち合うことのない、より多くの者が、同時に、この祭のために忌みに籠っている。この人々は神を崇《あが》めているので、実見しえざる代表者のまつりごとをも信じる。そういう祭祀の日本的基本構造からすれば、このひめやかな祭祀にも、二次的な、間接的な参加者が少なからずいて、かれらが、新しい神話の最初の信奉者ないし普及者となりうることは、十分に考えられる。沖の島にも、大島にも、陸にも、D号巨岩の岩蔭の新祭祀をサポートする人々が配置され、潔斎しながら控えていたはずで、その点では、祭式は大がかりなものでなかったはずはない。

こう見てくると、『日本書紀』の一書に曰わくの第一、すなわち、ここでいうCの伝承は、前半のウケイの神話の新しい部分C'と、後半の朝廷の祀る道中の神というより古い部分Cとからなっている、といえる。C'はD号巨岩の岩蔭祭祀的六世紀の要素で、CはI号巨岩の岩棚祭祀的五世紀の要素といえよう。この観点からは、『古事記』の本文（A）、『日本書紀』の本文（B）、その第二の異伝（D）は、

A＝（C'＋A要素）

B＝（C'＋B要素）

D＝（C'＋D要素）

C伝承		
オキツシマヒメ タギツヒメ タゴリヒメ 〔朝廷奉祀暗示〕		
タキリビメ 又の名オキツシマヒメ （沖つ宮） イチキシマヒメ 又の名サヨリビメ （中つ宮） タキツヒメ （辺つ宮） 〔宗像の君奉祀〕	タゴリヒメ タギツヒメ イチキシマヒメ 〔宗像の君奉祀〕	イチキシマヒメ （沖つ宮） タゴリヒメ （中つ宮） タギツヒメ （辺つ宮）
A伝承	B伝承	D伝承

と考えてもよい。C伝承が新作要素（C'）以前の要素Cを含みつつも、結局、新作以後のものであるように、A・B・Dも新しい。しかも、宗像の君が三処に分祀している、というA伝承、宗像の君が奉祀している、というB伝承、三処に分祀してある、というD伝承の、共通部分C'についてみても、大枠は似ているが、細部には違いがある。祀る神と祀る場所の関係についての観念が明確さを欠く。

それは、すべて三処分祀という考え方との関連によって生じており、三処分祀の考え方と宗像の君奉祀とも、どうも緊密な関係にあるようである。しかも、記紀の両本文がそろって宗像の君が祀る神といっていても、それは、いま宗像の君が祀っている、ということであって、宗像の君の神だ、ということではない。祖神《おやがみ》といっていないのも、おそらく、そのためで、島の遺跡・遺物からみて、異伝のC伝承の朝廷奉祀を暗に示す説が、記紀本文のA・B伝承の宗像の君奉祀説よりも、やはり古い事実を反映している、と見なければならない。原田氏が、『続沖ノ島』の「結語」として、「沖ノ島祭祀の最盛期は古墳文化中期初頭から終末の間であったと推定できそうである。恐らくこの間は大和朝廷によって執り行われた祭祀であったろうが、古墳文化の末期でもあり、朝鮮半島における軍事から手をひいた七世紀中葉(六六三年)以降は、多く宗像氏が代ってこれを執り行うようになったのではあるまいか。祭祀遺物がその後は段違いに粗末になり、民間信仰の遺物以上に出なくなるのはそれを語っていよう」という、朝廷祭祀→宗像の君祭祀の説を提出しているのは、傾聴すべきである。

『宗像神社史』が明らかにしているように、古代の宗像の君の神社管理は、平安中期の源氏系の大宮司家の出現によって断ち切られ、大宮司家も、中世、室町の頃に廃絶してしまっている。神は生き残りつつ、祀り手は隆替を重ねていく現象がここにもあるわけだが、宗像の君の手に移った祭祀時代が記紀の時代であることから、いろいろと伝承の違いが出てきている、ともいえる。祭祀の主催者=そこでウケイ神話の実修を企てた当事者たる中央が、手をひいて年月を経ている、記紀編纂の段階で、現地の宗像の君から三処分祀の状況などを逆輸入しているから、どうしても、事はややこしくなる。しかも、直接管掌していないので、宗像の君からの祭神祭所の書き上げに頼れば、書き上げの時が異れば、内容も異る結果になる、現に宗像神社から内務省への祭神祭所の書き上げが、明治・大正・昭和で幾転せざるをえなかった例もある。

異伝の意味（2）

宗像の君が沖の島の女神をどう祀っていたかは、沖つ宮よりも磯寄り、一号・三号遺跡を含む参道周辺部の調査が大切で、まだ報告されていない、最近の第三次発掘の結果にまつべきものが多い。わたし自身は、それと違う文献資料の面から、一、二妄想を逞しうしていることがある。それは、Aの伝承、『古事記』の本文が、沖つ宮にタキリビメ、またの名はオキツシマヒメを、中つ宮にイチキシマヒメ、またの名はサヨリビメを配していることからである。沖つ島＝厳《いち》き島という考えではなく、厳き島が中つ宮のある筑前大島になり、その沖にある神聖な遥かな島は、単に沖つ島＝遥かな島と、ことばどおり敬して遠ざかった時期があったのではなかろうか。イチキシマヒメを祀る新しい厳き島＝中つ宮は、宗像の君が常駐させている斎《いつ》きの君＝サヨリビメ（サは接頭語。憑り姫＝巫女）の在所ではなかったのか。そういう、沖つ島・厳き島分離、中つ宮中心時代が、『古事記』の背後に見えてならない。

宗像の君が祀っていた辺つ宮も、はじめから現在の位置にあったのではない。現在の辺つ宮の背後に下高宮、そのまた後に、宗像山とも呼ばれる上高宮の地名がある。宗像三女神降臨の地と古来社家で伝承しているこの旧宮址を、上高宮が古墳であり、下高宮が祭祀遺物を出土する地であることから、「宗像の氏人部民どもが、氏の上、氏神として葬り斎きまつつた神霊の地『上高宮』に対して、之を祀祭するまつりの庭『下高宮』の地こそは、やがて後円部に対する前方部祭壇の形式を派生せんとする始原のまゝの姿とは云ひ得ないものであらうか。而して之やがては神殿と拝殿とを以て一軀をなす神社建築の様式となるに至つたもの、即ち、上高宮と下高宮とをそのまゝに、丘麓平地に遷移し奉つたものが現在の官幣大社宗像神社辺津宮なのではないだらうか」という説で解釈しようとしたのは、沖の島研究の先駆者のひとりである田中幸夫であった（「官幣大社宗像神社辺津宮と祭祀遺跡」『考古学雑誌』二八の一、一九三八年一月）。上高宮古墳（円墳）にあたかも三女神を葬ったかのように考えた上で、その後円部に対する前方部としての下高宮を考えるのは、今日では肯いがたい。上高宮古墳は、古墳前期第Ⅳ期に属する、というのが現在の考古学者の考え方で（小田富士雄「九州」『日本の考古学Ⅳ』）、ここからは、仿製の変形獣形鏡・銅鏃・勾玉・管玉・刀・剣・蕨手刀子・短甲・鉄鏃・鉄斧などが出土している。五世紀後半のこの地の豪族の墓、おそらくは宗像の君のだれかが葬られた、と考えるべきだろう。

下高宮は上高宮の古墳を祀る祭祀遺跡ではなく、独立の祭祀遺跡であろう。須恵器・土師器・滑石製臼玉・小形有孔石製品・土製丸玉、それに滑石製の人形・馬形・舟形などが発見されているが（『宗像神社史』）、沖の島で、第一次に滑石製人形が発見されたのは、四号遺跡（御金蔵）、滑石製舟形は、四号と三号。第二次では、滑石製人形・舟形が三号遺跡に接した地域から発見されている。わたしは、その点から、下高宮祭祀遺跡の年代は、上高宮古墳より遅れるのではないか、と考える。沖の島では、五世紀までのⅠ号巨岩を取りまく岩棚遺跡でも、六世紀のD号巨岩を取りまく岩蔭遺跡でも、人形・舟形は出土しなかった。上高宮の古墳副葬品が、1号巨岩の下の十七号遺跡の供献品の豪奢と比べものにならないまでも、とにかく、五世紀後半の宗像の君の勢力を示している、とすれば、下高宮の遺物は、沖の島の祭祀場が谷からあとずさりして外へ出た七世紀・八世紀の祭祀遺物と並ぶもの、といえよう。筑前大島で滑石製舟形が発見されているのと思い合わせると、宗像の君の手に祭祀管理が移ってからの三処分祀のおもかげが浮かび上ってくるような気がする。

　上高宮から西へ、津屋崎の奴山《ぬやま》古墳群・須多田《すだた》古墳群・宮地嶽《みやじだけ》古墳などの後期古墳地帯がひろがっており、わたしは、個人的意見として、下高宮の祭祀地は、年代的に並ぶこれら豪族の古墳との対応関係で捉えたい。七世紀のもので、仏教文化の影響が濃いとされる（前掲小田氏論文）、宮地嶽古墳など、王塚とも呼ばれ、巨大な石室をもっている。「宮司《みやじ》」という地名にあるところの宮地嶽であることも考え合わせたい。どこの宮の宮司かは、いうまでもなかろう。神社としての辺つ宮とやや離れたところへ、この地方の支配者が動いていった時期があり、やや距離をおいた政庁と神社、まつりごと（政治）とまつりごと（祭祀）の拠点の関係が有効性をもっていた、というふうに考えたい。

辺津宮付近・古墳分布図

　記紀のC伝承に対応する時代につづく、A・

B・D伝承の時代、すなわち宗像の君奉祀時代のことはそれくらいにしておいて、残るEの伝承について考える必要がある。そして、これがいちばん難解な問題を多くかかえている伝承でもある。この伝承は、他のものにない、三女神が宇佐の島にまず降った、という説を伝えている。宇佐をなぜ「島」と呼ぶかが古来の難問。宇佐八幡宮の祭神は変転していて、三女神もかかわりあることは大いにあるが、原型に近いものは、にわかには押さえにくいのも、難題のひとつ。さらに水沼の君らが斎く神というが、その水沼の君のことがよくわからない。『日本書紀』景行天皇十八年条の、天皇が八女県《やめのあがた》に遊幸の時、水沼県主猿大海《みぬまのあがたぬしさるのおおあま》が八女の地名の由来を奏上した、という記事、後世筑後の国三潴《みつま》郡の地名が残っていることなどから、筑後出身の豪族とおぼしいので、地理的に沖の島との関連がつけにくい。しかし、雄略天皇十年の、呉から献上の鵝《おおとり》を具して身狭村主青《むさのすぐりあお》が筑紫に到着した時、水間《みぬま》の君の犬がこの鳥を食い殺したため、水間の君が鴻と鳥飼いを捧げて謝罪した、というのは、この水沼の君と同じ氏族であろう。身狭村主青を大陸から運んできた航海業者が水沼の君で、その飼い犬が事件を出来《しゅったい》させた、と考えることもできそうである。そうあってほしい、ということ以上に固めようはないが、「道主《ちぬし》の貴《むち》」という呼び方で崇めているということとも、やはりかかわりがあるであろう。Eの伝承が洋上渡航者の神としての伝承要素をもち、祭神の沖の島以前の祭祀地の記憶を含むらしい点など、最も古いものと思われるが、いまは断定のすべがない。三女神の、道中の神、拝して通る島そのものとしての神の性格――Eの伝承もまた、C'+E要素、というふうに見れば、このE要素こそ、最初に神名そのものの分析から復活した、雲霧の神・波浪の神・島影の神の三位一体の群像と、最もよく呼応し合えるものといえよう。

ということは、神の命名そのものが神話の創造であるような段階を、ここでも原初的に想定してみうるのではなかろうか、ということにも通じる。航海者たちの、洋上の島を道しるべに拝して船を進める、手向けの心に含まれている敬いの詩的想像、愛着の呪的幻想——その神の祭祀を、国運の賭かった朝鮮との頻繁な交渉過程で、大和朝廷は管理する必要を感じはじめる。朝廷は、島へ使者を揚げて、神を谷間の磐座《いわくら》に呼び降す。大和の三輪山の神の祀り方と同じような、内陸型の祭祀形態で通過点の神を祀るには、数多くの洋上での苦しい体験がふまえられているに違いない。「此処《こ》を経過《すぐ》る者は、十人《とたり》の中、五人《いつたり》を留め、五人の中三人を留めき」(『播磨国風土記』揖保郡枚方《ひらかた》里。『日本古典文学大系』)というような障《さ》える神の重圧を感じとって、のっぴきならぬ必要が島での祭祀を生む、ということが、いちばん考えられやすい状況であろうが、十船の中五船を留め、五船の中三船を留める恐怖は、同じ恐れ、崇めの心といっても、想像力の働かせ方において、最初の船びとのそれと少し異るようである。そして、第三次的に、国内的な政治上の必要が、神話体系の創出という形で、大和以外の他の神話の包摂をめざす時、ここでも、新しく演出された祭式の実修としての、体系のための神話づくりが行なわれた。それは、既存の三女神の神話を損壊しないで、単なる三女神の出生譚のつけ加えの形をとるが、荒ぶる自然であり、女神でもある原初的な神のイメージの二重構造を弱め、一面的な古代の人間神のイメージの押しつけとして作用していくことも否めない。現に、後代への自然神のイメージの伝承の断絶は、この新しい神話の限定力の作用と考えるべきだろう。イメージを喪失した神の名の記号化。

いつ、どこで、だれの手によって、日本の原始的想像を内部から食い破る営みが進められたか。

神話における原始——その原始的生命力は、どのようにして喪われていったか。
徒労に帰するであろうそういう事実の具体的追求を、早くから断念していたわたしに、断念の早きに失したことを気づかせてくれたのは、沖の島の二次にわたる考古学的調査のタブーを乗り超えての偉業と、その驚くべき成果のみごとな公開であった。それにしても、この推理のプロセスにおいて、わたしは意識しえざる独断に陥っているのではないか。なにか幻を見ているのではないか。そう思いためらう歳月も永かった。わたしは、神話づくりの実態をまざまざとこう見た。しかし、他の冷厳な眼での検討をまたねばならない。

付記　関連する問題として、なぜ、記紀でタキリビメは出雲のオオクニヌシの妻の一人となるかを、やはり取り上げるべきであるが、それは別の機会にしたい。
最後になったが、重ねて、宗像神社復興期成会の積年の事業に敬意を表し、『沖ノ島』『続沖ノ島』『宗像神社史』上下巻の執筆諸氏の恩恵に心から感謝する。もうひとつの解釈の試みに対しての、海容をも乞いたい。

(1) 本居宣長の『古事記伝』は、「多紀理も多岐都も、河の早瀬の状を云ヮ言なれば、安ノ河に依れる御名にや」（七之巻）と、タキリとタギツを同一視している。ここでは、「書紀には『田霧姫命』とある。霧のキは乙類の仮名であり、紀も乙類であるから、霧に因んだ神名であろう。多（田）は接頭語か」として、多岐都比売命との、紀と岐の特殊仮名遣い甲・乙類の書き分けに注目した、『日本古典文学大系』本『古事記』（倉野憲司校注）の説を重んじている。
(2) 近世、この島に許されて上陸できるのは、黒田藩派遣の防人《さきもり》と氏子にあたる大島・鐘崎の漁民に限られていた。

(3) 中世以降明治の官祭開始まで、沖の島へ渡るのは、大島在住の宗像神社の社家「一の甲斐」河野家に限られ、専門の世襲職であったが、辺つ宮から直接渡島することはなかったこの時期も、原理的には同じことがいえる。ただ、いっそう、

沖の島⇅大島　大島⇅神湊⇅田島

というように閉じられていたわけである。「一の甲斐」が沖つ宮から大島へもたらし「長手」(長い布を竹竿につけたひもろぎ)を、さらに辺つ宮へ送る長手の神事は、宗像の神官総がかり、氏子総出の大々的な行事となるが、「一の甲斐」の沖つ宮往復は、日も一定していない。荒海のことで決めにくいのである(『宗像神社史』)。

(4)宗像の三社にそれぞれ三女神を配祀する考え方が出てきてからも、年久しい。そして、祭神のあて方は動揺してきているが、それも、このことと関係があることであろう。

日本人がいかによく神を忘れるか、その結果、次々に新しい神をそのあとに充当するような操作をしているか、という実例を、宗像の辺つ宮の末社の祭神をどう考えてきているかの例で掲げてみよう。『宗像神社史』の記事、二十末社分から、ただ三社だけを抜萃したが、全体の傾向はこれと変らない。

	第一殿	第二殿	第三殿
延宝四年 宗像宮末社神名帳	大神大明神 只折《タダヲリ》明神	貴船大明神 小野井明神	津加計志明神 山口御口代明神
文政三年 宗像宮書上帳	三輪明神 大己貴神 稲田姫命	高龗 闇岡象女也 小野御霊 山代国葛野郡小野庄東河内村、 文徳天皇第一皇子惟高親王也 便覧ニ在リ	神湊ニアリ 阿田賀田須命 麓山祇命
慶応四年 宗像宮末社記		高龗命	少童三神

〈補注〉アマテラスの宗像降臨

古代に、沖の島の巨岩の岩蔭で、アマテラスオオミカミとスサノオノミコトの誓《うけ》いによって、宗像の三女神が誕生する神話が、祭儀として演出、実修されていたことを、わたしに教えてくれたのは、七号遺跡の遺物分布状況であった。原田大六の発掘報告の綿密な観察すべてが、そう見るべきことを暗示してくれていて、わたしにとっては、それで充分に確信しうるほどの驚くべき符合なのだが、第三者にしてみると、七号遺跡の遺物分布図を記紀の天の真名井での誓いの伝承に読み替えるというところが、まさに問題であるらしい。なぜ、そう読み替えるのか、そう読み替えてよいのか、ほんとうにそう読み替えるのが正しいのか、いくらでも疑問が挿入できる問題点らしいのだ。

「秘儀の島」を読んで、そういう質問を寄せられると、旺盛な懐疑精神に対して、あれほどの符合でもまだ疑うのか、と次第に感嘆するようになっていった。わたしの方には、もう、あれ以上の新しい資料の貯えはありはしないのだから……われながら、むつかしい推測に好んでかかわったものだ。両者のまたとないほどの符合を信じるのもよし、それをそれほどの符合とは見ないのもよし、そういう人まで自分の見解に同調させたがる必要もなかろう、と半ば投げ出した気持になっていたのが、最近である。

ところが、竹内理三編『鎌倉遺文』の古文書編第六巻（一九七四年四月）が出て、「筑前宗像神社文書」の中のつぎの官宣旨にぶつかって、また、ああ考えられもするが、こう考えられもするくらいで抛《ほう》っておけないように、思いはじめてきた。考証者の心理は動揺しつづけるものだ。

左弁官下大宰府

応且任国司庁宣、且依往阿弥陀仏勧進状、宛用管筑前国宗像社修理用途同国曲村田地肆拾町事、

右、得彼社神官等去月日解状偁、当社者天照太神降来之霊地、日域無双之仁祠也、仍被寄附料田、勤行式日之神事、但於大少七十余社之修理用途者、往昔以来、以葦屋津新宮浜漂濤之寄物致沙汰、送数百歳之星霜、而今往阿弥陀仏哀彼漂濤之難、築孤島、助往還之船、休風波之煩、因茲修理用途已以無足之由、以関東状経上奏之処、早以曲村田地、可宛修理用途之由、召給国司庁宣畢、望請鴻恩、以曲村田地為社領、可致御修理沙汰之旨、賜官符、欲備後代之亀鏡者、権中納言藤原朝臣頼資宣、奉勅、依請者、府宜承知、依宣行之、

寛喜三年四月五日　　大史小槻宿禰（花押）

少弁藤原朝臣（花押）

（二五二頁、四一二一号文書）

これは、一二三一（寛喜三）年四月、宗像神社に修理料として曲村《まがり》の田地四十町の社領化が認められた時の、一件文書の一通である。はじめに、「応《まさ》に、且《かつ》は(B)国司の庁宣に任《まか》せ、且は(A)往阿弥陀仏勧進の状に依り、管筑前の国宗像社の修理用途に、同国曲村の田地肆拾町を宛《あ》て用ふべき事」とあるように、事は二段階（A・B）になっている。宗像神社から従来の修理料を取り上げ（A）、新しく修理料を与える（B）というのである。

関係文書としては、まず、前年一二三〇（寛喜二）年八月のものかと見られる後堀河天皇論旨《りんじ》（A）

が残っている。

築孤島於鐘御崎、可助行舟風波之難事、勧進聖人往阿弥陀仏申状令奏聞候之候、素願誠莫太也、早可遂其願、於宗像社修理析者、且随社家之申状、且任先例可其沙汰、但以船之破損、宛社之修造之条、自今已後宜従停止者、

天気如此、以此旨可令披露給、仍上啓如件、

八月二日　　　　　　　　　　　　　　　　　治部卿平親長奉

謹上　二条中納言殿

（二一一頁、四〇〇八号文書）

元来、筑前鐘が崎の海岸に流れ寄る難破船の破損船体は、宗像神社の修理料に宛てるものときめてあり、神社の得分であったこと、それが、鐘が崎に小島を築いて、往来の船の荒天時の緊急避難所としたい、という往阿弥陀仏という勧進聖人の企てがあり、破船の寄り物をその費用に宛てたい、とする申状が勅許をえてそちらへ振り向けられたこと、神社修理料は別途沙汰するとなったことが、これでわかる。

ついで、一二三一年（寛喜三）三月になって、つぎのような筑前の国司庁宣が出ていて、神社修理料には曲村の田地四十町が宛てられると決まったことが確かである（B）。（鐘が崎の難破船からの寄り物が、年間では田地四十町からの貢納物総計に見合うほどだということも、看過できないが……。）

庁宣　筑前国在庁官人等
可早以曲村田肆拾町宛用宗像社修理料事
右、件田、可宛彼社修理料之由、所被仰下也、早可宛用之状、所宣如件、以宣、
寛喜三年三月　日
大介小槻宿禰（花押）
（二五一頁、四一二〇号文書）

こういうふうに事は進んだけれども、宗像の神官は、国司庁宣だけは満足せず、「曲村の田地を以って社領と為し、御修理の沙汰致すべきの旨、官符を賜り、後代の亀鏡に備へんと欲す」と願い出て、それに応じて下されたのが、冒頭に掲げた同年四月の官宣旨であった。この官宣旨には、前月、宗像の神官が差し出した解《げ》の、「当社は天照太神降来の霊地、日域無双の仁祠なり」という文が引用されており、これが、わたしの当面の問題と深くかかわっていることなのである。

十三世紀の頃の宗像神社の神官が、わが社は宗像の三女神が鎮まりますところ、というよりも、わが社はアマテラスオオカミが降って来られた霊地だ、国中に比類のない社だ、という伝承の方を持ち出して来たのは、その方が朝廷の神領寄進を促すのに得策、と見てのことだろう。だが、宗像の地には「天照太神降来」の歴史はないはず。記紀の記載では、高天が原の天の真名井での誓《うけ》いの時、アマテラスのわざによって三女神が誕生し、その後、三女神がここに降って来たというのだから、この神社を、アマテラス降臨の地とはいえないはずである。為めにする付会の強弁だろうか。

ところが、神社側は臆せずにそう主張し、中央もそれをあえて咎めようとはしていない。アマテラスがこの地に降って来たということは、少くとも、十三世紀の関係者にとっては、全く無根の伝承でもないようだ。とすれば、アマテラスとスサノオの誓いがそこで祭儀として執り行なわれ、秘められた祭の庭にアマテラスが降って来るという、かつての沖の島七号遺跡での秘儀についての知識、もしくは、それ以後の島での同じような祭儀についての知識、ないしは、その祭儀の知識から流れ出た伝承を、彼らが保持していたと見るほかない。アマテラスは沖の島で三女神を生んだ、あそこはその誓いの舞台であったから、同じことがそこで祭儀として執行されるのだ、という考え方が宗像神官の主張の基盤にあったと見ねばなるまい。

そういう祭儀をそこですることから、溯ってアマテラスの島への降臨の事実を信じる論理は、現在からいえば倒錯ということになるだろうが、神話と祭式儀礼は、多くの場合、そうした構造で結びついて古代・中世の人びとの心の中に横たわっていたのが、むしろ普通といえよう。

また、試みに、わが社はアマテラスが天降られたことがある「日域無双の仁祠」だ、という十三世紀の宗像の社家の伝承を原点として考えてみると、その降臨の地は、辺津宮の田島や中津宮の大島であるよりも、宗像の祭祀の根源の地としての沖津宮すなわち沖の島を、当然これに擬すべきだろう。そして、沖の島に姿をあらわしたアマテラスというのであれば、どうしても、島で祀っている三女神と無関係に考えるわけにはいかない。スサノオとの誓いの中で女神たちを生むあのアマテラスであろう。

日本各地の神の信仰は、古くからの神が祭の儀式の中で年ごとに新たに生《あ》れる、〈みあれ神事〉

にあたるものをそれぞれ含んでいる。神は年々に生れ来たって、しかも超時間的な古来の神である、という構造が、日本的祭祀のひとつの顕著な特色である。「神がまつりの季節ごとに新しい神としてこの世に生《あ》れくる、という〈みあれ〉の思想は、日本の神道の大切な根本原理であるが、それは別の言い方をすれば、まつりの季節ごとに、神を祀る者が新しい神を見顕わした最初の体験にたちもどる、神の発見をくりかえすということにほかならない。多くの祭式を貫く共通の原理として、祀り手は祭式の中で歴史的時間を超越して始原に還ることをめざす。始原をくりかえす祭式の中で、神が立ち現われる場合、新しい神を見顕わした最初の体験にたちもどるのは、理窟からいえば、ごく当然なことであるけれども、その原理を守りぬいているのが、日本の場合であろう」（益田「神道」『日本の社会文化史3』所収、一九七三年）とわたしは、以前にその問題に触れたことがあったが、あの七号遺跡のような挂甲や矛・楯、あるいは馬具類までの、たいへんな道具立てをするしないにかかわらず、絶海の孤島の森の中にきて、新しくその年の神祭りを行なう神官の胸中で、三女神誕生をめぐる神話が、年ごとに新しく現在のこととして甦らなかったわけがない。甦ることによって、はじめて祭祀は成り立ち、その年の神はこの地上に立ち現われるのである。

沖の島の原始林の中の祭祀は、年ごとに場所を少しずつ移動していったらしい。十三世紀の宗像の神官たちが、ほとんど露出ないし半露出のままで残置されていたはずの七号遺跡を、どういうふうに目撃したかはそこではほとんど問題ではない。彼らは彼らのアマテラスとスサノオの降臨、両神の誓いの執行、三女神の〈みあれ〉を体験しつづけたに違いない。

鎧に身を固め、手に矛を持ち、防禦の楯を立てて、馬で来た男神と対時していた神の遺品や、その位置から誓いの剣尖が相手側に吹き飛ばされてそのまま残っている、あの七号遺跡の祭場は、そういう祀り方としての原初性を別にして、そういうそれ以後の年ごとの祭祀の中での祀り手の想像の一回分として、相対化されざるをえない面ももっている。六世紀のあの年の、鎧に身を固め、手に矛を持ち、防禦の楯を前にして立っていた神を、アマテラスとするかしないかは、そういう書かれざる沖の島祭祀史の流れの中で決定すべきことのように、わたしには思われる。

第四章　日本の神話的想像力――神話の文法

〈近代〉の忘れもののひとつ

今日現在を生きているわたくしたちにとって、わたくしたちの生きている時代ほど問題になるものはありません。しかも、その問題になりかたの中心に、わたくしたちの時代＝〈近代〉がこういう進み方をしてきていることがこのままでよいのか、という反省ないし後悔がどうしてもにじり出てきてしまうのが、七〇年代に生きなければならない日本人にとっての、時代の課題というべきものかもしれません。結局、近代社会とはわたくしたちにとってなになのか。突きつめたところ、近代文明とはわたくしたちになにをもたらしたものなのか。公害をはじめとする〈近代〉の諸到達が、そのプロセスにおいて捨てて省みなかったものの埋もれた価値との対比によって、あらためて評価され直さなくてはならなくなったのですが、神話的想像力の問題も、やはり、その〈近代〉が見失った大切かもしれないものにかかわることがらではないかと思います。

近ごろ、いろいろなところ、いろいろな場面で、「もっと底の方にあるドロドロしたものを、そのますくい上げて……」といった言い方がされます。これは、合理主義一本槍で、万事に理性を旗じるしに掲げて進んだ〈近代〉というものに対する、わたくしたちの思わずの自己反省であり、近代化のプロセスで見捨てたもの、見失ったものの再発掘を熱望している気持の表明ではないでしょうか。今日、ふたたびおもむろに高まってきた神話のふくむ野性的な未分化なものに対する関心は、論理的思考と異なるその展開軸、人間と人間ならざるもの、存在と非存在とを区別しないことの多いその認識方式などに対する従来の軽蔑を、行き過ぎと考えることと深くかかわっており、一連の、〈近代〉を問い直し、人間を原初的な、根源的なところでとらえ直そうとする、時代をあげての動きの一角というべきでしょう。ですから、学校教育の中にもう一度神話教材を呼びもどして、〈愛国心〉の培養に役立てようとする、新「小学校学習指導要領 社会科」がまきおこした上からの神話旋風とは、性格の異なる、混同することのできないものでありましょう。根が違います。

少しより道になりますが、学校教育に神話教材を復活させた時の世間の賛成・反対の議論のしかたは、実は相当奇妙な点がありました。そして、今日でも、賛否双方の側に、その点の誤解が誤解のまま生き残っていて、どうもおかしなままになっているのではないでしょうか。あの〈神話教育〉復活をめぐる論争および反対・賛成の運動は、あの場合の〈神話〉とはなにかを厳密に突きとめずに、ほとんどが提起された問題の実際とずれた形で、〈神話〉とあるから〈神話〉だ、と早呑み込みで議論したようにわたくしは思います。一般に、イザナキ・イザナミの国生みとか、イナバの白ウサギの話だとか、そういう神話を小学校高学年の社会科に文部省が持ち込もうとしたように受け取り、そういう史実でない神話を取り入れることの可否が問題にされました。実は、問題はそういう〈神話〉ではなかった。『古事記』で言いますと、上巻の神代の神々の話を教材に復活しようとしたのではなく、中巻以下の天皇をめぐる話の復活にねらいがあったのです。同じ記紀に書かれていても、きょう話題にいたしますような神々の〈神話〉とは違うものであります。

当時、わたくしは、「学習指導要領」改訂案を検討し、また、改訂の立役者である教科調査官・教科書調査官ら担当文部官僚の著書の内容を調べ、今復活しようとねらわれている神話というのは、煎じつめれば、重点は、カムヤマトイワレヒコ、すなわち神武の建国、ミマキイリヒコ、すなわち崇神の国土統一と、オキナガタラシヒメ、すなわち神功皇后の朝鮮征伐の三つになること、そのことによって、（1）非常に早い日本の建国、（2）非常に古い雄大な古代国家の確立、さらに、（3）遥かな以前からのアジアの大国としての日本のイメージを、子どもたちの脳裏にくっきりと焼き付けようというのである、と推定いたしました。それは、日本文学協会第二十三回（一九六八年）大会で報告し、同協会の機関誌『日本文学』（同年一〇月号）に、「神話復活をめぐって」という題で掲載していただいたことがあります。

もう一度、「学習指導要領」の文面をみてみましょう。第六学年の「内容の取り扱い」という箇所の第三項に、

（3）内容の（2）のイについて、すぐれた文化遺産や人物のはたらきを中心として指導を行なうに当たっては、日本の神話や伝承も取り上げ、わが国の神話はおよそ8世紀の初めごろまでに記紀を中心に集大成され、記録されて今日に伝えられたものであることを説明し、これ

らは古代の人々のものの見方や国の形成に関する考え方などを示す意味をもっていることを指導することが必要である。

とあるのが問題になる点です。「内容の（2）のイについて」とありますが、「内容」の（2）といいますのは、

（2）わが国では、古く大和朝廷による国土統一が行なわれてから、飛鳥、奈良、平安、鎌倉、室町、江戸など、それぞれの時代の歴史を重ねながら今日に至っていることを、歴史上の人物のはたらきや代表的な文化遺産などを中心に理解させ、国の歴史や先人のはたらきについて関心を深めさせる。

というものです。その（2）をさらに細分化した諸項目中の「イ」というのは、こうです。

イ　大和朝廷の成立、大陸文化の摂取、大化の改新による政治の改革と国家組織の確立、飛鳥、奈良、平安などの文化の発展などに尽した人物の業績について理解し、すぐれた文化遺産や人物のはたらきを中心として当時のわが国の様子について関心を深めること。

この「イ項」の取り扱い方に関して、前に出しました「日本の神話や伝承も取り上げ」云々の注

意事項が付けられているわけです。ところで、たとえば、「内容」（2）の「イ」のひとつまえ、「ア」には、「統一国家の成立以前から、この国土のうえでは、人々の漁猟や農耕の生活が営まれていたことを理解すること」というのがありますが、その「内容の取り扱い」の方には、「遺物や遺跡などの事例を多く取り上げて程度の高い学習に走ることのないように留意することが必要である」という、考古学的成果に深入りするなの禁止条項があっても、そこで神話を教えよ、とは言っておりません。原始社会を教える時に神話を用いよ、とは言っていないのです。

「イ」の大和朝廷の成立と大陸文化の摂取というところで、はじめて、記紀を持ち出せ、その内容としての神話に触れよ、というわけであります。そして、その記紀の伝承でいちばん大切なこと、と文部官僚側で考えていることはなにか。わたくしが推定資料としていちばん注目しましたのは、たとえば村尾次郎（教科書調査官）著『民族の生命の流れ——日本全史』（二巻、日本教文社）のような本です。村尾氏の書き下ろした通史では、いわゆる神話、神々の話の内容には少しも触れないで、記紀の重要性を説き、中国史書の記載によって肇国《ちょうこく》史の部分を考える一般的傾向の愚を指摘したあとで、史的叙述としては、いきなり「大和朝廷の成立」の章に入ります。そして、その章は、「ヤマヒトの発展」「イワレ彦伝承」「ミマキイリ彦伝承」「オキナガタラシ姫伝承」という四つの節から組み立てられております。そういう歴史の開幕のしかたで事足れりとしている。いわゆる神話、神々の話は、そちらさまには問題ではないのです。注目すべきことではないでしょうか。

その後、この「指導要領」をいろいろな幅をもって正解・曲解した教科書が出来、それを用いての教授や、それらに対する批判が積み重なり、神話教育の現状はだいぶ当初の体制側のねらいと重、なって、ずれる、ややこしいことになっておりますが、きょうは、その細部には触れないことにいたします。一方で、わたくしは、今日の支配体制をささえている俊敏なニュー・ライト改良派官僚が、〈愛国心〉培養、現体制と現皇室持続の思想普及のために、これらオールド・ライト国粋派小官僚の考え方や術策に依存する点に関心を持ちますが、それと同時に、もう一方で、それらオールド・ライトが必ずしも積極的には望まないのに、付録のように復活してきた神々の話である神話教材というものにも、深い関心を持たずにはおれません。一度接すると意外に鮮明な印象を残す話が多いのが、神々の話の特色で、それは神話的想像力の構造・機能と深くかかわりあうことらしい。記紀の神話は主として六世紀の頃に大和朝廷の手で体系的に編み出されたものである、という津田左右吉の文献批判（『日本古典の研究』）や、他の諸民族の神話が横に並列的に展開するのに対して、天皇家の縦の系譜として一本に体系化された記紀神話が、いかに作られた性格をもつ類のないものであるか、という松村武雄の神話学的研究（『民族性と神話』『日本神話の実相』）などのすぐれた学問的成果は、作られた体系の性格、体系として作られた時期についてあばき出しえていても、その体系の部分である個々の神話の中の数少くないものが、受け手に強く愬《うった》えてくる点について、どう対していくべきかまでは答えてくれません。その点は、よくよく考えてみる必要があります。そういう意味での神話研究は、日本には、まだ十分には育っておりませんでした。

ところで、そういう教育のための〈神話〉騒動よりやや遅れて、新しい神話熱が高まってきました。それ以前の場合には、体制支持の側でなければ、神話否定の動きが支配的でしたが、こんどは逆に神話肯定的な動きでありました。しかし、それは、実は正直なところ、相当に外発的契機を含んでいたように、わたくしなどは受け取っております。第二次大戦後のヨーロッパ・アメリカの神話研究の新風が、ようやくこの頃になってわが国に吹き込んできた、と言ってよいのでしょう。最も代表的なのは、比較宗教史学のミルチャ・エリアーデの研究、構造主義のレヴィ・ストロースの研究などでありましょうが、現象学や精神分析学の分野にもめざましい研究が生まれています。大戦前夜から動き出していたあちらの学問は、大戦後に面目を一新した感があります。神話を問題にすることがかくもさまざまに深く社会と文化の問題となりうるのか、と驚かされる点が多くあります。

わが国での今日の神話への関心は、もちろん、昨今の〈日本文化論〉ブームとも関係はありますが、より多く欧米での新しい研究の開発に刺激されている、とわたくしは考えます。そう考えますが、単に影響・余波と言ってすますことができないのは、たとえば聖と俗の関係とか、「煮たもの」と「焼いたもの」というようなカテゴリーとか、神話素の概念とかを持ち込んで物を考える時の考え方が、大分本家本元の方とは違っているように思える点でしょう。わが国の現在の状況として、あちらの人類学者・宗教学者からこちらの人類学者・宗教学者へ影響するというにとどまらず、すぐに多数の評論活動家層がこれをめいめいの考えごとに繰り込み、貪婪《どんらん》に活用し、拡張しようとする、そこからさらに多くの一般読者層が関心を深めるという社会の構造、連動装置みたいなものがあって、レヴィ・ストロースの場合、厳密に原始・未開の異質な構造の文化の問題として考察されている問題が、わが国では、自分たちの今日の文化の問題、人間状況の問題にも持ち込まれていく、というようなところがあります。M・エリアーデは、原始・未開の宗教と近代の自分たち文明世界の宗教とを別ものとはしませんけれども、宗教および宗教体験の問題に限定しているわけですが、それが、わが国ではもっと一般化され、宗教的限定を越えて、人間状況一般にかかわる問題として受けとめられていく傾向にあります。

聖と俗、日常と非日常というような単語が流行語として氾濫しているわが国のそういう傾向を、わたくしは必ずしも間違いとは考えません。すべてのことを現在の人間状況の解明や、自分たちの文化のパターンの把握のために役立てようとする、今の日本の傾向の貪欲極まる中から、生み出せるものは生み出さねばなりません。と同時に、神話そのものの研究に執していえば、そこでも、方法の輸入によってわが国の神話がどれほど新しくつかみ直せるか、つかみ直せたか、ということが残ります。わたくしは、この点に関しては、この何年かの状況をみて、否定的予測に陥らざるをえません。外来の新しい方法に接して強烈な刺激を受けて、日本の神話にそれをそっくりそのまま貼り付けようとしても、対象の方が受け付けないということがあります。わたくしどもが相手どらねばならない日本の神話そのものへの沈潜によって、対象の構造・性格からその研究方法が逆に限定されて、さまざまに変えられていくような土着の営み、土着のための葛藤が生じないかぎり、輸入された学問は、外国の文化についての外国人の研究、という域を永久に脱することが出来ないのではないでしょうか。対象に方法が逆浸透されるほどに、日本の欧米の人類学・宗教学の研究者が、日本神話そのものに沈潜することは当分ありませんでしょうし、従来からの日本神話の研究者の方にも、対象が語りかけて、対象の埋もれている別の顔を見せてくれるほどに、対象に没入しえた最近の例をほとんど知りえないのです。レヴィ・ストロースの方法、エリアーデの方法が新しいということも、よく考えてみれば、それらの学者が着想がよかったとか研究操作に長じていたということだけではなしに、対象と深く取り組み、逆に対象の深層の構造・機能にかつてないほど浸透されたということであるのかもしれません。

日本神話の研究においては、この数世紀の間に、少くとも二度、画期的なオリジナルな展開がありました。本居宣長《もとおりのりなが》の手によってと、折口信夫《おりくちしのぶ》の手によって。このふたりの先人の場合、まさに対象の方がふたりにそれぞれに浸透し、対象の深層の新しい面を開陳したのではなかったかと、わたくしは考えます。わたくし自身の問題としては、これまでの日本神話の研究方法や新しい外国の神話の研究方法からさまざまに教えられつつ、やはり、わたくしが帰りつかなければならないのは対象に沈潜するということであり、対象に執しぬいて、対象のみずから語るのを待って学びとるということしかないようです。わたくしの場合、現在、対象から教えられた神話自体のことというのはあまりに僅かですが、かりにそれを〈日本神話の文法〉と呼ぶことにして、以下二、三述べてみたいと思います。

日本神話の文法（1）

日本の神話の問題で最も最初の地点に位置する難題は、記紀神話を避けては考え進められない、ということ、従って、天皇および天皇家のことを回避できない、ということではないでしょうか。非常に特殊な性格をもつ記紀神話が資料的に回避できないわけです。ただし、回避できないということは、あれをそのままに受け容れるほかないということにはなりません。どう回避せずに通過するかが問題だろう、と思います。

本居宣長は、記紀、とりわけ『古事記』の神話体系をそのまま受け取る形の復古を企てました。いろいろな神道の流派の、神話体系の部分部分に付加的解釈、あるいは垂迹《すいじゃく》説的な、あるいは理気説的な見方を投げ込むやり方を排し、記紀の神話体系そのものが語る神話的宇宙観・人間観・歴史観を、純粋に、儒教的な、あるいは仏教的な宇宙観・人間観・歴史観と対立させ、独自性を浮かび上らせたのが、彼でした。ということは、儒教的なもの、仏教的なものと相浸透しあい、包含しあっている宣長当時の文化の現実状況に背いて、純粋化・理想化をはかった、ということでもあります。神の子孫としての現人神《あらひとがみ》としての天皇の神ながらの性格を、将軍家という実在の権力を遥かに超越した存在として確認しました。これは後に明治維新によって現実化しますけれども、宣長の時点においては、むしろ、現実にそむいて、新しい天皇の純粋化・理想化をはかったことになります。折口信夫は、全体として宣長の国学的発見ないし発掘を継承しましたが、そのエピゴーネンの通俗化に抗して、宣長の見出したものよりさらに背後にある神話世界、さらに基底にある、むしろ、記紀にも全部姿を見せてはいないような神話世界を探りました。記紀にはごく一端しか見えないトコヨの国の思想とか、姿を変えてしかそこに残っていないマレビト神とか、沖縄や本土の民俗伝承を証左として、記紀以前の神話世界を記紀神話を通してその向こうに見出す方法を採ったのでした。天皇の姿も、大嘗会《だいじょうえ》の儀式、そこでの天皇の行動の分析などを通して、司祭、神のよりましの側面でくっきりと捉え、神話世界と現実を神となってつなぐ者として、民間の神のよりしろとの共通性を強調して再規定しようとした、といえるように思います。記紀神話の世界に匹敵するもの、あるいはそれ以上の比重をもつ神話的世界を、その基層に見るようになった折口の方法は、記紀の神話的世界を日本民族の古来の民俗・信仰の次元に引き下したわけですが、同時に、それは、西洋渡来のものの直訳神話学のように、記紀のかなたに見える日本の神話的世界を原始・未開一般として説明することに解消しようとはしませんでした。ここに重要な点があるように、わたくしは考えております。

ところで、体系化された記紀の神話をそのままには読まないということは、今日ではほぼ常識のようになりましたが、それではそれをどのように、あるいはどこまで分解するか、再構成するか、ということが問題になります。わたくしは、その場合にも、記紀の神話のような日本の神話は、それ自体が非常に永い歴史の所産であり、歴史的な重層性をはらむ矛盾的存在でもあることに着目して、強いて一元的な解き方をしないということ、多次元的・多層的な把握をめざすことが大切ではないだろうかと考えます。しかし、そこでも、多次元的・多層的接近を恣意な読み解きと区別するものはなにかということが、重要な、また、むつかしい問題になります。神々の話は、言うまでもなく想像力の所産でありますけれども、それが生まれ出るのは、第一次的には祭祀の場でありますから、日本的な祭祀の場の構造・性格とのかかわりあい方を忘れて、後世的に、神話を一個の言語的創造である、その意味での独立した存在であるとはじめから考えると、ややこしいことになります。そして、日本神話の文法の第一のきまりとでも仮に言うべきものは、平凡極まることかもしれませんが、「祭祀の場が神々の世界である」ということでしょう。ごくありふれた日常のもろもろの存在も祭祀の時、祭祀の場所という限定を受けると、神々の世界になります。逆にいえば、そういうフィクションに立たなければ、神々の世界はない、ということになります。

あたりまえ極まることを言いまして馬鹿みたいでありますけれども、これは、日本の神は、常在しない、時あって訪れてくる、事あって現われてくる、そう考えられている、という特性とかかわりあう大切な点であろうと思います。祀ろうとする準備、身体の潔斎、心がまえがプロセスとして実際にあって、はじめてそこに立ち現われてくる。神々がそういう祭の時と処とから独立しきっていないというのが、日本の場合の特色と言えましょうか。神は必ずふしぎさ、奇《くす》しさを顕わしてわたくしたちの世界に来ますが、「神が来る」には、それを待つ準備期間が必要であり、恒常的な場合でありますと、〈祭の季節〉がそれにあたります。裏返していいますと、祭のはじめの道具作りや潔斎の段階を通して、わたくしたちの方が「神の世界へ行く」わけです。そういう道程があるということが大切なことなんです。『日本書紀』の神武天皇の大和平定戦争の記事に、冬十月の出陣にその前の九月から祭をして準備するという箇所があります。

時に道臣命《みちのおみのみこと》に勅《みことのり》すらく、「今高皇産霊尊《たかみむすひのみこと》を以て、朕《われ》親ら顕斎《うつしいはひ》を作さむ。汝《いまし》を用て斎主《いはひのうし》として、授くるに厳媛《いつひめ》の号《な》を以てせむ。其の置ける埴瓮《はにへ》を名《なづ》けて、厳瓮《いつへ》とす。又火の名をば厳香来雷《いつのかぐつち》とす。水の名をば厳罔象女《いつのみつはのめ》とす。粮《くらひもの》の名をば厳稲魂女《いつのうかのめ》とす。薪の名をば厳山雷《いつのやまつち》とす。草の名をば厳野椎《いつののづち》とす」とのたまふ。
冬十月《かむなづき》の癸巳《みづのとのみ》の朔《ついたちのひ》に、天皇、其の厳瓮の粮《おもの》を嘗《たてまつ》りたまひ、兵《いくさ》を勒《ととの》へて出でたまふ。

神武が出陣にあたって、神聖なる瓮《ほとぎ》で煮て作った食物を食べて、神からの授かりものの食べもので聖別されて、ヤソタケルを討ちに出発するのです。その食べる時に人間神武が食べるのですが、祭の庭でその食物が作られた時に、道臣命が斎主になって、しかも、この場合「厳媛」という、聖なる女性という女性格になって周旋しまして、イツノカグツチという火の神、イツノミツハノメという水の神、イツノウカノメという稲の神、薪の神イツノヤマツチ、草の神イツノノヅチという神々の奉仕によって、聖なる食物、キリスト教的にいえば〈マナ〉でありますが、これをタカミムスヒノミコトとなっている神武の指揮下に作り上げ、その〈マナ〉をタカミムスヒノミコトが神武に授けたのです。実は同一人から同一人へという自己循環なのですが、神武は、祭の場では、神がかりしてタカミムスヒになりますので、そのタカミムスヒや火の神・水の神と神武たち人間世界を結ぶ祀り手が、道臣命のイツヒメという巫女、実は男性というややこしいことになります。祭の庭に持ち出された米も薪も草もみないろんな位層の神として活動する。神々の世界は祭の場に現出するのです。ところが、神武が道臣命のイツヒメに祀られることによってタカミムスヒになることは、一挙に出来るのではありません。『書紀』では、そのまえに、

1　神武の夢に天つ神すなわちタカミムスヒが現われて、「天香山《あまのかぐやま》の社の中の土《はに》を取りて、天平瓮《あまのひらか》八十枚《やそち》を造り、幷《あは》せて厳瓮《いつへ》を造りて、天神地祇《あまつやしろくにつやしろ》を敬ひ祭れ。亦厳呪詛《いつのかしり》をせよ」というお告げがあった。

2　椎根津彦《しいねつひこ》と弟猾《おとうかし》を老いた翁と嫗に変装させて敵中を突破し、香山の粘土を取ってこさせた。これで八十平瓮《やそひらか》と天手抉《あまのたぐり》八十枚《やそち》と厳瓮を造って、丹生《にう》の川沿いにのぼって行き、祭の場所を求めた。

3 菟田《うだ》川の朝原に「譬へば水沫の如くして、呪《かし》り著《つ》くる」ふしぎの現われた場所があって、そこが厳呪詛《いつのかしり》の場所に選ばれた。

4 神武は、「吾《われ》今当《まさ》に八十平瓮を以て、水無しに飴《たがね》を造らむ。飴成《な》らば、吾必ず鋒刃《つはもの》の威《いきほひ》を仮《か》らずして、坐《ゐ》ながら天下《あめのした》を平《む》けむ」という誓《うけ》いをして、水なしに八十平瓮を容器にして手でこねて飴を作ってみるというふしぎを実現する。

5 さらに、この丹生の川に厳瓮を沈めて、川の魚が大小となくことごとく酔って浮き流れることが、たとえば柀《まき》の葉のようであるならば、自分のこの国の平定事業は成功するだろうが、そうならなければきっと失敗するはずだ、という誓いもする。そして厳瓮を川に沈めてみると、なんと、魚がみな浮いて流れるという現象が見られた。

こういうたいへんな前段階があったように説明しています。その呪術儀礼をひとつひとつこなして、それから最初に言いましたような、神祀りがはじめて出来るのです。火はカグツチ、水はイツノミツハノメと考えられ、そういう火の神・水の神・稲・薪・草の神々が奉仕して、天つ神タカミムスヒが天の香山の土で作った聖なる瓮で煮て、聖なる食べ物を作る、〈神の世界〉の神々のはたらきが実現する運びになります。八十平瓮の誓い、厳瓮で川の魚を浮き上らせる誓いというような神秘が現実に現われて、一歩一歩、神武が神がかりして神としてふるまう段階に近づいたのです。祭の場は神々の現在する世界である、神話の世界であると言いましたが、それは、そういうプロセスを経てはじめてありうることである。そこに注目すべき問題があるように考えられます。

祭の庭は確かにこの世の同じ地上にありますが、こうした祭祀のプロセスによって日常的な地上と断絶がはかられます。そして、最後に、一挙にそれまでの日常性と不連続の世界が出現することになります。それは、祭の進行過程に参加した者の主体的体験が確証する、この世でない世界への跳躍ですが、物理的な日常的世界からの実にはるかな距離の隔たりと同じ隔たりを、脚によってでなく、祭の準備過程での心理的体験の積み上げによって、実際に歩いてくる。はるかにはるかに遠く隔絶した世界へとやってくる、ということなのです。比較宗教史学の方では、M・エリアーデの、イニシエーション（initiation）儀礼としてシャーマンの神がかりをつかみ直すというような、試みも出ており、シャーマニズムの考察が盛んになっておりますが、たとえば、かれの『生と再生――イニシエーションの宗教的意義――』（堀一郎訳）などでも、この「神が来る」ないしは「神の世界へ行く」ための準備段階のことが、ほとんど考察の対象にすえられていないのは、やや残念に思います。このプロセスにおいて、神がかる者の想像力は、幻想の世界へと離陸していくための滑走をするのであります。

ですから、『古事記』で言いますと上巻、『日本書紀』で言いますと巻第一、第二の神代の巻々、とそれ以下の人皇の巻々というのは、書物の上では、遥かな上古の神々の時代から人間の時代へ、という事実の歴史としてのつながりで組み立てられておりますけれども、実際は、神がかりした者の聖なる世界での幻想の物語と俗なる日常の世界の歴史的伝承、というべきものでありましょう。神代の巻からそれ以下の巻へは直線的延長として連続するのではない。以下の人間の時代の巻々の一種の上部構造として、その上に二重に押しかぶさったものとして、最初の神代の巻があるわけになります。あれを、聖と俗の両面から歴史を語る二重構造の史書と見ると、性格が鮮明になってきます。もちろん、人間の歴史の部分にもたくさん含まれている、史実的ならざる要素はあります。それは言い伝え＝伝承というものの当然はらまざるをえない面ですが、……しかし、それと神々についての幻想とは、やはり一線を画して考えるべきものでしょう。

現実には、身体的体験過程としては、「神が来る」ないしは「神の世界へ行く」プロセスがあるけれども、神の世界へ入ってしまうと、意識はそこで断絶飛躍する。不連続の形になるのです。その場合、突如ないしは急激な神がかりではなく、長い物忌みの期間の中での徐々の日本の神がかりという点を、中国東北地方のエヴェンキ族や満州族や、あるいはソビエトのサハリン地方のギリヤーク族などのシャーマンの神がかりと違う点ではないか、とわたくしは、このごろ考えるようになりました。それらの民族のシャーマンは一度シャーマンになる修練を経ると、あとはわりあいに簡単に求められる時に入神します。人々の眼の前で呪文を唱えて、太鼓を打ち鳴らし、舞踏しながら神がかります。日本でも、現在まで、民間には、東北地方のイタコをはじめ、この型の、人まえで神がかる伝統が相当広汎にありますが、わたくしは、それがどうも日本の神がかりの主流ではない、傍流と思っています。近世の末から近代のはじめにいくつかの神道・仏教の新興宗派に神がかるカリスマが出現しましたけれども、その人びとも、中山ミキにしても、出口ナオにしても、ほとんど、多くの信徒の前で、随時に神がかって見せることはありませんでした。いや、ここは、出来ませんでした、と言うのが正確ではないかと思います。

わたくしは、以前に、「廃王伝説」（『火山列島の思想』所収）で、日本の神がかりの密室性を指摘しましたが、そのことと、神がかるには段階的な長い階梯を必要とするということとが、切り離せないことのように思います。この点は、日本の神道の未来の運命を考える上でも、どうも最も重要な事項になりそうです。日本の新しい神の出現が次第に間遠になるのは、長い段階的な潔斎の積み上げが行なわれなくなりつつあること、その準備期間の心理的な積み上げの技術伝承が弱まっていることなどに、関係がありそうです。

世界でいちばん宗教に縁遠い、現実主義の人間として日本人が有名になったのは、キリシタン禁制の廃止以来一世紀、支配者が仏教信仰を強制する状況がなくなってずいぶん年月が経ったからだけではない、もっと根底的な問題だと思います。ある年の神祀りに備えて、三年前から潔斎の生活に入る、という出雲の美保神社の一年神主の場合が、いま知られているかぎりでは、民間の信仰では最も準備期間の長いものでしょう。三年間も毎払暁、式服で浜に下りて禊《みそぎ》しつづけ、最後の四年目は、深夜に人眼を避けて、夏でも冬でも、晴天でも、大きな傘をさして海へ通って禊する「ねっ参り」をします。これだけの精進をしつづけて、四年目に一年神主を務めるのはたいへんなことでしょう（和歌森太郎『美保神社の研究』）。それほど長い準備でなく、祭の一シーズン内で済ませるものを考えてみても、血縁共同体あるいは地縁共同体が長い祭の季節に突入して、全体もきよまわり、慎しみ深く暮らすが、その中で特定人物が、最も厳重な物忌みをつづけて、神がかるプロセスを一歩一歩進んで行く、というのが普通ですから、〈長い祭の日々〉がなくなっては、日本の神は、観念としてはともかく、現実に信仰者の肉体には訪れて来なくなるほかありません。

ああ、どうも、わたくしとしては大事なことを忘れそうになっていました。柳田国男に、「ミカハリ考の試み」（『年中行事覚書』所収）という一九四八年に書かれた、短いがいろんなことを考えさせられる文章があります。小田急沿線の多摩川の向こう側、川崎市の登戸《のぼりと》・生田《いくた》地区の十二月八日メカリ婆さんというもの日、ミカワリ（メカリ）婆さんが眼を借りにくるので、それを撃退するため、目がたくさんある目籠を竿の先に付けて家の外に出しておいて、夜は忌みに籠もる、八日ゾーの行事を素材にして、柳田さんは、十二月八日と二月八日という二つの事《こと》八日がなぜあるか、かつて日本の多くの地方に冬の期間に長い忌み籠もりの期間があったらしい証跡があること、その「祭の準備の間、奉仕者が忌み籠る」期間のなごりが、ミカワリ・ミカーリ・ミカリ・ミケエリという名で呼ばれていること、それは実は〈身替り〉のことではないか、という大胆な提案をしているのです。わたくしは、以前に、この八日ゾーのメカリ婆さんの伝承について、地つづきの町田市鶴川地区に住んでおりましたので、生田地方にとどまらず、鶴川あたりから東京の南多摩郡多摩町（現在多摩市）の方まで、相当広範囲になお残っていることを確めえたのでしたが、柳田さんの「自分はミカハリは物忌のことで、常日頃の肉体を、神を祭るに適するやう身を改めること、即ち身変りではなかつたかと思つて居る」という推定は、あの短い文章の中でのテンポの早い思考展開の単刀直入の切れ味とともに、なんともすごいと思ったので、忘れられないものがあります。

忌み籠もることは〈身替り〉であろう、「神を祭るに適するやう身を改めること」であろう、という推定は、いまここで考えようとしておりますことにとって、重要だと思います。忌み籠って祭を準備しつつ、変身を遂げるとすれば、その〈ミカワリ〉は、まず心のあり方、物の見え方の上での変身であるはずではないでしょうか。神話の世界を見出す幻視者へのメタモルフォーゼの期間が、柳田さんによって、すでにこういう形でこういう段階までは復原されているわけです。

日本神話の文法（2）

　せっかく取り上げた「神武即位前紀」の記事から大分遠のいた話になってしまいました。あそこへ戻りたいと思います。あの場合には、大伴氏の祖先であることになっている道臣命が「斎主《いはひのうし》」の役目を負い、祭の場での名として「厳媛《いつひめ》」すなわち〈神聖なるおみなご〉という名を与えられたのでした。「斎主」というのは、もちろん、この一回の祭における役割ですが、『古事記』の方の中巻、神武天皇の死後の即位継承の争いのところに、「忌人《いはひびと》」という語が見えます。当芸志美美命《たぎしみみのみこと》が皇位をねらって継弟《ままおとと》たちを殺そうとはかるが、逆に殺されます。その時、神八井耳命《かむやいみみのみこと》は、いざという時震えてタギシミミを討てず、彼の弟の神沼河耳命《かむぬなかわみみのみこと》（綏靖天皇）が手を出したので、皇位をカムヌナカワに譲る、という記事があります。「吾は兄なれども上《かみ》と為《な》るべからず。是《ここ》を以ちて汝命《なのみこと》上と為りて、天の下治らしめせ。僕《あ》は汝命を扶《たす》けて、忌人《いはひびと》と為りて仕へ奉らむ」というのです。この「忌人」というのは一回的なことではないでしょう。『日本書紀』の方は、同じ個所は、「宜《うべ》なるかな、汝の天位《たかみくら》に光臨《てりのぞ》みて、皇祖《みおや》の業を承《つぎて》けむこと。吾は当《まさ》に汝《いまし》の輔《たすけ》と為り、神祇《あまつやしろくにつやしろ》を奉典《つかさどりまつ》らむ」とありますでしょう。「忌人」の語は用いてありませんが、内容はよく照応しています。この天皇を意味する「上《かみ》」という語は、原文も、「吾雖レ兄不レ宜レ為レ上。是以汝命為レ上治二天下一」とあって、「上」の文字が使われています。国語学の方では、この「上」は「神」とは仮名遣いが違うといって区別しようとする意見が有力ですが、わたくしは、それよりも、この記事そのものが、

「上—忌人」という、天皇と祭祀専当者の一つのセットになった役割を示していることが大切で、それがやがては、「上」が「神」と通じるか通じないかを限定していくのではないか、と考えています。

それに付随することだと思いますが、兄のカムヤイミミは弟のカムヌナカワミミノミコトの忌人になったという形で、弟に服従したということです。「上—忌人」関係はそういう関係でもあります。うまく言い表わせないのですが、動物生態学の人びとが日本ザルの社会構造を調べる時にひとつの大切な手がかりとしたマウンティングと似たものが、どうもこの人間関係にはあります。サルの雌が雄におしりを向けるのは性交の体位を取ることですが、雄と雄の間にもそういう姿勢をとって挨拶することがさかんに行なわれている。服従の意を示す挨拶のしかたである。「上—忌人」関係は、神がかりする人とその神がかりを助けるべく祭そのものを推進するための仕事を担当する人との関係でありつつ、同時に服従させた人と服従した人の平和的な関係の取り結び方、ということでもあるように考えられます。

この「上—忌人」のセットになっている人間が、神話の世界にそっくりそのまま入っていることがあるので困ります。『日本書紀』の国譲りの話の一書に曰わくの記事ですが、こうあります。

一書《あるふみ》に曰はく、天神《あまつかみ》、経津主神《ふつぬしの》・武甕槌神《たけみかづちの》を遣して、葦原《の》中《つ》国を平定《しづ》めしむ。時に二《ふたはしら》の神曰《まう》さく、「天《あめ》に悪《あ》しき神有り。名を天津甕星《あまつみかほし》と曰《い》ふ。亦の名は天《の》香香背男《かかせを》。請ふ、先づ此の神を誅《つみな》ひて、然《しかう》して後に下りて葦原中国を撥《はら》はむ」とまうす。是の時に、斎《いはひ》主の神を斎《いはひ》の大人《うし》と号す。

此の神、いま東国《あづま》の檝取《かとり》の地《くに》に在《ま》す。既にして二《ふたはしら》の神、出雲の五十田狭《いたさ》の小汀《をはま》に降到《あまくだ》りて……

高天が原から国譲りの交渉に出雲に下って来る使節が、なぜタケミカツチとフツヌシの二神のチームなのか。そして、いまは千葉県側の香取神宮に祀られているフツヌシの方が、別の名を「斎主《いはひ》の神」とも呼ばれ、この一書に曰わくの記事のように「斎《いはひ》の大人《うし》」の役割、祭祀の執行を司っているのはなぜか。なんとなく「斎主の神」という名があるのではないように思えます。いまはその関係は対等ということになっていますけれども、どうも、利根川を隔てて相対している鹿島神宮の祭神タケミカツチの「斎の大人」あるいは「斎主」、前に引いた例で言いますと、神武と道臣命の関係と同じ関係ではないのか、と考えられます。鹿島の神を祭る祀り手が、神とセットのまま神話の世界に入り込んでしまっているようです。

相手方の出雲側も、大己貴神《おおあなむちの》、すなわち大国主に息子の八重事代主神がついていて、支配権を高天が原へ渡すかどうか、この息子の意見によってきまった、という話になっておりますのは、御承知のとおりであります。このコトシロヌシがオオアナムチと親子関係として神話に登場していても、コトシロ、すなわち神事《かむごと》の代行者というなまえを負っていて、実は「上―忌人」関係の間柄であることは、疑いようがありません。向こうも神と斎主としての人間、こちらも神と斎主としての人間、言い方を換えますと、神がかりする者と神を祀る者のセットが双方の側にあって、その二つが対立していることになります。

ところで、さきほどからの『日本書紀』の一書に曰わくのつづきをたどりますと、このタケミカツチとその祭祀担当の執事役イワイノウシ、すなわちフツヌシの談判で国譲りの約束が出来て、フツヌシが高天が原に帰ってタカミムスヒノミコトに復命すると、タカミムスヒは、オオアナムチに対して、次のような処遇方針を告げさせます。

夫《そ》れ汝《いまし》が治《しら》す顕露《あらは》の事は、是《これ》吾孫《すめみま》治《しら》すべし。汝は以て神事《かみのこと》を治すべし。又汝が住むべき天日隅宮《あまのひのすみのみや》は、今供《つ》造《く》りまつらむこと、即ち千尋の栲縄を以て、結《ゆ》ひて百八十紐《ももむすびあまりやそむすび》にせむ。其の宮を造る制《のり》は、柱は高く大《ふと》し。板は広く厚くせむ。又田供佃《みたつく》らむ。又汝が往来《かよ》ひて海《わたつみ》に遊ぶ具《そなへ》の為《ため》には、高橋・浮橋及び天《あまの》鳥船、亦供《つ》造《く》りまつらむ。又天安河に、亦打橋造らむ。又百八十縫《ももむすびあまりやそぬひ》の白楯供《つ》造《く》らむ。又汝が祭祀を主《つかさど》らむは、天《あまの》穂日《の》命、是なり。

オオアナムチ、すなわちオオクニヌシは「神事」をつかさどれ、というのが、高天が原の天つ神に対する服従者の処遇であります。そして、その天孫の「神事」をつかさどるオオクニヌシを祭祀する仕事は、アマノホヒにさせるというのですから、少しややこしいことになります。国を譲るほかないという意見をのべて、コトシロヌシは出先の美保の岬で海の中に青柴垣《あおふしがき》を立て、その中で舟を踏み傾けて神隠れるのですが、「斎主《いはひのうし》」（忌人）をそうして神話の中でなくしたオオクニヌシに、新しい「斎主」が付けられる。このアマノホヒノミコトが出雲国造家および出雲臣《のおみ》一族、いまも出雲で「国造さん」と呼ばれている大社の千家《せんげ》・北島家の伝承上の始祖であります。

エヴェンキ族や満州族のシャーマンは、神がかってひとりで天空へ飛び上って、天上の神の世界に行ってくる体験をするようですが、日本の神がかりの方は、神がかる者とその人を祀って神がかりさせる者と二人が必要です。その二人の間では、片方は神の世界に属し、片方は人間の世界に属するわけですが、ほとんど二人だけが他の一般の人びとと離れた密室構造の祭の庭で祭祀を展開しますので、二人の間を祀られる神と祀る人として画然と区別する意識と、祭の庭に現出した神々の世界に二人ともどもに参加したという意識とが、ダブって来ざるをえない。祀る人の方もついつい神話の世界の構成メンバーに引き込まれてしまう。それは、神がかった者が祀り手を同じ神々のひとりと見てしまうということかと思いますが、とにかく、そういうふうに祀り手までが神として神話の世界でふるまうことが多い、というのが、日本の神話の文法のもうひとつのきまりと言えましょう。

今日でも諏訪の上社の神主さんには、いちばん上に大祝《おおはふり》家の神氏《じん》（後世の諏訪氏）がいて、これは祭神タケミナカタの身替りをつとめるのですが、その大祝の下に神長官《じんちょう》と呼ばれる守矢氏以下の神主があります。神となる方の神氏の大祝家も、祀り手、斎主を務める神長官の守矢氏も連綿としてつづいている、珍しい例です。

生身《なまみ》の人間でありながら神《じん》と呼ばれる大祝のことに触れましたので、日ごろ気にかかっていることに、ちょっとまた寄りみちしてみたい気持になりました。お許しください。奈良の正倉院に「養老五年下総国葛飾郡大島郷戸籍」が残っていて、『大日本古文書』「編年文書一」に収めてありますが、今日の東京の、江戸川下流の、京成柴又からずっと大島町あたりまでにわたる、七二一年の大島郷の戸籍です。全郷が安康天皇の御名代部《みなしろべ》の孔王部《あなおべ》であるという特色のある郷ですが、そこに、

戸孔王部古尼麻呂　年肆拾壱歳　正丁　課戸　戸主黒秦従父弟
男孔王部神、　年拾陸歳　小子
弟孔王部真尼麻呂　年参拾伍歳　正丁　兵士
女孔王部大海売　年拾壱歳　小女
女孔王部弟売　年陸歳　小女
孔王部刀良売　年陸拾壱歳　老女　神母、

という六人からなる一房戸が出てきます。これは郷戸主孔王部黒秦に属する、特別の家柄とも見えない人たちなのですが、そこに十六歳の「神」と呼ばれる少年がおります。なまえくらいどのように命名してもかまわないわけですが、古代の籍帳には「神」という人名はそう見当りません。やはり特別な少年なのではないかと思いますが、それ以上の手がかりがつかめません。母親が六十一歳で父親が四十一歳というのも、異常なようです。母親が四十代半ばを過ぎて生んだ子ですから、神からの授かりっ子というのでしょうか。それだけでは、神そのもののようには呼ばないでしょう。もうひとつの例では、「大宝三年御野国肩県郡肩々里戸籍」に、国造川島という二十八歳の郷戸主の嫡子に、「神主年四少子」という記載があります。この七〇二年の例の方は、たった四歳の子に将来神主たれとしてこう名づけたのでしょうか。どうもそうも思われない。といって、この川島の家は、奴一人婢一人をもってはいますが、「下々戸」というランクの家です。この場合、神主という幼児の母にあたる人が、この川島の戸の戸籍に入っていないことも残念です。こういう、神とか神主とか名乗る、二人の子どもがいるのですが、それは単なるなまえなのか、村落の中でなんらかの任務を負わされていたのか、わたくしは、いつも気にかかっています。

どうも話が筋から逸れそうなので、もとに戻したいと思います。神話の中に現実の「神―斎主」の関係が入り組んでいる場合について、お話ししておりましたが、その神がかる者と神がからせる者との関係と同時に、神がかる者同一人の中の二つの人格の問題、すなわちかかる神とよりまし・よりしろとしての人間、この双方がいずれも神として、分離して、姉妹の関係とか、夫婦の関係とかで表現されるということが、やはり日本神話の文法としてあります。

橘守部《たちばなもりべ》の『稜威道別《いつのちわき》』に、「玉依姫《ノ》命は豊玉姫神の御魂依《ミタマヨセ》の義、五十鈴依姫《ノ》命綏靖天皇ノ皇后は媛蹈鞴《ヒメタタラ》五十《イ》鈴姫《スズヒメノ》 命の御魂依の義なりければ此《ノ》依姫も玉依姫を省《ケ》る也。此外《ノ》神の御魂寄に献れる御妃を、皆玉依姫と称《マヲ》して同名の多かるは、神の娶ひ給ふ姫を生玉依姫と申して、同名の多かると同じ事なり」（巻十二）という、ハッとするような指摘があります。この文章の前段は神とよりましの姉妹関係の方を、後段は夫婦関係の場合をいっています。守部はタマヨリヒメノミコトを霊の憑る女性として一元的に解いており、そのためにイスズヨリヒメノミコトをヒメタタライスズヒメノミコトのよりましとする対応関係にも言及しながら、そのイスズヨリヒメはイスズタマヨリヒメの省略であると言います。わたくしは、「タマヨリヒメ」という呼び方を分析の単位に考えるよりも、「ヨリヒメ」という呼び方を単位にした方がよいと思います。「ヨリヒメ」で、すでに神の憑る女性の意味になっています。そして、イスズヒメというのはいくつもの鈴を集めてひとつに束ねてある神さまで、その鈴の神のよりしろとなる女性がイスズヨリヒメであるから、あえてイスズタマヨリヒメの省略というように考えるまでもないと思うのです。神体としての鈴が祭の場ではイスズヒメであるように、神体としての玉はトヨタマヒメであり、そのよりましが、トヨタマヒメの妹ということになっているタマヨリヒメでしょう。

『釈日本紀』に逸文として残っている『筑後国風土記』に、

　昔、此の堺の上に麁猛《あらぶる》神あり、往来《ゆきき》の人、半ばは生き、半ばは死にき。其の数極《いた》く多《さは》なりき。因りて人の命尽《いのちつくし》の神と曰ひき。時に、筑紫《の》君・肥《の》君等占《うら》へて、筑紫君等が祖甕依姫《みかよりひめ》を祝《はふり》と為《な》して祭らしめき。

　と、ミカヨリヒメという巫女の名が出ていますが、このミカヨリヒメに対応する神は、たとえば、場所は違いますが、『出雲国風土記』の秋鹿郡伊農郷に出てくる、「伊農の郷《さと》に坐《いま》す赤衾《あかふすま》伊農意保《いぬおほ》須美比古佐和気能《すみひこさわけの》命の后《きさき》、天瓼津日女《あめのみかつひめの》命、国巡り行《い》でましし時、……」というアメノミカツヒメでしょう。「甕つ姫——甕依姫」という祀られる壺と壺を祀る巫女の関係です。これもやはり『釈日本紀』に引かれている『尾張国風土記』逸文ですが、皇子が年七歳になるまで物言わず悩んでいる、垂仁天皇の后狭穂《さほ》姫の夢に神が顕れて、

吾《あ》は多具の国の神、名は阿麻乃弥加都比女と曰ふ。吾《あれ》、未だ祝《はふり》を得ず。若し吾が為に祝人《はふり》を宛

てば、皇子《みこ》能言《あぎと》ひ、亦是《またこれ》、み寿考《いのちなが》からむ。

と告げたということがあります。多具の国というのは古代出雲の一地方ですから、『出雲国風土記』のミカツヒメと同じ神ということになります。「吾、未だ祝を得ず」ですが、祀る人が出てくれば、それがすなわちミカヨリヒメ、と呼ばれるわけでしょう[1]。各地で祀られる玉・鈴・壺などが、神としてはトヨタマヒメとかイスズヒメ・ミカツヒメなどと崇められ、そのよりましとなる巫女がそれぞれタマヨリヒメ・イスズヨリヒメ・ミカヨリヒメであって、その「玉―巫女」の関係のひとつの場合が姉妹神トヨタマヒメノミコトとタマヨリヒメノミコトとして現われるのが、例の「海幸彦・山幸彦」の神話でしょう。

だから、妹のタマヨリヒメはすなわち姉トヨタマヒメとは、神がかる女と憑り神という点で、一人の巫女の俗なる身体・俗なる意識を反映した部分と、聖なる身体・聖なる意識を反映した部分との区別で、一心同体でもありましょう。『書紀』の一書に曰わくのひとつに、トヨタマヒメの父を「豊玉彦」と呼んでいますが、「豊玉彦―豊玉姫」という父娘神と、「豊玉姫―玉依姫」の姉妹の女神＝巫女の関係は、玉の神体とそれを祀る巫女のいる海神信仰の一形態を具体的に示している、と見るべきでしょう。

海の神をあらわすタマ――それは、わたつみの国からトヨタマヒメが妹に言伝《ことづ》ててホオリノミコトに贈ったという、

赤玉は緒さへ光れど白玉の君が装《よそひ》し貴くありけり

の歌を考えてみると、真珠ということになります。あの歌には、記紀には叙述してない、自分がかつて夫に真珠の飾りを贈ったことが、暗にふまえられています。そのわたつみの神だけが蔵している真珠の飾りでよそおった夫の姿の、比べもののない美しさをたたえ、その夫の面影を慕う歌になっています。タマヨリヒメである巫女がトヨタマヒコ・トヨタマヒメとして祭る玉こそは、白玉——真珠そのものである。『万葉集』に、

海神《わたつみ》の手に纏《ま》き持てる玉ゆゑに磯の浦廻《うらみ》に潜《かづき》するかも　（巻七・一三〇一）
海神の持てる白玉見まく欲《ほ》り千遍《ちたび》ぞ告《の》りし潜する海人《あま》　（同・一三〇二）
潜する海人は告るとも海神の心し得ずは見ゆといはなくに　（同・一三〇三）

という「柿本人麻呂歌集」にあった歌が載っています。真珠は海神が海底深く蔵しているもの、それをアマがもたらす、という考え方があったわけですが、それともよく符合します。かつて松村武雄の『日本神話の研究』が指摘したように、この「海幸彦・山幸彦」説話には、ワニ（ワニザメ）をトーテムとする海洋民族との婚姻という考えがはっきり出ていることは確かですが、さらにその上に、それは、真珠を神として祀り、その玉の神がかかる巫女がいる、真珠採取のアマビトという推定を重ねていっても、よろしいかと思います。

『古事記』だと、ホオリノミコトが井のかたわらの斎《ゆ》つ桂の木に登っていると、トヨタマヒメの婢《はしため》が水を汲みに来ますね。ミコトは水がほしいと所望しておきながら、差し出された水は飲まないで自分の頸に懸けていた玉を解いて、口に含んで水の器に唾《つば》き入れる。玉が器の底にくっついて離れないふしぎが起こる。婢は、その器を持って、トヨタマヒメに報告に行きます。そういう話の展開になっていますが、そのホオリノミコトの玉の方は磨いて作った石の玉か練りものの玉で、もとより真珠ではない。そういうふうにこの話が宝玉競べみたいになっているのも、結局は海神の白玉、真珠を強調するためでしょう。「赤玉は緒さへ光れど」という歌の上の句に、ミコトのもと首にかけていて水の器に吐き入れた陸上の玉は赤玉であった、という想定まで読みとってよいのであって、それに対して自分が夫に飾らせた玉が白玉であって、これに女房トヨタマヒメがすこぶる御満悦というところが、「白玉の君が装《よそひ》し貴くありけり」という下の句になっているのかもしれません。陸上に帰る夫に持って行かせた「潮満《みち》の珠・塩干《ひ》の珠」も、もちろん真珠のイメージでとらえるべきものでしょう。

御承知のように、この「海幸彦・山幸彦」の話には、比較神話学の方から、インドネシアやミクロネシア地方での類似の民話の広汎な分布が報告されています。比較のため、今日はひとつだけ、セレベスのミナハッサの話を、松村さんが『日本神話の研究』にダイジェストされたものによって読んでみます。

パサンバンコのカヴルサンといふ男が、一友から鈎《つりばり》を借り受け、小舟で海に出て釣をしてゐると、魚のために糸を切られて鈎を失つた。帰つて友に語ると、友は「是非元の鈎を返してもらひたい。他の鈎なら十個でも受取らぬ」と言ふ。困惑したカヴルサンは、再び海に出て、鈎を失《な》くした場所で水中に没すると、一つ道がついてゐるのを見出した。その道を辿つて行くと、とある村に到つた。一軒の家から騒ぎと悲歎の声が聞えるので、その家に入ると、乙女がその喉に刺さつた鈎のために苦しんでゐる。カヴルサンが、鈎を喉から引き抜いてやつたので、乙女の両親が喜んで贈物を彼に与へた。カヴルサンが海中に没した場所に引き返すと、小舟が見えなくなつてゐたので、歎き悲しんでゐると、一匹の大きな魚がやつて来た。魚は彼の懇願を容れて、彼がその背に坐するや、疾風のやうな早さで水裏を飛び、間もなく岸に着いた。彼はおのれを苦しめた友に復仇すべく、諸々の神の冥助を乞ひ、大雨を降らせてこれを窮境に陥れる。

よく似た話の筋なのですが、日本の側の話には、パールに対する信仰が色濃く染みついていて、〈白玉物語〉として、トヨタマヒメの白玉の輝きのイメージが話の諸処から浮かび出ているところに、ひとつの顕著な特色があると思います。「トヨタマヒメ—タマヨリヒメ」という、本来は神と巫女であるべきものが、海神の娘たちとしてフィクションに参加して、白玉のイメージを持ち込む構造がおもしろいと思います。

釣り針を探して海底の秘境に行くこのパターンの話で、神人通婚型になっているのは、『日本神話の実相』（松村武雄）が指摘してくれたように、日本の場合だけです。わたくしは、はじめからは、このわたつみの宮へ行った男神がホオリノミコト、すなわちヒコホホデミノミコトであり、大和朝廷の祖先だというふうにはなっていなかっただろう、おそらく、アマ族のひとりの男がある日わたつみの宮へ、という話で、だからわれわれの血には海神の血が流れている、とする真珠を祀る漁村の話を中央が吸い上げていったに違いありません。トヨタマヒメであるタマヨリヒメも、その「潜《かづき》する」アマ族の巫女に違いありません。〈失った針〉という型の話は、アマ系の潜《もぐ》り漁民が受容して、独特のものになったのだと思います。

祭の夜の神の舎《や》に閉じ籠って、白玉の飾りを懸けたひもろぎの榊に相対しつづけていた海部《あまべ》の巫女が（というのは、どの代《だい》かのタマヨリヒメがということですが）、神がかって繰りひろげた幻想は、自分が海神の娘、ワニのトヨタマであること、かつて若き日に、訪れてきた陸上の人間の好青年と恋に陥って、彼の子どもをみごもったこと、しかし、子どもを産み落とすにあたって八尋《やひろ》の大ワニの正体を現わさざるをえなかったこと、夫と別れねばならなかったことというふうに、海に生きる人びとが共有する発想形式に基づく物語に、ふくれあがったことでしょう。眼の前の白玉がほのかな光に美しくかがやいていて彼女の紡ぐ物語のくまぐまを、白玉をめぐる物語として彩っていったでしょう。

神がかった時、突如として、自分こそは、姉の身代りに姉の子どもを育てるため、またその子どもが成長した時、彼と結婚して彼の子どもを生まねばならぬ運命《さだめ》のために、わたつみの国から遣わされたタマヨリである、という自覚に達したのは、何代目の巫女だったでしょうか。自分のいくたびか海底に潜って得た秘宝の白玉で、愛する若者を飾ってみたいと幻想し、白玉の飾りを着けて立つ彼に対して「赤玉は緒さへ光れど白玉の君が装し貴くありけり」と讃美せずにはおれない自分を見出した歌好きの巫女は、もっと後代であったでしょう。

ところで、もしいま、みなさんが、その神がかって夢みる乙女、代々のタマヨリたちと、その口から洩れることばを聞きとめねばならぬ役目の斎主《いわいぬし》とが、相対していた場所を地図の上に指させと、促されるならば、わたくしは、まず第一番には、博多湾の入口に浮かんでいる志賀《しか》の島の「しかのすめかみ」の宮居を指ささねばなりません。はい、そうです。『万葉』の、

ちはやぶる金《かね》の岬《みさき》を過ぎぬともわれは忘れじ志賀の皇神《すめかみ》　（巻七・一二三〇）

の志賀の島です。あの「漢委奴国王」の金印が埋もれていた島で、わたつみの神を祀って暮らして来た人たち、……。

いまの志賀海神社は、『古事記』の書き方にしたがって、祭神を底津綿津見《そこつわたつみ》・中津《なかつ》綿津見・上津《うわつ》綿津見の三神ときめています。イサナキノミコトが黄泉国《よもつくに》から逃げ帰って禊した時に誕生したことになっている神で、『日本書紀』が「生めりし海神等《わたつかみたち》を、少童命《わたつみのみこと》と号す」と書いている神です。なぜ、「少童命」と書くか。海神が幼児の姿の神であると考えられて来たからに違いありません。

タマヨリが奉じた幼な神――それは、たとえ、記紀ではイザナキの禊ぎの時生まれた神々の中に入れられていても、タマヨリの未来の夫、記紀の呼び方なら、ウガヤフキアエズノミコトでなければなりません。トヨタマヒメがみごもったこのアマ族の青年の子どもを、ここでは始祖に祀っている。そして、八尋ワニであるわたつみの女神の子神であるゆえに、やはりわたつみの神である。神

武の父ウガヤフキアエズを神話体系に位置づけるために、本来の〈失った針〉神話の中から追い出された「少童命」[補註]は、橘の小門《おど》の禊の諸神群の誕生譚に投げ込まれてしまった。わたくしは、そう考えております。

さきほどからの話は、結局のところまとめてみますと、

1　「海幸彦・山幸彦」神話を海幸彦のホスセリノミコトや山幸彦のホオリノミコトを中心に考えないで、この神話の管理者であろう巫女、すなわちタマヨリヒメを起点にして見直してみる。

2　そうすると、これは「トヨタマヒメ―タマヨリヒメ」というわたつみの神の娘とこの地上の男たちとの通婚譚でありつつ、実は、わたつみのトヨタマヒメすなわち玉そのものである神の信仰の伝承であること。

3　わたつみの玉といえば、日本では白玉、すなわちパール以外ではないこと。

4　そのパールを採取するのはアマビトであり、その一つの中心である志賀の島のアマビトたちの信仰する海神は、なぜか『書紀』が「少童命」と書いているワタツミノミコトであること。

5　ワタツミノミコトが「少童」であるというのは、おそらく本来の神話では、トヨタマヒメの生んだ子どものことであるからで、記紀の神話ではワタツミノミコトは、このトヨタマヒメの子どもとして生まれた位置を、神武の父ウガヤフキアエズに譲り、母神と袂別して、イサナキの禊による諸神誕生の場へ移されたとみられること。

というふうに考えてきたのです。

「海幸彦・山幸彦」神話が、海の中のわたつみの国から来て自分たちの部族の祖先となった小さ子神の幻想である、その幻想をパールの神を祀る代々のタマヨリヒメがはぐくんできた、とわたくしは言いたかったのです。博多湾頭の「埋もれた金印」の志賀の島の志賀海神社の信仰は、実は、トヨタマヒメを祀る対馬の上県郡《かみあがた》の和多都美《わたつみ》神社や、子神の方を祀る和多都美御子《みこ》神社、下県郡《しもあがた》のトヨタマ、タマヨリを主神とする和多都美神社(2)、いまは鶏知《けち》の住吉神社に合祀されたもうひとつの和多都美神社へと、つなげていかねばならないのです。ワタツミ信仰の本場は、むしろ、そちらにあります。そして、その同じ対馬にひろがる天童（法師）の信仰や天童を祀るシゲ地の祭祀形態がもと母子神の信仰であり、朝鮮半島、新羅の始祖伝説へとつづく要素のものであることには、三品彰英の「対馬の天童伝説」（『日鮮神話伝説の研究』所収）が言及しています。

だから、ここで、どうしても、対馬のワタツミの神々とアマ族の関係をはっきりさせつつ、その広汎に分布する祀り手の検討の方へ進むべきでありましょう。しかし、わたくしは、現在、朝鮮海峡の対馬を中心に南北両岸にひろがる神話圏をにわかに一体視するまえに、玉すなわち真珠をめぐる信仰という点で、そのゾーンの内部の小異を細かく洗い直してみる必要を感じておりますから、いまはこれ以上に話を進めることが出来ません。〈獣人〉（ワニ）を主人公としての《真珠幻想》、とあえて呼びたい日本の朝鮮海峡のアマ族の神話の特性を、比較神話学的抽象によって早急に捨象したくない願望が強いのです。わたくしも白玉への憬れに憑かれてしまったからでしょう。同時に、そのアマ族の海の中のかなたの世界への憧憬が、たとえば同じような〈小さ子〉神スクナビコナの来る海のかなたのトコヨの世界への憧憬とも、ごく大枠のところでつかめば似ていても、また違っているいることに、わたしは関心をもっています。一挙になにもかも同定したくない。神を祀る祀り手たちの神憑っての幻想の構造の違いをそこに嗅ぎつけていきたい、と思っています。

「海幸彦・山幸彦」神話には、はやく松本信広の「豊玉姫伝説の一考察」(『日本神話の研究』所収)という人類学的な大研究があって、「人間の国から異族の国に赴き、その有力者に款待《かんたい》され、その女と結婚し、帰国し、富裕になる、といふ筋の話がある。日本神話の豊玉姫物語は、その部類に属し、此種の民間説話の中日本で最古に記録せられたものとして注意に価する」という見きわめもすでにあります。そういう世界的な説話分布圏への繰り込みをめざすことも重要だと思いつつも、わたくしの場合は、そのような異郷訪問譚の型として一般化せず、逆に特殊化して、大和朝廷の記紀の神話体系からさえも引き離して、それ以前の日本の一つの地域＝朝鮮海峡とその沿岸のアマ族の育てた幻想として、しばらく抱きしめていたいと思うのです。

まだ、日本神話の文法の別の側面についてと思いましたが、もうとても時間が許しませんので、今回はこの辺で一応のくぎりをつけたいと思います。

註

(1) 壺そのものを祀る信仰についての最もはやい注目すべき研究として、わたくしの尊敬するのは、考古学者七田忠志の「神の憑代としての土器——神道考古学の一つの企ての仮説として——」(『考古学』七の七、一九三六年七月)です。台湾の高砂族の壺を祀る習俗を見てきた報告、国分直一の『壺を祀る村——南方台湾民俗考——』『台湾の民俗』もいろいろと考えさせてくれます。

（2）　対馬の上県郡には、峰村に延喜式内社のトヨタマヒメノミコトを祀る和多都美神社があり、下県郡豊玉村に、やはり式内社和多都美御子神社がありります。『特選神名牒』が、「今按長崎県式内社記に祭神豊玉毘売命鵜草葺不合命とあれどももとは鵜草葺不合命一座にてますを和多都美の名によりて豊玉毘売命を加ふと云へれば二座あるは後人のしわざ也又按に和多都美御子神とあるは海神の御子神と云事にて葺不合尊にはおはさぬなるべし御母は海神の女なれど其御母につきて葺不合命を海神の御子と申すべき謂なければなり」といっています。ウガヤフキアエズではないはずの海神の子が、御子神として祀られていたことになります。それこそ少童命《わたつみのみこと》にほかなりません。少童命がイザナキの禊で生まれたとされる以前の姿が、ここにあると見てよいでしょう。

――これは一九七一年九月三日・十日の岩波市民講座で語ったものです。――

補註　わたくしの不勉強でこの話の時見落としていたものに、肥後和男「海神について」（『神話と民俗』所収、一九六八年）がある。肥後氏は、まず、「延喜式にいう阿波国の和多都美豊玉比売神社という名では、トヨタマヒメがそのまま海神であったようなひびきを感ずる」、「これはいろいろの理由があっていちがいにはいわれないが、やはり女性が海人として働いたこともひとつの心理的原因となっていよう」といって、トヨタマヒメすなわち海神としている。次に、「トヨタマのタマは白珠の意味も入っている」、「海神が少童という文字であらわされるためには、こうした海神出生譚が行なわれたろうというのが私の推測で、トヨタマヒメとウガヤフキアヘズノミコトの話がそれに当たるという考えである。それが皇室の由来譚のなかにとりこめられてしまったので、海神の方がわからなくなってしまったのであろう」と論じていて、論証の仕方は違うけれども、わたくしと同じ考え方をはやく打ち出しておられる。先蹤《せんしょう》として、遅ればせながら敬意を表したい。

また、民間では、以前から、少童命をトヨタマヒメの生んだ子どもとする考え方があったように考えられる。たとえば、下関市吉見町の竜王神社は、一九一七（大正六）年に乳母屋《ちおのや》神社と大綿津見神社を合祀して改称されたものであるが、竜王山の麓にあるこの竜王神社は、もとの長門国三の宮の乳母屋神社で、トヨタマヒメの妹タマヨリヒメを祀っている。また、山頂から海岸へかけて上津綿津見神・中津綿津見神・底津綿津見神を三宮に分けて祀っていたのが大綿津見神社で、現在は、山頂に竜王神社の別宮として存在している。この乳母屋神社では、タマヨリヒメが、トヨタマヒメとも無関係に単独で祀られているが、この神社は、本来も、大綿津見神社と無関係ではなかったろう。養い子と育ての親がセットの形で、同じところにごく近接して祀られたものにちがいない。

第五章　モノ神襲来──たたり神信仰とその変質

カミと信仰形態に関する模型論

　古代の日本人の物の考え方、なかんずく、カミをどういうものとして考えていたかについては、実に多くの人びとがくりかえし研究を重ねてきたにもかかわらず、十分明らかにしえたとはいえない。日本思想史のどの第一ページにも、本来ならば、日本人のカミの性格がまだ十分には明らかでないことが、率直に記されていなければならない。われわれのカミはいかなるものであったか？

　現在がそういう段階であるにもかかわらず、はやくもその点は自明のことであるかの扱いがなされることが多いのは、柳田国男の日本民俗学のカミの考え方が、非常に大きな影響力をもって広汎に浸透していったからであろう。柳田氏がうちたてた、日本人の祖霊信仰に基く祖先神のまつりという考え方は、家本位にものごとを考えてきた近代の日本人を、深く肯かせるものがあった。中世から近世へかけて、外来の仏教をさえ祖霊を仏壇に祀りあがめる宗教に変容させた、われわれの国の精神的土壌は、この考え方にすばやく同化しうる性格を具有していた。しかし、その考え方も、いったいなにをつきとめて、まだなにを捉ええていないのかは、大いに検討の余地がある。

柳田氏のつきとめた日本のカミの祖型についての観念をめぐっては、その晩年に、折口信夫《おりくちしのぶ》との対談、「日本人の神と霊魂の観念そのほか」（石田英一郎司会『季刊民族学研究』一四の二、一九四九年一二月）において、双方がめいめいのカミ観念の内容のくいちがいを確認したことがあったように、日本民俗学内部においても、進行形の研究過程に提出された有力なひとつの考察、として遇することが適切かと思う。「たとへば私は折口氏などとちがつて、盆に来る精霊も正月の年神も、共に家々の祖神だらうと思つて居るのである」、「山に死者の霊魂が先づ入つて行き、次第に高く清らかなる処に登つては行くが、久しい約束があつて、春秋の初の満月の夜頃に故郷の家に還つて来るものと、我々の祖先たちは考へ又は想像して居たといふことは、今日のところでは一つの仮定に止まり、今ある資料のみでは之を確認し得たとまでは私は思つて居ない。しかもその仮定を或程度に強める事実は、前には見落され今はもうわかつて居るものが幾つかある」（「窓の燈」『山宮考』付載、一九四七年）という氏自身の言い方は、懸命の考究の自信と冷静なその自己評価とを、過不足なく表わしていて、いかにも柳田氏らしい。『日本の祭』『神道と民俗学』『先祖の話』『祭日考』と考えをまとめてきて、さらに『山宮考』を書き終えた晩年の言である。

折口氏のカミの考え方は、「常世国《とこよのくに》なる死の島、常世の国に集まるのが、祖先の霊魂で、そこにいけば、男と女と、おのおの一種類の霊魂に帰してしまい、簡単になってしまうそれが個々の家の祖先というようなことではなく、単に村の祖先として戻ってくる」（前掲対談記録）というように、祖霊が還ってくるという点で柳田説と一致しつつ、家の祖先としてでなく村の祖先として戻ってくる、さらにマレビトの来訪の形で戻ってくる、という点では違っている。柳田氏が還ってくる祖神を霊的な形のないものとしてイメージしていくのに、折口氏が顕神《あきつかみ》、肉体をそなえた姿でイメージしていくところにも、大きな相違がある。そして、それよりもなお根本的な違いは、柳田氏の祖霊は死者の霊と考えるのに対して、折口氏は、死者の霊は生者の霊であり、それ以前から霊的なものとして存在し、それが人につくと考えている点である。「日本の信仰には、どうしても、一種不思議な霊的な作用を具へた、魂の信仰があつた。其が最初の信仰であつて、其魂が、人間の身に着くと、物を発生・生産する力をもつと考へた。其魂を産霊《ムスビ》と言ふ」（「古代人の思考の基礎」『古代研究』民俗学篇第二冊〔一九三〇年〕所収）と見るのだ。

そういう相違をも含みながら、日本民俗学全体としてのカミの考え方の共通の特色がつかみ出せるとすれば、それは、日本のカミの原型をなつかしい祖霊にしぼっていく、単一原型への溯源の姿勢、カミと人との血縁の強調であろう。わたくしたちはその調査・考察に多くのものを負っている。が、祖神（おやがみ）はすなわち祖霊か、氏神はすなわち祖先神だろうか、という点では疑問をもっている。祖神がわれわれの傍に常在するカミでなく、祭られる季節に到来するカミである、という日本民俗学の発見に導かれつつも、わたくしは、その祖神が共同体の守りガミであって、血つづきの祖先ではないと考えている。ことは、日本語としての「オヤ」が表わす観念の祖型をどう見定めるかにかかっているが、わたくしは肉体の「オヤ」よりも庇護者としての「オヤ」の観念が、古いと見ている。祖神は守護してくれるカミでありつつ、常在しない。この民俗固有の祖神信仰形態は、同時に、自己をとりまく自然の威力の圧迫、〈たたりガミへの畏怖の感情〉をも生む。日本民俗学は、その畏怖の感情の発生源としての多くのたたりガミの存在を、固有信仰の本質究明に際して、単一原型への溯源のため看却し、その研究を手薄にしてしまっているように、わたくしには思える。(1)わたくしが、日本民族の信仰形態の祖型として、祭りの季節にだけ訪れる祖神という守りガミを奉じつつ、身辺に常在する多くのたたりガミに取り囲まれて、それをも斎《いわ》い鎮めねばならない状況を考えたのは、常在神と非常在神、多くのたたりガミと一柱の守りガミの複合模型による把握の方が、日本古代の社会生活の実際により近いと考えたからである(「古代人の思想」『日本の社会文化史』第一巻所収、一九七三年)。遠くにいる守りガミと身辺を取り囲むたたりガミたち、という複合模型の有効性の検討は、今後にまたねばならない。

変身しおおせたたたりガミ大物主

たたりガミに取り囲まれて、守りガミの来訪を待つ心——古代人の暮らしのそういう具体的なイメージが出てこないと、古代信仰や神話の考察の上でこれまでさまざまの誤解が堆積して、そのまま放置されていることが、われわれの眼に見えてこない。

そのひとつの例として、ここではモノ神を採り上げてみよう。大和盆地を南下していくと、東の空にひとりぬきんでた三輪山の秀麗な姿が見えはじめる。三輪山には大物主神を祀る大神《おおみわ》神社があるが、この神社には神殿がなく、山そのものが神体であること、山の主要部分は今日まで禁足地、入らずの聖域でありつづけていることが、ひろく知られている。わたくしはいま、その三輪山のカミが、従来の諸学者の見解や、神社側の伝承解釈と違うところの、たたりガミ中のたたりガミ、疫癘をもたらす悪神として現われたことを述べようとしている。大物主は、その名が端的にオオ(大)・

モノ（疫神）・ヌシ（主）と物語っているように、病気、すなわちモノノケの原因であるモノそのものの神格化であり、記紀にもそれがそうであることを語る記事がちゃんとありながら、そういう事実が無視されてきた。といって、三輪明神のその後の信仰のされ方を否定しようとしているのではない。そういう変遷は変遷として、歴史的経過を認めつつも、原初に溯れば、たたりガミの猛威への恐怖、その斎《いわ》い鎮めに狂奔した事実の記憶が、はっきりと刻み込まれている、といいたいのである。あの大和盆地南部で最も人目に顕著な三輪山が、悪疫の根源を斎い鎮めた地であって、そこに疫癘のカミが鎮まりますがゆえに、里におりて荒びたまうことはあるまい、という思いであの山容をうち仰いでいた時期のことを、わたくしは復原してみたいのである。

三輪山の禁足地には、山頂に近い方からいうと、奥津磐座《おきついわくら》・中津《なかつ》磐座・辺津《へつ》磐座と呼ばれる三つの巨石群があり、そこがカミの在所になっている。高いところから低いところへ、飛びとびにほぼ直線上にある三つの神座が、合してひとつの神社である構造は、玄海灘のまんなかの沖の島にある沖津宮、海岸近くの筑前大島にある中津宮、陸《おか》に上って約四キロメートル、田島の地にある辺津宮の、三つが合して宗像《むなかた》神社である、宗像神社の構造としばしば比較同定されている。この大和の大神神社には、いったい何ガミを祀ってあると考えているか、現在の宮司中山和敬の著書（『大神神社』一九七一年、学生社）で、その見解をただしてみると、中山氏は、

主たる御祭神は大物主大神である。くわしくいえば倭大物主櫛𤭖魂命《やまとのおおものぬしくしみかたまのみこと》である。御神体山三輪山の奥津磐座に大物主大神、中津磐座に大己貴神《おおなむちのかみ》、辺津磐座に少彦名神《すくなひこなのかみ》をお祀りしているので

ある……。

社伝に拠ると、中津磐座（中腹の磐座）に大己貴神を配祀したのは、第五代孝昭天皇の勅によったものとされ、辺津磐座（山すその磐座）に少彦名神をお祀りしたのは、第二十二代清寧《せいねい》天皇が神告によって鎮祭せられたといわれている。いずれも主祭神大物主大神と国作りに戮力《りくりよく》協心された神であることが注目される。

という。それでは、その主祭神大物主とはどういうカミと考えているか。『古事記』『日本書紀』「出雲国造神賀詞《いづものくにのみやつこのかむよごと》」の記事を折衷して、出雲の大己貴命《おおあなむちのみこと》＝大国主神の和魂《にぎみたま》という説を採っている。

この神社側の見解は、一面、現在までの学者の考え方の平均値にも近いが、なぜ、大和の大物主神は出雲の大国主神の和魂であるのか、また、そうと後代からも信じ込んでよいのか、それらの点に触れるまえに、今日までのすべての文献資料で大神神社の祭神の名は大物主神に一致していること、そして、その神名の意味では、本居宣長の『古事記伝』（二十之巻）の考え方が現在でも最も有力であることに、触れておかねばならない。

物主とは、八十万神《ノ》の首《ヒトゴノカミ》として、皇孫命《ノ》を護奉《リ》るを以て、神之大人《カミノウシ》と云むが如し、凡て物と云《フ》称は、万《ヅ》に泛《ヒロ》くわたる中に、人を指《サシ》て云こと多し、【たとへは此人彼人《コノヒトカノヒト》を、此者彼者《コノモノカノモノ》ともいふ類なり、】此《レ》も然なり、そは神は神代の人なる故に、彼八十万神《ノ》を指《シ》て物とは云り、

（筑摩版『本居宣長全集』一九七四年）

古代語のモノをヒトとほぼ同一視するような考え方は、「このひと、かのひと」を「このもの、かのもの」というではないか、というような素朴すぎるつかまえ方から出てきていて、モノという語が表わす観念についての見方が、しだいに精密になっている現在では、どうもそのままは受け入れにくい。大野晋の近著『日本語をさかのぼる』（一九七四年）は、語学者の立場から、具体的な事物を表わす具体語が、抽象的な意味を表わす抽象語となり、さらに助詞のような形式語に変化していった日本語の例として、モノをあげた。古代におけることばの用法として、「モノとは存在物であり、人間が感知し認識しうる対象すべてを指す語である。しかし、コトが、時間的に推移し、進行して行く出来事や行為を指すに対して、モノの指す対象は、時間的経過に伴う変化がない。存在としてそのまま不変である。それがモノの特性で、コトとの相違点の一つである」として、

緑児の　乞ひ泣くごとに　取り与ふる　ものし無ければ……　（『万葉集』二一〇）

の物体としてのモノの例や、

水鳥の立たむ装《よそ》ひに妹のらにもの言はず来にて思ひかねつも　（同・三五二八）

のことばとしてのモノの例をあげた。モノが存在一般を指すことがまずあって、そこからの展望として、「古代人の意識では、その名を傷つければその実体が傷つき、その名を言えば、その実体が

現われる。それゆえ、恐しいもの、魔物について、それを明らかな名で言うことはできない。どうしてもそれを話題にしなければならないならば、それを遠いものとして扱う。あるいは、ごく一般的普遍的な存在として扱う。そこにモノが、魔物とか、鬼とかを指すに使われる理由があった」というう派生形態としてのモノの用法が出てくる、とも大野氏はいう。この方の用例は、仏足石歌や『源氏物語』から採っている。存在一般を指すモノの用例を『万葉集』に求め、実体を指すことを忌避してのモノの用例を、仏足石や『源氏物語』に求めるならば、年代からいっても、前者がより原型に近く、後者はそれからの派生ということになる。このあたりの操作がきわめて語学者的といえる。言いかえれば、事象の認定、存在一般を指す語としてのモノがあり、魔物や鬼を指す語としてのモノがある、ということの承認においては同じであっても、その関係のとらえ方が民俗学者の場合と違うわけである。

たまは抽象的なもので、時あつて姿を現すものと考へたのが、古い信仰の様である。其が神となり、更に其下に、ものと称するものが考へられる様にもなつた。即、たまに善悪の二方面があると考へるやうになつて、人間から見ての、善い部分が「神」になり、邪悪な方面が「もの」として考へられる様になつたのであるが、猶《なほ》、習慣としては、たまといふ語が残つたのである。……我々の祖先は、ものの生れ出るのに、いろ〳〵な方法・順序があると考へた。今風の言葉で表すと、其代表的なものとして、卵生と胎生との、二つの方法があると考へた。

（折口信夫「霊魂の話」『古代研究』民俗学篇第二冊所収）

この折口説は、前半で悪霊としてのモノをいい、後半で存在一般の霊としてのモノを述べて、齟《そ》齬《ご》を来たしているようにとれるが、これは、氏が別の時に説明している上位霊としてのカミ、下位霊としてのモノの考え方を、まだ善悪概念で区別しようとしているからである。それはそれとして、存在すべてを、有機物・無機物の差別なく霊的存在、霊的なものの形をとっての出現として考えるかどうか、存在以前に存在たらしめるものを予想し、存在の中にその影を見るかどうかが、民俗学者たちと近代的な語学者の違いであろう。古代人、それも『万葉集』の時代よりもさらに溯った古代で、かれらが存在するものをどう感じとっていたかの議論であるが……。

大物主神のモノとはどんな語か。存在一般か悪霊か。いかなる悪霊としてのモノか。悪霊をさすモノということばの用法は、果たしてモノ一般からの派生的用法か。そういう一見綿密そうに見える思弁は、古代という世界を相手にしてはさして有効であるまい。存在《もの》を存在《もの》たらしめている無形の力がモノであり、モノに極めて猛威を表わすものとそうでなくあるものとがあるまでであろう。無気味な力を大なり小なり感じさせない木石鳥獣が、いったいどこにあろうか。モノ論議をするには、まず各人の〈古代〉のイメージを検討してかからねばなるまい。それはともあれ、大物主神の名のモノがいかなるモノかは、そうむつかしい大問題ではないはずである。

『古事記』では、上巻神代の物語と中巻神武天皇の段、崇《す》神《じん》天皇の段の三箇所に、『日本書紀』では、「神代紀」と「崇神紀」の二箇所にこのカミの記事があり、相互に矛盾する要素を含んでいる。その矛盾をどう解くかが、三輪山信仰の本質をどう把握するかに、かかわっていく。従来の、祭神大物主神とは実は出雲の大国主神の和魂《にぎみたま》である、という有力な説の有力でありうる理由が、神代のこととして記紀に書かれている伝承の方を、人間時代のこととして書かれている伝承よりも尊重することに基いているらしいこと、それは今日のように研究が進んできては、少しも意味がなくなったことである点を、まず指摘しておかねばならない。神々の物語としての伝承の方が、人間の時代の伝承よりも新しいということは、いくらでもありうる。

『古事記』の上巻の大国主神の物語の中に、海のあなたからやってきた小《ちい》さ子《ご》ガミ少名毘古那神《すくなびこなのかみ》と力を合わせて、出雲で国作りに励んでいた大国主が、少名毘古那が常世《とこよ》の国へ還っていったために落胆するくだりがある。そこで、次のように大物主神が登場するのである。

是《ここ》に大国主神《の》、愁ひて告《の》りたまひしく、「吾独《あれひとり》して何《いか》にか能《よ》く此の国を得《え》作らむ。孰《いづ》れの神と吾と、能く此の国を相作らむや」とのりたまひき。是の時に海を光《てら》して依り来る神ありき。其の神の言《の》りたまひしく、「能く我が前を治めば、吾能く共与《とも》に相作り成さむ。若し然らずば国成り難《がた》けむ」とのりたまひき。爾《ここ》に大国主神曰《まを》ししく、「然らば治め奉る状《さま》は奈何《いか》にぞ」とまをしたまへば、「吾をば倭の青垣の東《ひむがし》の山の上《へ》に伊都岐奉《いつきまつ》れ」と答へ言《の》りたまひき。此《こ》は御諸《みもろ》山の上《へ》に坐《ま》す神なり。

（『日本古典文学大系』本）

このかぎりでは、出現したカミの名もわからず、その正体も知れないが、『日本書紀』の方は一書に曰わく条に、やはり少彦名命（『書紀』はこう書く）が常世に還った後のことを、自後《これよりのち》、国の中に未だ成らざる所をば、大己貴神《おほあなむちのかみ》、独《ひとり》能く巡り造る。遂に出雲国に到りて、乃ち興言《ことあげ》して曰《のたま》はく、「夫《そ》れ葦原中国《あしはらのなかつくに》は、本より荒芒《あら》びたり。磐石《いは》草木に至及《いた》るまでに、威《ことごとく》に能く強暴《あしか》る。然れども吾已に摧《くだ》き伏せて、和順《まつろ》はずといふこと莫《な》し」とのたまふ。遂に因《よ》りて言《のたま》はく、「今此の国を理《をさ》むるは、唯し吾一身《われひとり》のみなり。其れ吾と共に天下《あめのした》を理むべき者、蓋《けだ》し有りや」とのたまふ。

時に、神《あや》しき光海《うな》に照して、忽然《たちまち》に浮び来る者有り。曰はく、「如《も》し吾在らずば、汝何《いましいかに》ぞ能く此の国を平《む》けましや。吾が在るに由《よ》りての故に、汝其の大きに造る績《いたはり》を建つこと得たり」といふ。是の時に、大己貴神問ひて曰《のたま》はく、「然らば汝は是誰《これ》ぞ」とのたまふ。対《こた》へて曰はく、「吾は是汝が幸魂奇魂《さきみたまくしみたま》なり」といふ。大己貴神の曰はく、「唯然《しか》なり。廼《すなは》ち知りぬ、汝は是吾が幸魂奇魂なり。今何処にか住まむと欲《おも》ふ」とのたまふ。対へて曰はく、「吾は日本国《やまとのくに》の三諸山に住まむと欲ふ」といふ。故《かれ》、即ち宮を彼処《かしこ》に営《つく》りて、就《ゆ》きて居《ま》しまさしむ。此《これ》、大三輪の神なり。此の神の子《みこ》は、即ち甘《か》茂君等《ものきみたち》・大三輪君等、又姫蹈鞴《ひめたたら》五十《い》鈴姫命《すずひめのみこと》なり。

（『日本古典文学大系』本）

と記していて、そちらでは、はっきり大己貴の幸魂奇魂だと名乗らせている。しかし、こちらも大物主という名は出していない。大己貴が自分自身の幸魂奇魂に出会ったという話[2]は、それだけでたいへん変った話だが、また、出雲の国の海岸で出会ったのに遥かな大和の三諸山に祀れというのも、意外なことである。しかも、注意深く見てみると、記は、「大国主神《の》。亦の名は大穴牟遅神《おほあなむちの》と謂ひ、亦の名は葦原色許男《あしはらしこをの》神と謂ひ、亦の名は八千矛《やちほこの》神と謂ひ、亦の名は宇都志国玉《うつしくにたまの》神と謂ひ、幷《あは》せて五つの名有り」として、大物主神の名をあげていないのに、紀のこの一書に曰わく条は、「大国主神、亦の名《みな》は大物主神、亦は国作《くにつくりの》大己貴命と号《まう》す。亦は葦原醜男《あしはらのしこを》と曰《まう》す。亦は八千戈《やちほこ》神と曰す。亦は大国玉神と曰す。亦は顕国玉《うつしくにたまの》神と曰す。」と大物主神の名をあげている。

出雲の大己貴、すなわち大国主も大物主であり、大和の三輪山のカミも大物主であるとすれば、当然のこととして、両者の間に関係をつけたくなるだろう。記紀ともに注意して大物主の名を伏せて話を進めているのが、かえって気になる。大和の三諸山（三輪山）にいますカミとまでいっている以上、記の編者にも、出雲の大物主が海のかなたからきたもうひとりの大物主に出会った話だ、ということは知った上で、大己貴が自分の幸魂奇魂に出会った、と少し斜にかまえて物語っているのに違いない。はじめに、「大国主神、亦の名は大物主神」というふうにわざわざ述べておいて、この物語に入っているのだから。

カミがもうひとりの自分に出会うという珍しい話が、いったいなぜ出来たか。これから後で引き合いに出す、大和地方で育ったと考えられる、他の三輪山のカミに関する伝承と同じように、この伝承も大和地方で育ったと考えるのは、どうもその必然性が乏しい。大己貴は、出雲の国の海岸で、海のあなたからくるもうひとりの自分に会うのであるから、物語の舞台は出雲地方である。加えて、「出雲国造神賀詞」という、出雲の豪族の側で管理している詞章の中で、この事は特別に重要な役割を果たしている。

すなはち大穴持命《おほなもちの》の申したまはく、「皇御孫《すめみま》の命の静まりまさむ大倭の国」と申して、己命《おのれみこと》の和魂《にぎみたま》を八咫《やた》の鏡に取り託《つ》けて、倭の大物主櫛瓺玉命《くしみかたまの》と名を称《たた》へて、大御和《おほみわ》の神奈備《かむなび》に坐《ま》せ、己命の御子《みこ》阿遅須伎高孫根《あぢすきたかひこね》の命の御魂を、葛木《かづらき》の鴨の神奈備に坐せ、事代主命《ことしろぬしの》の御魂を宇奈提《うなて》に坐せ、賀夜奈流美命《かやなるみの》の御魂を飛鳥《あすか》の神奈備に坐せて、皇孫《すめみま》の命の近き守神と貢《たてまつ》り置きて、八百丹杵築《やほにきづき》の宮に静まりましき。

（『日本古典文学大系』本、若干表記をかえた）

国譲りにあたって、大穴持命が自分の和魂を大和朝廷の守護神として送り出したのだ、というのである。それと、それ以前の出雲の国作り、すなわち国土平定過程での協力神、という記紀の伝承とは明らかにくいちがう。そして、そちらでは、その自分の分身にわざわざ別に出てきてもらって協力してもらわねばならぬ理由（自分が自分としてやってはなぜだめなのかの理由）、その分身をなぜ大和の三輪山まで連れていって祀らねばならないかの理由が、まるでわからない。

それよりも見逃せないのは、たとえば、「神代紀」で、このカミが自分を三輪山に祀れといったから祀ったとありながら、「崇神紀」でもはじめて三輪山を祀りの地と定めて斎《いわ》い鎮めたとあることで、同じ『書紀』の記事間のこの矛盾が、おのずから事の真相をかいまみさせてくれるのではないか、ということであろう。一連の出雲の大国主神の物語が、わざわざ途中に大和地方との交渉を一箇所かかえ込んでいなければならない必要は、出雲側にあっても、大和側には必ずしもない。「崇神紀」の大物主神を三輪山に祀った伝承は、これから見ていくように精密でリアリティがあり（崇神天皇の時代の実年代をどう考えるかは別として）、「神代紀」の比ではない。それ以前にあの山にすでに大物主神が祀られていたとは、どうしても考えにくい。

結局、出雲側が、同じ大物主神という呼び名を奇貨として、三輪山の大物主神に自分の方の大国主の大物主を強力に結びつけようとして、幸魂奇魂説ないしは和魂説を作り出し、年月を経て、中央にも承認させてしまったのではあるまいか。幸魂奇魂か和魂かという点になると、説明のしやすい和魂の方が、どうしても時代が下れば下るほど有力となってきたのではなかろうか。発生を異にするふたつの地方の大物主神の融合は、作為的に出雲の豪族の方がしくんだにちがいない。

なぜ、出雲の大国主神がオオ・モノ・ヌシ、すなわちデモーニッシュな力をふるうカミであるかは、彼が本来大穴持命（大己貴命）であった、マグマの神として猛威を示すカミであったことを想起すれば足りよう（益田「火山列島の思想」『火山列島の思想』〔一九六八年〕所収）。

『古事記』の崇神天皇の段は、

此の天皇《すめらみこと》の御世《みよ》に、役病多《えやみさは》に起りて、人民《たみ》死にて尽きむと為《し》き。爾《ここ》に天皇愁ひ歎きたまひて、神牀《かむどこ》に坐《ま》しし夜、大物主大神、御夢《みいめ》に顕《あらは》れて曰《の》りたまひしく、「是《こ》は我が御心ぞ。故《かれ》、意富多多泥古《おほたたねこ》を以ちて、我が御前を祭らしめたまはば、神の気《け》起らず、国安らかに平らぎなむ。」とのりたまひき。是《ここ》を以ちて駅使《はゆまづかひ》を四方《よも》に班《あか》ちて、意富多多泥古と謂ふ人を求めたまひし時、河内の美努村《みののむら》に其の人を見得て貢進《たてまつ》りき。爾《ここ》に天皇、「汝《な》は誰《た》が子ぞ。」と問ひ賜へば、答へて曰《まを》ししく、「僕《あ》は大物主《の》大神、陶津耳命《すゑつみみのみこと》の女、活玉依毘売《いくたまよりびめ》を娶して生める子、名は櫛御方命《くしみかたのみこと》の子、飯肩巣見命《いひかたすみの》の子、建甕槌命《たけみかづちの》の子、僕《あれ》意富多多泥古ぞ。」と白《まを》しき。是に天皇大《いた》く歓びて詔りたまひしく、「天の下平らぎ、人民《たみ》栄えなむ。」とのりたまひて、即ち意富多多泥古命を以ちて神主《かむぬし》と為《し》て、御諸《みもろ》山に意富美和《おほみわ》の大神の前を拝《いつ》き祭りたまひき。又伊迦賀色許男《いかがしこをの》命に仰せて、天《あめ》の八《や》十《そ》毘羅詞《びらか》を作り、天神地祇《あまつかみくにつかみ》の社を定め奉《まつ》りたまひき。又宇陀《うだ》の墨坂神に赤色の楯矛《たてほこ》を祭り、又大坂《の》神に墨色の楯矛を祭り、又坂の御尾の神及《また》河の瀬の神に、悉に遺《のこ》し忘るること無く幣帛《みてぐら》を奉りたまひき。此れに因《よ》りて役《えやみ》の気《け》悉に息《や》みて、国家《あめのした》安らかに平らぎき。

と大物主神が三輪山（御諸山）に祀られた次第を語る。「役病《えやみ》多《さは》に起りて、人民《たみ》死にて尽きむと為《し》き」とあり、「是《こ》は我が御心ぞ」と告げたのが大物主神であったとする以上、大物主神が疫癘のカミであることは明白というべきだろう。文中、「神の気《け》」と「役《えやみ》の気」は同義語として用いられており、それが平安時代によく用いられたモノノケと同じ意味であることを考えると、オオ・モノ・ヌシのモノが、「神」であり、「役」であることも当然である。大野氏の『日本語をさかのぼる』が、モノノケの用例が時代的に下ることから、こういうモノの用い方を派生的なものとしたことは、まえに触れた。しかし、大物主神の名がふくむモノという語が、すでに疫癘の原因としての霊的な力を意味することは、これによっても確実といえよう。大物主神は、その疫神（疫病神）としての正体を隠したまま、後代まで信仰されてきている。そして、その三輪山信仰史の様相が、本居宣長をはじめとする歴代学者の眼力を狂わせてもきたのだった。

たたリガミ出現の記憶

『古事記』中巻の崇神天皇の段では、疫癘が猖獗《しょうけつ》し、人民がことごとく死滅しそうになって、この地方の支配者であった崇神が、潔斎して神意をうかがうべく神床《かんどこ》に籠もっていた夜、夢に大物主神が現われて、オオタタネコの名を挙げて自分を祀ることを求めた、とある。オオタタネコという人物を探し出して、三輪山にその神を祀るまでの経緯も、大筋を直線的に簡略に記しているにすぎない。それに対して、「崇神紀」の方は、詳細に紆余曲折の経過を伝えようとしている。

五年に、国内《くにのうち》に疾疫《えのやまひ》多くして、民《おほみたから》死亡《まか》れる者《ひと》有りて、且大半《なかばにす》ぎなむとす。
六年に、百姓《おほみたからさすら》流離へぬ。或いは背叛《そむ》くもの有り。其の勢、徳《うつくしび》を以《も》て治めむこと難し。是《ここ》を以て、晨《つと》に興《お》き夕《ゆふべ》まで惕《おそ》りて、神祇《あまつかみくにつかみ》に請罪《のみまつ》る。

古代の王権の危機に際して、王権の支配者たる大司祭は、ひたすらにカミとの交通を求めたのである。紀の記すところによれば、それまで天皇は、自分の宮殿の内に天照大神と倭大国魂《やまとのおおくにたまの》神とを祀ってきていた、という。天照大神は天皇家が祖神とあがめてきたカミだが、もう一柱の倭大国魂とは、名の示すように大和地方の地霊、国土の地主神であろう。氏族の守護神だけでなく、地主神を祀るという祭祀形態は、それもまた注目すべきであろうが、この時、天皇は、これらのカミの宮居を自分の住居と分け、より念入りに祀りなごめようとはかった。天照大神は笠縫《かさぬい》にひもろぎを立て、皇女豊鍬入姫命《とよすきいりびめのみこと》に祀らせ、倭大国魂も別の地に、皇女渟名城入姫命《ぬなきいりびめのみこと》をつけて祀らせた。ところが、ヌナキイリビメは、「髪落ち体瘦《やすか》みて」その任務をつづけえなくなってしまった、という。氏族の祖神の怒りをかっているのではない。国土霊のたたりかと考えるのも、当をえていないらしい。翌七年二月、天皇は、それ以外のいずこのカミのたたりかを知るために、次のようなたたりガミ探しをする。

是《ここ》に、天皇、乃ち神浅茅原《かむあさぢはら》に幸《いでま》して、八十万《やそよろづ》の神《かむたち》を会《つど》へて、卜問《うらと》ふ。是《こ》の時に、神明倭迹《かみやまとと》迹日百襲姫命《とびももそひめの》に憑《かか》りて曰《のたま》はく、「天皇、何《なに》ぞ国の治らざることを憂ふる。若し能く我《われ》を敬《ゐやま》ひ祭らば、必ず当《まさ》に自平《たひら》ぎなむ」とのたまふ。天皇問ひて曰はく、「如此《かく》教《のたま》ふは誰《いづれ》の神ぞ」とのたまふ。答へて曰はく、「我《われ》は是《これの》倭国の域《さかひ》の内に所《を》居る神、名を大物主神と為《い》ふ」とのたまふ。時に、神の語《みこと》を得て、教《をしへ》の随《まにま》に祭祀《いはひまつ》る。然れども猶事に於《し》て験《しるし》無し。

疫癘の猖獗↓人民の流離↓背叛の原因というべきカミが、ようやくに出現してくる。この未知の新しいカミがみずからの名を大物主神と名乗ったのは、まさに名によって本質を示したものだが、ヤマトトトビモモソヒメという、天皇の祖父孝元天皇の異母妹にあたる老皇女が神憑って、顕神《あきつかみ》となり、天皇が斎主《いわいのうし》となって問答した祭儀の形態は、相当重要な意味をもっているように考えられる。天皇が政治的支配者になりきってしまったから、選ばれて神祀りをする皇女が祭祀の側面を分担したのではない。斎主であって祭儀を執行する天皇が、神代《かみしろ》となる皇女を神憑らせ、カミを顕現させるのである。古代王権の王としての大司祭とは、実際には何をするのかがこれから一部うかがえる。

神浅茅原のような野の神聖な祭場で、公的にカミを招き現わす祭儀の中では、彼は神憑る巫女の化したカミそのものと相対する。彼女を神憑らせるように祭儀を推進することを通して、カミと交通するが、そうでない場合には、個人的に斎戒して夢の中でのカミとの交通をはかる。

天皇、乃ち沐浴斎戒《ゆかはあみものいみ》して、殿《みあらか》の内を潔浄《きよまは》りて、祈《の》みて曰《まう》さく、「朕《われ》、神を礼《ゐやま》ふこと尚未だ尽《ことごとく》ならずや。何《なに》ぞ享《う》けたまはぬことの甚しき。冀《ねが》はくは亦夢《いめ》の裏《うち》に教へて、神恩《かみのうつくしび》を畢《つく》したまへ」とまうす。是《こ》の夜の夢《みゆめ》に、一《ひとり》の貴人《むち》有り。殿戸《みあらかのほとり》に対《むか》ひ立ちて、自ら大物主神と称《なの》りて曰《のたま》はく、「天皇、復《また》な愁へましそ。国の治らざるは、是《これ》吾が意《こころ》ぞ。若《も》し吾が児大田田根子《おほたたねこ》を以《も》て、吾を令祭《まつ》りたまはば、立《たちどころ》に平《たひら》ぎなむ。亦海外《わたのほか》の国有りて、自づからに帰伏《まうしたが》ひなむ」とのたまふ。

日本のカミまつりというものは、一人の個人の仕事としては出来ない。それにはさまざまな準備過程が必要である。そして、いよいよ祭がクライマックスにさしかかると、多くの人々の眼からは遮断されている秘儀の祭場で、斎主が祭儀を執行し、カミのよりしろを神憑らせる。こういう本格的な祭は、祭祀をささえている共同体ないし社会の全体行事としてのみ、可能なのである。神道では神との交通法の顕幽を区別するが、そういう顕神との交通でないのが、精進潔斎した斎主が夢裏に神の教えを受ける方法、すなわち幽斎である。最近、西郷信綱に『古代人と夢』（一九七二年）という、夢の古代性の解明のユニークな企てがあった。神との交通の方法としての夢のことが、これまでにないほどはっきりと説明されているが、夢による神との交通、「崇神紀」ふうにいえば、

「沐浴斎戒《ゆかはあみものいみ》して、殿《みあらか》のうちに潔浄《きよまは》りて」する、『古事記』の崇神天皇の段ふうにいえば、「神牀《かむどこ》に」就いてする夢見は、この第二の神との交通のコースなのである。祭の儀式過程の顕神出現の公的なコースに対して、これはより私的なコースともいえる。

祭とは常時なされるものではないから、この顕神・幽神との両交通法が併用されなければならない点も、日本の祭祀の特色といえようか。顕斎では神代を通してカミと交通した斎主が、幽斎ではカミと夢の中でであるが直接交通する。この場合、夢の中に現われたカミが新たに出現したカミであると、誰れかひとりが夢を見ようとして夢見ただけでは信じられない。必ず、他の人が見ようとしてでなく同じことを夢見た、というような傍証を必要とする。これも古代の信仰における特色である。古代人はその点では疑い深くもあった。

秋八月のみ癸卯《みづのとのう》の朔《ついたち》己酉《つちのとのとりのひ》に、倭迹速神浅茅原目妙姫《やまととはやかむあさぢはらまくはし》・穂積臣《ほづみのおみ》の遠祖《とほつおや》大水口宿禰《おほみくちのすくね》・伊勢麻績《いせのをみの》君、三人《みたり》、共に夢《いめ》を同じくして、奏《まう》して言さく、「昨夜《きず》夢みらく、一《ひとり》の貴人《むち》有りて、誨《をし》へて曰はく、『大田田根子《おほたたねこ》命《のみこと》を以て、大物主大神を祭《ゐやま》ふ主《かむぬし》とし、亦、市磯長尾市《いちしのながをち》を以て、倭大国魂神を祭《いは》ふ主とせば、必ず天下太平《あめのしたたひら》ぎなむ』といへり」とまうす。天皇、夢の辞《ことば》を得て、益《ますます》心《みこころ》に歓びたまふ。布《あまね》く天下に告《のたま》ひて、大田田根子を求《ま》ぐに、即ち茅渟県《ちぬのあがた》の陶邑《すゑのむら》に大田田根子を得て貢《たてまつ》る。

カミを祀るには、そのカミが喜ぶひとの手で祀らねばならない。新しく出現したこのモノ神の場合、それがわからず、ともかく天皇の手で祀ったけれどもだめで、カミの夢託によって、やっとオオタタネコがその人とわかり、探し出しえた。しかし、オオタタネコは、意外にも遥かな茅渟県《ちぬのあがた》の陶邑《すえのむら》の人だった。以前にヤマトトトビモモソヒメに神憑りした大物主神が、「我は是《これ》倭国《の》の域《さかひ》の内に所居《を》る神、名を大物主神と為《い》ふ」と名乗ったのだが、そのカミが指定した祀り手は大和の国の人ではなく、意外にも茅渟県の人だった。『古事記』の方では、「河内の美努《みぬ》村」の人ということになっている。美努という地名はわからないが、茅渟は今の堺市あたりで、ミヌ・チヌは口頭伝承の間の音の転化と見ることが出来れば、どちらも河内の国で、同じことを語っていることになる。大和でいま疫癘を猖獗させ猛威をふるっているカミを祀るのが、なぜ河内の国の人でなければならないのか。

天皇、即ち親《みづか》ら神浅茅原《かむあさぢはら》に臨《いでま》して、諸王卿《おほきみたちまへつきみたち》及び八十諸部《やそもろとものを》を会《めしつど》へて、大田田根子に問ひて曰《のたま》はく、「汝《いまし》は其れ誰《た》が子ぞ」とのたまふ。対《こた》へて曰《まう》さく、「父《かぞ》をば大物主大神と曰《まう》す。母《いろは》をば活玉依媛《いくたまよりびめ》と曰す。陶津耳《すゑつみみ》の女《むすめ》なり」とまうす。亦云はく、「奇日方天日方武茅渟祇《くしひかたあまつひかたたけちぬつみ》の女なり」といふ。天皇の曰《のたま》はく、「朕《われ》、栄楽《おひさか》えむとするかな」とのたまふ。乃《すなは》ち物部連《もののべのむらじ》の祖伊香色雄《いかがしこを》をして、神班物者《かみのものあかつひと》とせむとト《うらな》ふに、吉《よ》し。又、便《たより》に他神《あたし》を祭らむとト《うらな》ふに、吉からず。十一月《しもつき》の丁卯《ひのとう》の朔 己 卯《ついたちつちのとうのひ》に、伊香色雄に命《みことおほ》せて、物部《もののふ》の八十平瓮《やそびらか》を以て、祭神之物《かみまつりのもの》と作《な》さしむ。即ち大田田根子を以て、大物主大神を祭《いはひまつ》る主《かむぬし》とす。又、長尾市《ながをち》を以て、倭の大国魂神を祭る主とす。然《しかう》して後に、他神《あたし》を祭《まつ》らむとトふに、吉し。便《すなは》ち別《こと》に八十万《やそよろづ》の群神《もろかみ》を祭る。仍りて天社《あまつやしろ》・国社《くにつやしろ》、及び神地《かむどころ》・神戸《かむべ》を定む。是に、疫病《えのやまひ》始めて息《や》みて、国内《くにのうち》漸《やうやく》に謐《しづま》りぬ。五穀《いつつのたなつもの》既に成《みの》りて、百姓《おほみたから》饒《にぎは》ひぬ。

『日本書紀』は、オオタタネコが大物主神と活玉依媛の間に生まれた子であることを、オオタタネコ自身に語らせて、なぜ、河内の国の人である彼が神意にかなう人物かを、暗に説明している。大物主神がねたみの多いカミで、自分がオオタタネコの祀りをうけて満足するまでは、他のカミガミへの祭祀を許さないのだが、王権の側では、物部連の先祖だと伝える伊香色雄（記では、伊迦色許男）に祭具や供献物を準備させ、あわせて他のもろもろのカミをも祀り鎮めようと焦慮していたような語り方になっている。モノノベがモノの祀りにたずさわる専門人たちだということも、これで推測できる。

氏族を守る王家の祖神の天照大神や地主神である倭大国魂神の対処しえなかった疫癘猖獗は、こうして遂に終熄した。大物主神が祀りをうけいれて「疫病《えのやまひ》始めて息《や》みて、国内《の》漸《やうやく》に謐《しづま》りぬ」ということになる構造に、モノ神の姿がはっきりと見える。「崇神紀」のこのモノ神を祀り鎮めるまでのプロセスの叙述は、事の曲折を細部まで語りえている。これがそっくり事実かどうかよりも、伝承された事実が伝承される過程でも祭祀の細部を失わないでいるということ、あるいは逆に、伝承として育つ過程で細部のプロセスをはっきりさせたかもしれないということに、より重要な意味があろう。モノ神の跳梁《ちょうりょう》とたたかった記憶は、それほどに重大なものであったのである。

三輪山への糸の長さの矛盾

モノ神跳梁の記憶とともに、モノ神を和《なご》めた祀り手の記憶もはっきりと残っている。その人は、山の向こう、西の沿岸地帯の河内から招かれてきた。より詳しい記憶によれば、渡来人の陶器《すえ》作りの技術者の村からきた、という。わが国への製陶技術の渡来は五世紀の頃だから、それはどうかと疑う議論もあるが、第一に、崇神朝は五世紀をはるかにさかのぼっていなければならないかどうか、第二に、この伝承の大物主神三輪山鎮座が、どうしても崇神朝でなければならないかどうか、考慮すべき側面はいくらもある。年代に関する伝承と祀り手に関する伝承とどちらが重視されるべきか。口頭伝承の通例では後者であるが、それはそれとしても、祀り手オオタタネコが、探し出され招かれてきた時、モノ神との血縁を語った、ということは、モノ神を祀り和めてすでに奉仕してきた経験者ということであろう。祀り手の来た方角は、はじめモノ神の入ってきた方角でなければならない。

この国への伝染病菌の渡来は、ほとんど西の方からであることは、近代になっての今日現在でも変らない。西の大陸の方へ向けて入り口をもつ島国の、必然でもあろう。古代、下って奈良・平安の頃の天然痘の流行も、毎度大宰府の方から蔓延してきて、人びとを震えあがらせた。この時の大和地方の住民を死滅させようとしたほどの疫病も、その例外であったとは考えられない。

先にモノ神の襲来を被った地方では、被害が大きければ大きいほどに、モノ神を祀り和めようとする努力も大きい。疫癘の終熄期も東方の地域よりもはやくくるが、終熄期が近づいた頃には、みごとにカミを鎮めえたと取り沙汰される巫覡《ふげき》も、また必ず出現したであろう。モノの荒れ狂う修羅場では、病魔の蔓延が峠を越えたかどうかの、大所高所からの見定めはつけにくい。河内に大物主神が祀り鎮められたと考えられる場所が出てくることは、事のなりゆきとしてあるはずだし、その祀り鎮め手が、活玉依媛、すなわち、神秘な活力に満ちた（イク）・タマヨリビメであることも、大いに考えられる。古代のタマヨリヒメは、現在研究者の間では、「魂寄《たまよ》り姫」と解いて巫女の汎称と考えることが、有力な説になっている。わたくしは、かねてから、ヨリヒメ＝神が依る女＝神憑る女性《にょしょう》と考え、巫女一般はむしろヨリヒメと呼ばれただろう、と推測してきた。そのヨリヒメに、彼女たちがカミのよりしろとして奉じている物の種別、玉・鈴・甕などによって、玉依媛・五十鈴《いすず》依姫・甕《みか》依媛などの称が生じる、と考えている（「日本の神話的想像力」『文学』三九の一一、一九七一年一一月）。陶邑の巫女イクタマヨリビメがモノ神を祀り和めた、という風評がひろがってもおかしくない。巫女はカミの嫁である。カミの妻として、観念の中、祭儀の中の婚姻によって、カミと人間の仲介を務めるのである。

いや、河内の陶邑のイクタマヨリビメという巫女、モノ神の妻の成立は、今回のモノ神襲来以前、かつてのモノ神襲来の時のことで、そこにモノ神を祀る家としての、その巫女の子孫たちの家が成立していたのかもしれない。紀は、オオタタネコは、大物主神が父、活玉依媛が母である、と自己の系譜を語ったという。記の方は、大物主神と活玉依毘売《びめ》の間に生まれた櫛御方命《くしみかたのみこと》から三代の孫である、と説明したことになっている。古代の河内地方が間歇的に伝染病の禍いを蒙ったろうことを考えると、河内の巫女ではなく、その子孫が大和でモノ神を祀り鎮める、という伝承の背後には、歴史のリアリティがちらついているように思える。

ややこしいのは、記紀の記事には、そういう伝説的要素と別に昔話的要素があって、双方がから み合っていることである。『日本書紀』では、オオタタネコは、単に大物主神が父、活玉依媛が母と語っただけのことになっているが、『古事記』の方では、ここに有名な三輪山説話が入ってくる。

　此の意富多多泥古と謂《い》ふ人を、神の子と知れる所以《ゆゑ》は、上に云へる活玉依毘売、其の容姿端正《かたちうるは》しかりき。是に壮夫《をとこ》有りて、其の形姿威儀《すがたよそほひ》、時に比《たぐひ》無きが、夜半《よなか》の時に儵忽《たちまち》到来《き》つ。故《かれ》、相感《あひめ》でて、共婚《まぐは》ひして共住《すめ》る間に、未だ幾時《いくだ》もあらねば、其の美人《をとめ》妊身《はら》みぬ。爾《ここ》に父母其の妊身《はら》みし事を怪《あや》しみて、其の女《むすめ》に問ひて曰《い》ひけらく、「汝《な》は自《おのづから》ら妊《はら》みぬ。夫无《をな》きに何由《いかに》か妊身《はら》める。」といへば、答へて曰《い》ひけらく、「麗美《うるは》しき壮夫《をとこ》有りて、其の姓名《かばねな》も知らぬが、夕毎《よひごと》に到来《き》て共住《す》める間に、自然懐妊《おのづからはら》みぬ。」といひき。是を以ちて、其の父母、其の人を知らむと欲《おも》ひて、其の女に誨《をし》へて曰ひけらく、「赤土《はに》を床の前に散らし、閇蘇《へそ》紡麻《を》を針に貫《ぬ》きて、其の衣《きぬ》の襴《すそ》に刺《さ》せ。」といひき。故、教の如くして旦時《あした》に見れば、針著けし麻《を》は、戸の鉤穴《かぎあな》より控《ひ》き通りて出でて、唯遺《のこ》れる麻は三勾《みわ》のみなりき。爾に即ち鉤穴より出でし状《さま》を知りて、糸の従《まにま》に尋ね行けば、美和山に至りて神の社に留《とど》まりき。故、其の神の子とは知りぬ。故、其の麻の三勾遺りしに因《よ》りて、其地《そこ》を名づけて美和と謂ふなり。此の意富多多泥古命は、神君《みわのきみ》、鴨君の祖。

三輪《の》君一族が大物主神を祖神と仰ぎ祀るのは、この伝承によってであるが、オオタタネコは河内の美《み》努《の》村に住んでいた、という『古事記』の言い分からしても、その先祖のイクタマヨリビメが陶津耳命《すえつみみのみこと》の娘だ、という言い分からしても、大物主が大和の三輪山から河内まで夜な夜な通い、ある日、女の方は糸をたどって河内から大和までやってきたことになる。とてつもなく長い、想像を絶するほど大きいへそに巻かれた糸でなければならない。

物語中の空想だからどうでもよい、といってよいかどうか。この考えられないほど長い糸の話と、『書紀』が記している、このカミは、この疫病騒ぎではじめて三輪山に祀られることになったのだ、という話とも実はくいちがう。カミが三輪山から河内へ通っていたのは、それ以前のことでなければならない。この糸の長さの矛盾は、これまでいろいろに研究者の頭を悩ましたけれども、『古事記』の地名起源説話的な語りくち、「其の麻の三勾遺りしに因りて、其地を名づけて美和と謂ふなり」に惹かれて、大物主神がもともとからこの山のカミと見るからむつかしくなるのであろう。この伝承から三輪山の名がおこったと見てよいが、それは、大物主神の祀り手がこの伝承を負ってここにきて、カミを祀ったからだ、と考えればはっきりする。オオタタネコと伝えられている最初の祀り手は、この物語を負って河内からきた。その夜な夜な娘のもとに通ったカミの住んでいたと考えられていた山は、元来は河内にあったのであろう。

そして、それよりもなによりも考えてみるべきことは、自分たちはそのカミの血をうけたものだ、と誇る神人通婚譚としての始祖説話であるこの伝承が、たたり神である大物主神を語るには、どうもふさわしくない型の伝承である、ということではなかろうか。

『平家物語』(巻八)には、豊後の国の大豪族緒方家の始祖伝説として、大蛇が夜ごとに若い男になって里の娘のもとに通い、糸を通した針を狩衣の頸元に刺しておかれたため、姥《うば》ヶ岳《だけ》の大蛇という正体が知れる話がある。一族の豪勇のおこりは、その血統によるのだと誇らしげに伝えている物語である。この型の昔話は、わが国では近代まで各地で五月の節句の菖蒲《しょうぶ》湯や菖蒲酒の行事の起源として、多数語り伝えられている。近代の昔話では、結末で、蛇の子どもをみごもった娘がどうして助かったかに、ウェイトがかけられ、元来そういう話であったのかと思わせるが、そうではない。

すでによく知られているように、朝鮮にも、この型の昔話が分布しており、孫晋泰の『朝鮮民譚集』(一九三〇年、後に『朝鮮の民話』と改題、一九五六年)は、慶尚南道東莱郡でこの大蛇と娘の婚姻の話を採集し掲げている。全羅北道錦山郡では、通ってきたのは朝鮮人参であった話に出会い、これも掲げている。また、咸鏡北道では、この説話は、清朝の太祖努尓哈赤《ヌルハチ》の父が誕生した時の話になっていて、娘のもとに通ってきていたのは老獺、すなわち大きなカワウソである。今西竜の「朱蒙伝説及老獺稚伝説」(同氏『朝鮮古史の研究』〔一九三七年〕所収)は、数人の人によるその採集を蒐めている。そして、この系統の話の朝鮮の文献に現われたものは、『三国遺事』が載せた後百済《くだら》の甄萱《しんけん》出生譚が最も古い。大蚯蚓《みみず》が通ってきたことになっている。もとより、その分布は日鮮の間にとどまらない。かつて、三品彰英は、

かかるモチーフを持つ話は、我が国では『土佐風土記』『平家物語』緒方氏出自説話等があり、朝鮮に於いては『三国遺事』所収の甄萱の出自伝説が古い処であり、北鮮のオランカイ種族の発祥伝説や、満洲方面では清の始祖の老獺稚伝説の内等に見られ、支那では唐張読の『宣室志』の張景の娘の話が文献的には初見らしく、また安南方面にも三輪式説話の流布されてゐる事が指摘

されてゐる。その神婚の対手たる神怪的存在は山神、蛇、蚯蚓、老獺、青蛙、犬、蜘蛛などそれぞれ相違してはゐるけれども、何れも糸に関する特異なモチーフを含んでゐる点に於いて、相互の間に伝播関係が承認されなければならないであらう。何故ならば、かかる特異なモチーフが各地で偶然暗合するてふ確率は極めて小であるからである。このモチーフを持つ説話は東洋諸民族の間に多い様に思はれるが、南方スラブ族の間にもそれの存することが既に注意されて居り、なほ将来調査が進めばより広い分布が知られるかも知れないが、今のところ地理的に云へば支那辺りにその分布の中心があり、又文献資料の古さから云へば『古事記』及び『宣室志』が古いところである。

（「東洋神話学より観たる日本神話」『日鮮神話伝説の研究』〔一九四三年〕所収）

と三輪山型説話の世界的分布状況について展望したことがある。三品氏がいうように、文献としてはやいのは、『古事記』と『宣室志』であるが、唐の張読の『宣室志』十巻は、現在では佚亡《いつぼう》して、他書に引かれた八十三箇条の逸文のみが残っている。張読は乾符（八七四―八七九年）から光啓（八八五―八八七年）へかけての頃、わが国でいうと平安時代の陽成・光孝朝に、活躍した人らしい。逸文中に見えるのは、平陽の人張景のもとに忍んできた尺余の蠐螬《せいそう》（地虫。黄金虫の地中にいる幼虫のことだろうという）の話で、すでに単なる獣人通婚の怪異譚になってしまっている。蠐螬は糸をたどって見つけ出され、打ち殺されて終わりとなる。『古事記』（七一二年）の方が、年代的にも形態的にもさらに古く、神人通婚の三輪君一族の始祖説話であるのと、様子がやや違う。

それにしても、三輪君の祖オオタタネコのまた先祖であるイクタマヨリビメに通ってきたのは、もとから大物主と呼ばれる疫病神であったのだろうか。わたくしにはどうもそうは考えられない。イクタマヨリビメの属する氏族、おそらくは河内の茅渟《ちぬ》県陶邑《すえのむら》の人たち、河内に残った方は陶部《すえつくりべ》と呼ばれた人たちが伝えていた始祖の伝承が、三輪山説話のなかみにあたるものであったのだろう。かれら渡来人は、その始祖説話をたずさえて、はるばると日本へやってきたのではなかろうか。たまたま疫癘の猖獗に際して、この氏族の中からモノ神を祀り鎮める能力を世間に認められた者が出てきた。それがイクタマヨリビメという巫女であったかもしれないし、すでにオオタタネコの代になってのことかもしれない。モノ神を祀り鎮めなければ誰もが危い。どの氏族も、その外から襲来したモノ神の祀り鎮め方には力を尽しただろうが、おのずから成功不成功があって、オオタタネコ家の力が茅渟地方で喧伝されるようになったのだろう。モノ神を祀るうちに、始祖としての神との習合が生じ、たたり神の子孫というおかしなことになったのではなかろうか、と考えられる。

この『古事記』が編まれた八世紀には、もちろん朝鮮の側には三輪山型説話を記録したものは、まだなかった。しかし、後世に見られる朝鮮各地に分布している状況から、『古事記』の話は、朝鮮からの製陶技術者集団が母国からもたらしたもの、古代の朝鮮と日本の両方にまたがって伝承された話、と見てよさそうである。ということは三輪山説話は、本来は疫病神である大物主にかかわる伝承ではない、その伝承の中へ大物主神がまぎれ込んだのだ、ということになる。もとの陶部の人たちの保持していた話では、始祖の娘のもとに夜な夜な通ってきていた神異の存在の正体は、いったい何であっただろうか。三品氏が列挙した山神・蛇・蚯蚓・老獺・青蛙・犬・蜘蛛などのどれかということは、茅渟の渡来人たちの故郷を知る手がかりになることかもしれない。「崇神紀」の次の記事は、そのカミの正体を教えてくれる恰好のものかもしれない。

是《こ》の後に、倭迹迹日百襲姫命《やまとととびももそひめのみこと》、大物主神の妻《みつま》と為《な》る。然れども其の神常に昼は見えずして、夜のみ来《みた》す。倭迹迹姫命、夫《せな》に語りて曰はく、「君常に昼は見えたまはねば、分明《あきらか》に其の尊顔《みかほ》を視ること得ず。願はくは暫留《しまし》りたまへ。明旦《くるつあした》に、仰ぎて美麗《うるは》しき威儀《みすがた》を観《み》たてまつらむと欲ふ」といふ。大神《おほみかみ》対《こた》へて曰《のたま》はく、「言理灼然《ことわりいやちこ》なり。吾《われ》明旦に汝《いまし》が櫛笥《くしげ》に入りて居らむ。願はくは吾が形にな驚きましそ」とのたまふ。爰《ここ》に倭迹迹姫命、心の裏《うち》に密《ひそか》に異《あや》ぶ。明くるを待ちて櫛笥を見れば、遂《まこと》に美麗《うるは》しき小蛇《こをろち》有り。其の長さ大《ふと》さ衣紐《したひも》の如し。則ち驚きて叫啼《さけ》ぶ。時に大神恥ぢて、忽に人の形と化《な》りたまふ。其の妻《みめ》に謂《かた》りて曰《のたま》はく、「汝、忍びずして吾に羞《はぢみ》せつ。吾還りて汝に羞せむ」とのたまふ。仍《よ》りて大虚《おほぞら》を践《ほ》みて、御諸《みもろ》山に登ります。爰に倭迹迹姫命仰ぎ見て、悔いて急居《つきう》。即ち箸に陰《ほと》を撞《つ》きて薨《かむさ》りましぬ。乃《すなは》ち大市《おほち》に葬《はぶ》りまつる。故《かれ》、時人《ときのひと》、其の墓を号《なつ》けて、箸墓《はしのみはか》と謂《い》ふ。

しかし、わたくしは、この伝承の大物主神の正体の小蛇を、そのまま遥か以前の陶邑の渡来人たちの伝承していた始祖の娘に通ってきた神異の存在の正体が、影を落としたものとは見ない。慶尚南道東莱郡の大蛇が通ってきて刺された針のために死ぬ昔話（前掲孫氏編『朝鮮民譚集』）などを思い合わせて、そうだと都合がよいようにも思うが、本来の説話が型が違うのだから（糸を通した針の要素がこちらにはない）、一応区別すべきであろう。陶邑のもとの始祖説話のカミの正体は、しばらく未詳としておきたい。

以上、わたくしは、『古事記』の三輪山説話を大物主神から剥離し、もうひとつまえの姿で、それを始祖説話として伝承していた陶部の人たちの先祖に返す作業をしてみた。その結果、河内のその製陶技術者たちの渡来人村から、大和の古代王権に招かれて、疫病のカミを祀り和めるために大和にきた、オオタタネコと呼ばれる三輪君一族の先祖が、大物主神を三輪山に祀るにおよんで、かれらの運んできた始祖説話が三輪山のカミが人間の娘に通う話となった、と考えるようになった。氏族の祖神としての守りガミになりきっているばかりか、後に出雲で大物主神と呼ばれる大国主神とも結びつけられてしまった。だが、本来の三輪山の大物主神は、実はこの三輪山型説話とは縁がないたたりガミ、西方の山越しに蔓延してきた疫癘の原動力たるモノであった、と推定される。

最近も大物主神に関する研究は相継いでいる。そのなかでも顕著な傾向は、三輪山信仰や三輪山説話を崇神の三輪王朝の信仰と結びつける考え方だろう。三谷栄一の「大物主神の性格」（同氏『日本神話の基盤』〔一九七四年〕所収）は、三輪君が支柱であった崇神の三輪王朝が、三輪君のカミを王朝のカミとして祀った祖霊としての穀霊神だったが、その王朝が応神の河内王朝にとってかわられると、祀り手を失った。モノとは他氏族の祭っていた祖霊、すなわち「得体の知れない精霊」のことだとする。モノ神でないものがモノ神に転落したのだ、と見る。民俗学の学統を承けた三谷氏は、祖霊が日本のカミであるという考え方に従いつつ、そのカミがなぜモノでありうるかを、考えねばならなかったのであろう。吉井巌の「崇神王朝の始祖伝承とその変遷」（『万葉』八六号、一九七四年一二月）は、四世紀の崇神王朝において、三輪山のカミと聖なる乙女の結婚によって御子が誕生し、王朝をひらいたという始祖説話があったが、この山のカミは王朝の祭祀をはなれて、たたりガミになったとも、五世紀の前王朝衰亡後に三輪氏がこのカミの祭祀にかかわり、「神の御子誕生の最重要部分を消し去って、そこに氏族の祖であるオホタタネコを、神の子として、すり変え登場させた」ともいう。大物主神のたたりガミ的性格に着目しつつも、なお始祖神の変型と解くのである。

守りガミを日本のカミの根本性格にすえて見る考え方は、このように影響力が強い。したがって、反守りガミ的性格の強い大物主というカミをどう捉えるかが、ひとつの難題になってくる。近年の古代史学における王朝交替説、特に大和の三輪王朝から河内王朝への勢力交替の説が、このモノ神解明に利用されようとしているのも、そのためである。その場合、三輪山説話における三輪山は動かせぬもの、その三輪山説話の年代としての四世紀の崇神朝は動かせぬもの、という考えが強く働きつづけている。わたくしは、別にそうは考えない。そういうことはいくらも後から添ってくる性質のもので、動かせないのは、古代大和の人たちのモノ神という疫病神との格闘の記憶、そのカミを祀り鎮める手つづきのむつかしさの記憶だけだろう、と見る。たたりガミとの葛藤を古代信仰史のふたつの基軸のひとつと見ることによって、記紀の記載の内容を読み直す方が、政治史によりかかる読み方よりも、民族の具体的な生活経験史・精神的経験史としての歴史研究により役立つのではないか、と考えている。

註

（1）もちろん、柳田氏がたたりガミの存在を視野に入れていないわけはないが、次のような関係として扱われるのである。「要するに一つの氏に一つの氏神といふ古い世の習はしが改まつて、多数の氏々が合同して、一つの氏神を戴くやうになつた時が、同時に本居の神の合同にもなつたので、それ等の氏神《ウブスナ》とは独立して、別に共通の地縁神をもつ必要は、恐らくは無かつたらうと思ふ。それが後段々と水の神、又は疫癘《えきれい》その他の災害を防ぐ神などを、氏々協力して祭るやうに、なつて来たことは事実であるが、是は土地とは直接の関係は無かつた」（『氏神と氏子』一九四七年）。

（たたりガミの常在性が、祖神の来訪神的性格と違う点での注目は、柳田、折口両氏の研究にはない。）

（2）出雲で大国主の大物主を祀っていた人たちが、大和の大物主と同名であることに眼をつけて、そのカミをも、自分の方の神話体系ないし神統譜に取り込もうとした時に、カミが自分の分身の来訪を受けた話を創出して、ふたつの神をつなぐには、自分がもうひとりの自分に逢うという、精神病理学でいう分身体験がふまえられた想像が働いているように思う。

また、現在では、カミとしての名が同じであるために、出雲の事代主神と大和の事代主神を同一視する考え方が支配的であるが、神がかる祀り手を神格化したコトシロヌシならば、各地にありうるはずである。モノ神としての大物主神も各地にありうるはずである。

付記　新着の池田弥三郎編『講座古代学』（一九七五年一月）所収、大野晋「『もの』という言葉」を見ると、大野氏は、大物主神も「敗者の祟りを恐れて祭ったのが、大物主といわれています」と視野に入れつつ、「私は実は『もの』という言葉は精霊とか、魔とかの意味が第一義であって、それが次の段階にいたって明確な対象、存在物、物体をあらわすにいたったと考えてまいりました。しかし、どうもそうではないと、このごろ思うようになりました」と、精霊的モノの派生説を展開している。これはやはり、どの年代を念頭において原形を考えるかの問題だろう。大野氏のこの文章は、一九七三年一〇月の慶応大学の折口信夫没後二十年記念公開講座の記録で、わたくしはその第一日に話し、氏は第四日に話されたので、聞いていなかった。先に刊行されたが、まとめられたのでは『日本語をさかのぼる』の方が新しい。しかし、その本の用例から推測して、大物主のモノが視野に入っていないようにここで書いたのは、修正しておきたい。

追記　原田敏明『村の祭祀』（一九七五年三月）は、「氏神を祖先神とするのは、実際には始めから祖先を祀ったものではなく、むしろ本来は氏一統が祀る神をいうのであったのを、特に祖先を祀った神としたものである」（「村の祭祀の起源」）と、「氏一統が祀る神」説を述べ、柳田国男らの血縁の祖先説に反対している。わたくしが、原田氏にこの説があったのを知らず、本としてまとめられた段階で知ったのは不勉強であった。本来ならば、当然この論の中に登場させなければならない先行学説である。（七五年三月）

第二部　神々の世界

流れてきた箸

人間の体温を下げて休眠させ、そのまま生かしておく、人体の仮眠冷蔵法は、その後、体温をまた上げて活動を再開させることまでを含めて、理論的には不可能ではない、と聞いたことがある。そういうものだろうか。〔補注〕

わたくしは、人間の生命は有限というところにも価値がある、と考えているから、一、二世紀の中休みまでとって、生きのびてみたいとは思わない。第一、蘇ってきたとき、身の回りの環境がすっかり変っていて、ことばだって通じにくいだろう。そのとき、自分が戻ってきたのが、ほんとうにこの日本で、日本以外ではないということを、確信できる方法があるだろうか。

そうなったら、しかたがないから、身辺を長時間かけて観察するほかないが、ひとつ、確かに日本へ戻っている、なにもかも変っているが日本だ、とわかる手がかりがある。箸だけを使って食事を摂る人が多くいて、もっとよく見ていると、割箸を割って使う人たちもいる——とすると、これはまちがいなく日本だ。二、三世紀では、この点は変っていまい。

　地球上には、手でじかに食べものをとって口へ入れる人たち、スプーン・フォークを使う人たちと、二本の箸を操って食べる人たちがいる。箸を使う人たちのなかで、サジを併用せずに、もっぱら箸だけで用を弁じているのは日本人の特色で、ことに、外食のときや客人用に割箸を使う民族は、ほかにない。かりに、二、三世紀後には、割箸というかたちが消えていたとしても、一回かぎりの使い捨ての箸が大いに使われている状況は、つづいているだろう。

　それただひとつで日本文化を表わし、決して他のものと混同しないようなシンボルを、と人に問われたら、わたくしはためらわずに割箸をあげる。日本民族は〈割箸の民族〉、〈箸を使い捨てにする民族〉である。

　現在でも、食堂などで割箸を使って食事をし、終わると、箸を二つに折ってしまう人がずいぶん多い。なぜ、そうするのかと尋ねると、しばらく考えて、食器のなかに入れて散らからないように始末したのだなどと、答える人もある。だが、その同じ人が、別のときには、箸の長さよりも大きい器に、やはり箸は折って入れていたりする。当人をそうさせているのは、無意識の深いところに潜んでいるなにかではないか、と気づく。

　田舎で尋ねると、年よりのなかには、その理由を、ムジナかオオカミかが人間の口の深さを知るからだ、と教えてくれる人もある。[1] 人間の口の深さを知って、ムジナがいったいどんな害をするのか。箸の先何寸が汚れているだの濡れているだの、小笠原流の礼法みたいな気のくばりかたをするとは、ムジナも、おもしろいことをするものだ。

思うに、一度自分が口中に入れたものを、他人が再使用することをきらい、折ってしまうのが、ほんとうの理由ではないのか。客用に割箸を出すことが多いのも、これは人の使っていないものです、という日本的証明法なのであろう。中国人なら、高価な象牙箸などを出し、一回かぎりの使い捨てなどしない。それは、結局、不浄を忌む思想が生んだ習俗、無意識の潔癖にちがいない。

割箸などないころ、外仕事で弁当を使うときなど、箸はもっていかずに、小枝を折って、先の方の一部または全部の黒皮を剝いで用にあてた。そのたびに折って捨てたものだが、割箸は、その習俗の近代版なのである。神祀りに使った土器の類はこわして捨て、削り花や造りものも一回かぎり。正月や盆の綱引き行事の大綱でさえ、そのときかぎりで捨てる。ほんとうに捨てることが好きな民族である。箸の使い捨てだって、きのうきょうのことではないが、いったい、どこまで遡ることができるだろうか。

『三国志』の「魏書　烏丸鮮卑東夷伝」、いわゆる「魏志倭人伝」には、倭人は、「食飲には籩豆《へんとう》〔盛る器〕を用い、手もて食《くら》う」とある。これを信じれば、日本人と箸とは、三世紀にはまだ出会っていなかったことになる。この倭人の範囲は、いまの日本人よりも広いはずとする議論があるが、朝鮮半島南部の人たちを入れたとしても、ともかくも、ひとつのめやすにはなろう。

『古事記』のヤマタノオロチ退治の神話は、すでに〈箸の時代〉のもので、〈手食の時代〉ではない。箸の使い捨てや、箸を折って捨てる習俗も、その背景に横たわっているのではなかろうか、という当て推量をわたくしは内心抱いている。スサノオノミコトは、高天《たかま》の原で乱暴をはたらき、追放されて、地上へ降りてきた。そして、出雲《いずも》の国の肥《ひ》の河（斐伊川）の上流を歩いていて、流れてくる箸をみつけた、とある。あれは、家のなかで常用していた箸が、食器などを川端で洗っているとき、不用意に流れ出てしまったものではなく、意識して川へ投げこまれたものだろう、と思う。

故《かれ》、避《さ》り追はえて、出雲の国の肥の河上、名は鳥髪といふ地《ところ》に降《を》りましき。この時、箸その河より流れ下りき。ここに、須佐之男命《すさのをのみこと》、人その河上にありとおもほして、尋ね覓《ま》ぎ上り往《いでま》せば、老夫《おきな》と老女《おみな》と二人《ふたり》ありて、童女《をとめ》、中《なか》に置きて泣けり。

スサノオは、箸が流れてくるからには、上流に人間が住んでいるはずだと見当をつけ、訪ねていく。人恋しかったのだ。そのときのかれの胸には、使ったあとその箸を川へ抛りこんだ姿まで含めて、川上に住む人間がイメージされていたにちがいない、とわたくしは考える。なんでそんな些細なことに固執するのか。それをいうまえに確認しておきたいことがある。箸に教えられて、スサノオが川に沿って上り、そこで発見したのは、ひとつの集落だった。老夫婦と娘の一家だけではなかった。谷間には、水田が並ぶ景観が開けていた。書いてなくても、わたくしにはそう読みとれる。なぜか。それから吟味すべきだろう。

しかして、問ひたまはく、「汝《いまし》たちは誰《た》れぞ」と問ひたまふ。かれ、その老夫《おきな》、答へて言《まを》さく、「僕《あ》は、国つ神、大山津見神《おほやまつみのかみ》の子ぞ。僕が名は足名椎《あしなづち》といひ、妻《め》が名は手名椎《てなづち》といひ、女《むすめ》が名は櫛名田比売《くしなだひめ》といふ」とまをす。

また、問ひたまはく、「汝の哭《な》くゆゑは何ぞ」ととひたまふ。答へてまをさく、「我が女《むすめ》は、もとより八稚女《やをとめ》ありしを、この高志《こし》の八俣《やまたの》遠呂知《おろち》、年ごとに来て喫《く》ひき。今、その来《く》べき時なるがゆゑに泣く」とまをす。

七人まで娘をすでにいけにえに捧げた。いままた、八人目の末娘を取られようとしている。ということは、その祀りが、この親子だけのものでないことを示している。自分たちだけのことならば、どこかへ逃げ出せばよいかもしれない。が、それができない。というのは、共同体の掟(ムラの習俗)が規制力としてあって、個々人の利害に優先するためだ。

箸は何日間も川を流れ下って、スサノオの眼にとまったのではなかろう。さきほど箸を捨てたのは、老夫婦たち以外のムラの成員のだれかだった、という暗黙の設定がある。かれは、集落の外へ出ていて食事をし、臨時の箸を捨てた。いけにえの家族は、集落のなかで、物を食べることも忘れて、愁嘆していた。

人身御供《ひとみごくう》の掟が存続する基盤は、田を開いて耕作し、それを離れて生きることができない、ムラの暮らしかたである。その変えられないかに思えた習俗の束縛を絶ちきったというのが、オロチ退治のテーマで、後代まで、形を変え、場所をちがえて、日本各地で語りつがれる、伝承の有力なテーマのひとつでありつづけたのは、よほど魅力あるテーマであったからだろう。人身御供がおもしろいのではない。いかに神を殺し人身御供をやめたかがおもしろい。血湧き肉躍るはなしなのだ。結果において、いけにえの美少女は、必ず勇敢で知恵のある若い勇者と結婚する。

手もて食う〈手食の時代〉から〈箸の時代〉へのプロセスは、まだ明らかでない。戦前、奈良県の唐古《からこ》の池、戦後、静岡県の登呂や山木《やまき》などで、弥生時代の遺跡から木製品が多数出土するという画期的なことがあり、それに小型の木製食器もふくまれていた。箸はない。くぼみの浅い匙《さじ》様のものと、くぼみのやや深い、少し大きい杓様のものとがあった。前者が『和名抄』などが「いひがひ」というもので、それで飯を食べ、後者が汁ものをすくう食器と考えられたこともある。そうだとすれば、〈手食の時代〉と〈箸の時代〉の間に、〈さじの時代〉があったことになる。だが、「飯匙《いひがひ》」は『伊勢物語』などで見ると、飯をもるしゃもじで、それで飯を食う道具ではない。登呂出土の木製品を考察して、後藤守一が、「登呂ものや山木ものだけでいうと、大形であれば杓、小さければ匙であるといってもよいが、その区別は根本的のものではない」、つまりはどちらも「液体をくむもの」だとしたのは、注目される。それに対して、唐古の方にはもっと大型のものがあり、用途によっての分化があったらしいともいう(2)。いずれも、飯ではなく、汁もののために使ったのだが、大和では、調理用や各人の容器へつぎ分ける大型しゃくしと、各人が汁ものを口へ運ぶ小型のものとができ、駿河では、ほぼ一種のもので用を弁じたらしい、と見るのである。われわれの国は、さじ本位へ傾かず、汁をさじで、飯を手で食べつつ、〈箸の時代〉へ入っていったことになる。だから、箸が出てくる『古事記』のオロチ退治は、食事史の弥生的段階とは対応しない。それ以後の特徴をもつのである。

飯といえば、いけにえの娘のなまえは、『古事記』で櫛名田比売、『日本書紀』で奇稲田姫《くしいなだひめ》。どちらにせよ、くすしき（霊妙な）稲田の名を背負っている。父はアシナズチ、母はテナズチ。『書紀』が、

「脚摩乳《あしなづち》」「手摩乳《てなづち》」の字をあてていて、それにひかれて、いまでも記紀の諸注釈は、老夫婦が娘の手足を泣きながら撫でたところに発した名、と見ている。

だが、このナは、次の時代のノと同じ連体格の助詞、ツチは、雷《いかずち》（厳神《いかつち》）、野の神のノヅチのような、下級自然神をさすツチである。アシナズチ・テナズチは、〈足の神〉〈手の神〉という意味である。足と手が協同して育てた稲田――それは、刈ってきた草や木の葉、小枝を、また去年の古株や稲茎《いながら》を、大足《おおあし》を履いてたんぼに踏みこむ、男の重労働と、早乙女となって苗をとり、苗を植える女の根《こん》のいる働きがあって、たわわに稲穂が垂れる、水田耕作を寓意的に表現している神話だということを、[3]もう認めるべきではなかろうか。

足を撫でる神・手を撫でる神の説では、なぜ、足を撫でて、肩や背を撫でないのか、よくわからないだろう。かりに手足は対語《つい》だと強弁しても、実際は足・手で使われていて、なぜ、父が足で、母が手でなければならないか、なぜ、足と手の愛児がクシナダかが釈《と》けまい。それは、山間渓谷地帯の湿田の古式の耕作法を考えてみて、はじめてわかる伝承説話のしくみである。[4]『古事記』の神の名の意味をことごとく解明することは、たいへんな難事業だが、その努力をしようとしないのは怠惰以外ではない。

ところで、スサノオがみつけた、流れてきた箸だが、念入りに造ったものでなく、用をたすための最小限の加工、先の一部分だけ黒皮が剝いであるようなものだったろう。ただの小枝が流れている、と見すごせば見すごせようものを、英雄神は見のがさなかった。そこが伝承のディテールとして、よく利《き》いている。そのため流れに沿って下らないで、川上へ上っていくことになる。そして、人とも事件とも出会う。物語が、ここから弾《はず》んでくる。『日本書紀』のオロチ退治には、この発端部のしかけが欠けている。箸が流れてこないで、

この時に、素戔嗚尊《すさのをのみこと》、天《あめ》より出雲の国の簸《ひ》の川上にいたります。時に川上に啼哭《ねな》く声あるを聞く。かれ、声を尋ねて覓《ま》ぎ往《いでま》ししかば……

という展開になる。

この捨てられて川を流れてきた箸は、たとえば、あのヤマトトトビモモソヒメノミコトの陰《ほと》に突き刺さり、皇女《みこ》を死なせた箸のような、家のなかで常用し、保存されている箸ではない。

「崇神紀」は、三輪山のオオモノヌシノカミが、皇女ヤマトトトビモモソヒメのもとへ夜ごと通ってきていて、その果てに、意外な皇女の死があった、という。

暗いうちに来ては帰る夫の大神に対して、ある夜、どうか明けるまでとどまって、一度姿を見せてほしい、と皇女は哀願した。大神は聞き入れる。朝になったら、あなたの櫛笥《くしげ》に入っていよう、どんなことがあっても、決して驚かないようにと念を押す。明けるのを待って、櫛笥の蓋をとった。美しい小さな蛇がいた！　皇女は、驚きのあまり、声をあげて叫んだ。即座に人間の姿にもどった大神は、激怒して、あなたは我慢しきれずにわたしを辱かしめた、あなたにも恥をかかせてやる、といって、大空を闊歩して御諸山《みもろのやま》（三輪山）へ還っていった。見送った皇女は、後悔のあまり、力が抜けて、腰からドッと坐りこんだ。そのとき、なんと、そこにあった箸が皇女の陰に深く突き刺

さり、皇女は絶命した。

オオモノヌシの呪いのことばは、そんな思わずなかたちで実現した。皇女を葬った墓を、当時の人は「箸墓《はしのみはか》」と呼んだ、という。今、桜井市にあって、大和で最も早い時期の前方後円墳のひとつとして注目されている、巨大な箸墓《はしはか》古墳がそれだ、と伝えられている。よもや、箸が刺さったまま葬ったのではあるまい。忌まわしい箸まで大切に副葬したのでもあるまいに。第一、そういう秘め事がどうして公然と流伝していくのか。それが伝承というものの伝承らしいところかもしれない。

箸という小道具が突如出てきて、神の呪いを達成する意外中の意外の役割を演じる。これは、皇女の常用の箸で、だから身辺にあったのだろう。一回ごとに捨てられる箸なら、そこにはない。スサノオが見たのは、それとまるでちがう粗製の箸、折って投げられ、流れてきていたのではなかろうか…… そういうふうにわたくしの想像は、ふくらんでくる。すると、わたくしのなかの、もうひとりのわたくしが詰問しはじめる。また、おまえの妄想過剰がはじまったな、現在の民俗としての臨時の箸の使い捨てが、どうして神話の世界に入りこんでくるのだ、その箸を折って捨てるという習俗は、絶対年代をどこまで遡れるのか。まえからのわたくしが弁明する。現代人の体内の無意識部分に潜りこんでいる、共同の慣習というやつは、実にしぶとく生き残ってきているものがあるのだ。これまでも文化の残留現象の意外な強靭さを見せつけられているのだから…… 例のもうひとりがなじる。だから、その類推が成り立つというのか……

ここまで書いてきてはじまった、いつもの内部葛藤で、もう先へ進めない無間《むげん》地獄状況がつづいた。そして、記憶に残っていない、モシヤという感じに誘われて、『木簡研究』の創刊号（一九七九年一一月）をひっぱり出してきた。八世紀末の一〇年間つづいた長岡京時代の遺跡、推定長岡京左京二条二坊の東流する溝SD一三〇一地点から、一九七八年五・六月の第一三次調査のとき、「一万本に近い箸」が出ている、とある。

木簡をはじめとする遺物の大部分は、溝を埋めたてた第一層から出土した。この第一層には遺物が大量含まれ、あたかも土と種々の廃棄物で溝を埋めたてたような状況であった(3)。

何のしるしも付けていない。読んだはずなのに注目した記憶も残っていないが、これは八世紀の〈箸捨て〉にちがいない。矢も楯もたまらない思いで、京都府向日《むこう》市教育委員会へ電話で問い合わせ、その週のうちに飛んでいった。公民館の一室に納めてある、すでに化学的保存処理がすんでいる箸の一部にめぐりあえた。同じ場所から、

十八日作箸八十三人料　（表）
（異筆）「秦安麻呂」　（裏）

という墨書木簡も出ている。八三人分の箸造りを命じられて、納入のときそれに添えた付札《つけふだ》で、裏は、勘検の官人の署名と考えられる。そこで見ることができたのは完形品ばかりで、折れたものはなかった。完形でないものも多く、取り上げるとき折れることもあった、という。完形でないも

の端が見たい。折ったものかどうか。木製品の保存はむつかしいので、化学的処理のため奈良の元興寺考古学研究所へ預けてある、という。

文化財センターで、刊行されている、そのときの発掘調査報告書(6)を見せてもらい、当時の実状も教えてもらった。この溝から出た木簡には地子物《じしもつ》の付札が多く、勘検署名の官人とあわせ考えて、太政官厨家の廃棄物だろうというのが、調査委員会の見解である。これほど多くの箸が、雑然と山のようになって棄てられているのは、宮廷の行事などで使われたものが、廃棄集積されていて、しかるべきときに運んできて投げこまれたのだろう。

向日市のセンターで、箸が出たのは、ほかには平城京跡だろう、と聞いて、東京へ帰って、家じゅうの平城宮発掘調査報告にあたり直す。これも明盲《あきめくら》、読んだはずなのに、それという心覚えがないのだ。ところが、ちゃんと箸は出土している。『平城宮発掘調査報告Ⅶ』は、東区西北隅の土壙820の多数の箸について報じている。

箸　ヒノキ材の木片を小割りにしたのち、棒状に整形したもの。細い丸棒に削るのであるが、削りはきわめて粗雑で本と末の区別はない。出土例は多いが、いま完形のもの302本をえらび計測値を出してみた。……なかでも20～21㎝のものが最も多く、これが標準的な長さだったことがわかる。使用の痕跡は明瞭でなく、製作の粗雑さを考慮すると、一時的に使用し、まとめて廃棄されたことが推される。

このごみ捨て場から出た紀年をもつ木簡は、養老二年（七一八）から天平一九年（七四七）におよぶもので、箸の年代も推定できよう。わたくしが目下知りたいのは、完形品でないものが、どんな残りかたをしているかであるが、それは調査者の報告の着眼と真反対のことだから、なかなかわかりにくい。中区東半部南端近くに掘られていた土壙 SK 2101 からも、多数の箸が出た。天平一八年（七四六）から天平勝宝年間（七四九〜七五六）までの紀年をもつ木簡が伴出している。年代的には、まえの土壙 820 のあとに直結しているが、場所は隔たっているごみ捨て場である。

折損した箸が SK 2101 から多数出土している。原形をとどめるものは少ないが、いずれもヒノキの割り材を削るもので、SK 820 の場合と同じである。(7)

この「折損した箸」というのは、取りあげるとき折れたのではない。もちろん、発見時の観察である。ちょうど折れ口の合うものを見つけて接合し、「折損」を証明してみたい思いに駆られる。完形品は、調理とか盛りつけや添え箸に使われたのではなかろうか。折損した箸こそ、官人たちの口の中へ食べ物を運んだ箸ではなかろうか。

もうひとつ、わたくしが注目したのは、平城宮の外、一条三坊の、都の中央を流れていた大溝の一部の発掘調査である。箸について、「出土例は多いが、完形を保つものは少なく、仮りに20点をえらんで寸法を計測するならば、直径0・5㎝前後、長さ26・5〜17㎝となる」とある。(8)

奈良の都の中央を流れる大溝では、当時、完形でない箸が流れてきては、底に沈んでいたのである。

文化の残留度

あれは、一九六〇年の大晦日の真夜中すぎだった。当時、東京都町田市鶴川地区の大蔵に住んでいたわたくしは、隣家の農人が、その家の門先《かどさき》の小径が村道に出合うところで、迎え火を焚き合掌している、敬虔な魂《たま》迎えの場面に偶然行き合わせた。

大歳《おおどし》の迎え火だ——『徒然草』が書いていた東国の魂まつりの実景が、眼前にあった。なんとも言いようのない驚きだった。あいさつもはばかって、うしろを回って通りぬけて帰った。

晦日《つごもり》の夜、いたう闇《くら》きに、松どもともして、夜半《よなか》すぐるまで、人の門《かど》たたき走りありきて、何事にかあらん、ことごとしくののしりて、足を空にまどふが、暁がたより、さすがに音なくなりぬるこそ、年のなごりも心ぼそけれ。

亡き人のくる夜とて魂まつるわざは、この比《ごろ》、都にはなきを、東《あづま》のかたには、なほする事にてありしこそ、あはれなりしか。（一九段）

十四世紀の都で、つごもりの夜の追儺《ついな》（儺やらい）の騒ぎを描写しながら、兼好の心は東国のその夜の方へ惹《ひ》きつけられていっている。いまは亡き、わが身につながる人びとの霊を招き祭って、東国の大歳の夜はふけていった。都では、王朝以来のその習俗はすでに滅び、大陸からきた鬼を追う儀式ばかりが盛んだった。兼好の時代、都にすでになく、東国の方に残っていたという古俗の、歳の夜の祖霊迎えを、わたくしは目撃したのだ。

明けての元日は避け、二日の朝、その加藤家の当主が例年の初山入りするのを、〝馬入り〟と呼ぶ山道の口で待っていて、尋ねた。自分の家では先祖代々そうしてきた、盆の精霊さまのように迎え火を焚く、盆馬はない、よそではどうだか知らない、という答えだった。

わたくしは、それからだんだんと部落の草分けという家々に尋ねてみたが、どの家にもそういうしきたりはなく、また、加藤博幸家がそのしきたりを守りつづけていることも、知らなかった。一九四九年に移ってきて、一〇年しかムラで暮らしていないわたくしが、それを知らないのも、当然といえば当然だった。傾斜地を挟んでの上下だが、わたくしたちは、よくいろりばたで話し合ってもいたのに、その話を聞いたおぼえがない。十二月八日のメカリバアサンの日には、昔は竿の先に目籠をかけて立てた、ということ。いまはそれはどこもしないが、夕方から籠る家は多い、履物も昔どおり縁の下へ入れて隠す、ということ。加藤家では、グミの小枝をいろりにくべるところが、ほかの家であまりしていないことかもしれない、ということ。八日ゾウともいわれる十二月の物忌みの日のことは、以前に聞いている。一軒や二軒の採訪で、その部落の古習を推測することなど、とてもできることではないと、この経験から実によくわかった。

それにしても、十四世紀と二十世紀を隔てる時間というものが、このごく普通の農家の加藤家ではどのように流れていったのか。

横浜市の金沢文庫に残る古文書によって、兼好は、少なくとも二度は、昔はカネサワと呼ばれていたその地へ下向してきたことが、わかっている。永年、金沢文庫古文書での考証を積み上げてきた林瑞栄は、そこに兼好の兄兼雄がいただけでなく、兼好その人がこの地の生まれなのだ、という考証を提出している。(9) 東国の大歳の霊祭りをゆかしがる『徒然草』のあの文章は、旅人としてのかれの見聞から出たものではなくて、望郷・懐旧の念が濃くまといついているもの、と見ることができよう。

一九六六年の八月のことだが、臼田甚五郎と国学院大学民俗文学研究会の人たちは、下北半島で、昔話を主目標にした民俗採訪を行なった。そのとき、むつ市関根の二つの集落で、三人の年よりから、大正末年まで大歳に迎え火を焚いていたことを、聴き出しえた。それは、一七九二年(寛政四)の暮れに、菅江真澄が田名部で見た光景、

御霊《みたま》に飯《いひ》奉るころ、童、外《と》に出て、門《かど》々の雪の上に椛《かば》の皮に火ともし出《いだ》して、松明《まつ》とし、また焚きぬ。(『牧の冬かれ』)

と同じ慣習がずっとつづいてきていた、ということだ。一行は感激した、という。(10)

現在でも、ほとんど日本全国、盆には迎え火を焚いて精霊迎えをしている。しかし、大歳の方はもう行なわれていない。もう、と一口にいうが、兼好の証言によって、十四世紀には、もう京都ではなかったが、東国では存続していたことがわかる。臼田氏らの確かめえたところでは、下北では一九二〇年代半ばまで確実に行なわれていた。そのあと、集落をあげてということではないから、

もはや習俗というより家風というかたちで、一九六〇年の南多摩で、火は焚かれていた。半年ごとに祖霊が子孫のところへ戻ってきたのだ。人間の生き方、かれらが作り出した共同の行動様式である習俗は、簡単には消滅しない。確かに歴史とともに変化し、新旧交替する。と同時に、一方で実に長い間どこかで残留しつづける。

もっとも、新しい年が祖霊を迎えてはじまる、その古習よりも、もうひとつ前の段階に、共同体の祖神《おやがみ》（守護霊）が来訪し、神とともに新しい年を迎えるかたちがあり、そちらがより古い、とわたくしは考えている。これも、全く消え去ったのではない。今も、ムラの戸主たちが大歳の晩神社に籠るところがある。もっと普遍的なのは、各地の初詣で。暗闇のなかを何千万人かが動く。

神の来訪が、祖先の帰宅へ移ったのは、祖神を祖霊ととらえ直す、歴史の歩みのなかでの現象で、ふたつのものは別々のことではない。ひとつのものの移りかわりといえよう。

民族の文化・生活様式における、歴史的変動と変動のなかの変らざるものの問題は、わたくしと歴史の関係をどうとらえるか、わたくしが自分をいかなる歴史的存在としてとらえるかとも、深くかかわる問題である。わたくしは現代を生きつつ、いかに歴史を負うか、歴史的矛盾的存在であるか。それを見きわめようとすれば、外的な残留と内的な残留、変っていて内実は変っていないもの、変らないようでいて変りつつあるものの総体を、研究対象にひきすえねばならない。

とはいうものの、歴史の流れの末端、現在にあって、自分と自分たちとを起点として、自分と真につながっているもの、変動・不変動の歴史の構造を明らかにすることは容易ではない。柳田国男のような不世出の人物でも、その点では小心謙虚だった。たとえば、原始も古代も到達しがたい遠くだった。
一九四七年の七月、箱根仙石原の折口信夫の叢隠居で、柳田国男と折口信夫との間にこんな話が交された、という記録がある。

柳田　ぢかに古代史に手をつけようといふ気持は民俗学者にはないから、まづ足利時代までしか遡らないやうなつもりでゐたけれど、古代の信仰に関する歴史だけでも、こつちの領分にしなければならないかも知れませんね。
折口　だつて、信仰に関することは歴史家には判りやしません。
柳田　永い間の行きがゝりがあるから、「これは民俗学に渡すよ」とはなか〳〵いふまいな。
折口　しかし神道の方では、はつきり民俗学に渡してゐるやうなものですからね。
（柳田・折口・穂積忠「仙石鼎談」『民間伝承』一一の一〇・一一合併号、一九四七年一〇月）

この時期の柳田国男は、〈現代科学としての民俗学〉[11]ということを懸命に模索していたから、資料はすべて現代の習俗、現代に残留している習俗に限定していた。そこから歴史建設を企ててきての民俗学的方法の限界感が、ほんねとして、「まづ足利時代までしか遡らないやうなつもりでゐたけれど」ににじみ出ている。と同時に、敗戦のときから一念発起して営々とつとめてきた、現代の民俗からの日本の神の信仰の歴史析出が、『祭日考』などの〈新国学談〉の一連のしごととして結晶しつつあり[12]、「古代の信仰に関する歴史だけでも、こつちの領分にしなければならないかも知れませんね」という発言は、そこから出てきている。

折口信夫のめざしてきたものは、柳田国男のような日本の民俗全般ではなかった。民俗のなかの〈日本のアルカイスム〉だった。記紀を縦横に使いまくって、記紀には詳述されていない、記紀以前のアルカイックなものを析出してきた。文献資料を操作し、直感にたよって、原始・古代をいきなり探るその態度をめぐって、親密なこの師弟の間にもずっと暗雲のただよっていたことがあったが、折口は、いま師の言に心から同調しつつ、自分のほんねも洩らしている。かれのようにアルカイスムに限定する研究ならば、記紀という人工衛星からの観測もありうるだろうが、ふたりはまだ、歴史のなかのアルカイスムの特異性、民俗のなかのアルカイスムの残留形態について、明確な共通認識に達していなかったから、ほんとうにはわかりあっていないところがあるのだが。「だつて、信仰に関することは歴史家には判りやしません」ということばは、『古代研究』以来のしごとに裏打ちされた自信の表明でもある。「しかし神道の方では、はつきり民俗学に渡してゐるやうなものですからね」は、ただひとりで国学院の大学院の神道学講座を担当し、従来の神道学者の理論が認められなくなった、ＧＨＱの宗教政策のもとで、民俗学を導入して神道をとらえ直し、神道を存続させようと奮闘していた折口信夫の、気負いでもありきめつけでもある。国学院大学の神道家の理事者には、実はこの奮闘を逸脱とし、快からず受けとっている者もあった(13)。

仙石原の柳田・折口放談は、いろいろなことを考えさせてくれるが、わたくしが身近に残留していた〈大歳の迎え火〉を問題にしたのは、柳田国男がみずから限界づけていた、民俗比較という相対年代法の「足利時代まで」という壁の実感と、実際上の残留現象とのずれについて、考えてみたかったからであった。

習俗は歴史とともにかたちを変えるが、ただ新しいものに入れ替っていくのではない。底層には、つぎつぎと古いものが累積して残る。同時に、表層にも、古いままが露頭のように残る。現代に残る民俗の新旧比較に、年代性の明らかな文献上の民俗資料や考古学資料を丹念につきあわせていくことによって、相対年代法と絶対年代法の間に橋を架けることもできよう。現代の残留習俗の〈大歳の祖霊迎え〉に、十四世紀の『徒然草』という年代の目盛りをあててみることができるが、さらに、七世紀の記紀以前の習俗の残留露頭を発見することもできる。

近石泰秋編『香川県方言辞典』の刊行は、一九七六年の四月であるが、わたくしが通読したのは一九八二年の夏だった。「か」の項に至って、驚きのあまり息を呑んだ。なんと、六四四年の日本に起こったと同じこと、そのとき一回かぎり起こったと思っていたことが生き残って、つづいていると記してある。

かみさんちょー　あげは蝶。綾歌 枌所。仲多度 善通寺・筆岡。丸亀。
かみさんちょーこ　あげは蝶。仲多度 豊原。
かみさんちょーちょー　あげは蝶。男木島。
かみちょいちょい　あげは蝶。木田 三木。
かみなりちょー　あげは蝶。高松。仲多度 筆岡。

香川県の木田郡の三木、綾歌郡の枌所《そぎしょ》のような内陸から、善通寺市・丸亀市のような海沿いまでの広汎な地域で、アゲハチョウが神さん蝶とか神さん蝶々とか、それに類する呼びかたとかでいわれてきている。それを知ったとき、なぜ、わたくしはアッといったか。

「皇極紀」の三年、すなわち大化の改新の前年の六四四年の条に、意外なことが書かれている。この年、東国駿河《するが》の富士川のほとりに住んでいた大生部多《おおうべのおお》という人物が、人びとを煽動して、常世の神を祀《まつ》れという運動をおこした。かれが人びとに祀ることを勧めた常世の神というのは、常に橘の木もしくは山椒の木に付く虫で、長さ四寸あまり、太さは親指くらい、色は緑色で黒い斑《まだら》模様になっている。形は、「全《もは》ら養蚕《かひご》に似《の》れり」とある。

> 大生部多《の》、虫祭ることを村里の人に勧めていはく、「これは常世の神なり。この神を祭る者《ひと》は、富《とみ》と寿《いのち》とを致す」といふ。巫覡《かむなき》ら、遂に詐《あざむ》きて神語《かむこと》に託《の》せていはく、「常世の神を祭らば、貧しき人は富を致し、老いたる人は還《かへ》りて少《わか》ゆ」といふ。これによりて、ますます勧めて、民《おほみたから》の家の財宝《たからもの》を捨てしめ、酒を陳《つら》ね、菜・六畜《むくさのけもの》を路の側《ほとり》に陳ねて、呼《よば》はしめていはく、「新《にひ》しき富、入来《きた》れり」といふ。都鄙《みやこひな》の人、常世の虫を取りて、清座《しきゐ》に置きて、歌ひ儛《ま》ひて、福《さいはひ》を求めて珍財《たから》を棄捨《す》つ。

こののちにも、古代には、地方に新しい神の信仰がおこって、熱狂的な信者がそれに続々と加わり、国々をへて、都へ大群衆で押し上ってくるという社会現象は、間欠的に発生したが、史書に記載されたものは、これがはじめてである。しかも、この場合、神の正体が変っている。昆虫である。蝶は種ごとに食樹食草の範囲が狭く、限定されている。橘の木もしくは山椒の木に宿る、この大きさのこの色合いの毛虫といえば、アゲハ（ナミアゲハ）の幼虫ときまってくる。

常世の神をあがめる新興〈青虫教〉は、都へ押し上ってきたが、そこで、これまた思わずな結末が待ちうけていた。当時、都で渡来人の束《たば》ねとして大きな勢力をもっていた、山代《やましろ》の国の大豪族、秦造河勝《はだのみやつこかわかつ》が、民を惑わす教祖大生部多《の》を憎んで、打擲《ちょうちゃく》を加えた。そのため、随従の巫覡《ふげき》たちも恐れて四散し、新教の大流行がおさまった、と書かれている。都の人びとは、それにまた驚いて、

太秦《うづまさ》は神とも神と聞こえ来る常世の神を打ち懲《きた》ますも

の唄をはやらせたとも、「皇極紀」は書いている。太秦の大旦那は、ナントマア、霊験あらたかで神のなかの神と評判とって、都へやってきた常世の神を打ち懲《こ》らしめなさることだ、という唄だろう。

これは確かに、地方下層社会の蒙昧な信仰の跳梁である〈青虫教〉を、秦河《の》勝の開明的な合理主義が打破したはなしとして、『日本書紀』が取り上げたものにちがいない。だが、大生部《の》多なる人物の提唱に盲従した多くの人びとは、ただわけもなくいっしょに騒いだ、付和雷同の徒だったのだろうか。これは、富と長寿、福寿を祈求する個人の利益願望を中心にすえた信仰であった。それまでの一般的な信仰は、氏族あるいは共同体の安穏を願う、集団の信仰であった。（実は、いまでも日

本の神々には、そういう基本的性格があって、うぶすな、鎮守の神は、ムラやマチを守りたもう。特定のだれかれだけのために恵みを与えない。そこに神道的信仰の近代とおりあいにくい点がある。個人本位ではない。集団的な信仰なのである。）それに飽きたらない人びとの希求とひびきあうものを、これはそなえている。同時に、その個人単位の願望に基く信仰が、個々のムラの枠を越える、汎地域的な人間結合を作り出していく面もある。それには、この貧しい自分たちの国の暮らしを脱却したい、かなたの理想の国常世からの救いを受け入れたい、という超現実的・脱現状的な常世の神という新しい神の魅力が、うってつけのものとして、ベースをなしている。

常世の国は、貧しさや病死のような常なき変動にさらされることのない常磐《ときわ》の国であり、常春《とこはる》、樹木も常緑の世界である。常世の国信仰は、〈かなたの国〉へ思いを寄せるエキゾチズムの象徴、橘の木と不可分な結びつきをもっていた。

常世の国から将来されたと信じられている橘の木は、まだ数も多くない、珍しい植物に属していたが、常緑の葉の色と光沢、黄色《こがね》の実の美しさ、白い花から発するたぐいまれな芳香によって、理想世界をあらわしえた。橘への愛好心は、常世の国憧憬とともに末ひろがりに強まり、日本の民族的志向となっていく。[14]（文化勲章がタチバナのかたちでなければならないと思った人が、それを自覚していたかどうかは知らないが。）

平安時代になると、橘への愛は常世の神信仰を離れて独立し、橘そのものへの愛、いいしれない遥かなものへの思慕の結晶体にさえなる。たとえば、詠《よ》みびと知らずの、

五月《さつき》待つ花橘の香をかげば昔の人の袖の香ぞする　（『古今和歌集』一三九）

のように。「花橘」は、そのまえ『万葉集』第四期から出てきた、この志向が生んだ造語だが、橘の花といってはおさまらない気持が、新語に凝《こ》ったのである。『古今』中の古歌的存在である、広く人の口にのぼったがゆえに「詠み人知らず」である「五月待つ花橘の」の歌には、これまで人びとにあばかれていないうそが隠れている。柑橘類の花から蒸留した香水が流布している近代の人は、最もそれに気づきにくいが、香《こう》になじみの深い昔の人も、この歌にはだまされてきた。

『香字抄』などの載せる香木にも、鬱金《うこん》・白檀・丁子・沈《じん》などたくさんあるが、橘はない。あれは花の香りで、保存できる木や葉のふくむ香りではない。衣裳に焚きしめる薫香は、各種の香木などの粉末を練り合わせて造るものだが、それらの処方にも橘はない。原料にないから、調合した方にもない。ただ、香木を火にじかにくべるのに、「百和香」という特別なやりかたがあって、蘇酪蜜に和した季節の花を焼く。これに橘の花を用いることがある。しかし、これは道教や仏教の儀式の中で行なわれるものだから、袖に橘の花の香りが焚きしめられていた初恋びとなどはいない。ありえないのに、この歌は、なぜ、愛誦されたのか。花橘の香りが人びとの〈憧憬〉そのものでありつづけた時代があり、思慕の情を表現するにふさわしいものであったからである。

そのまえ、奈良の都の時代、藤原京・飛鳥京の時代にも、またそのまえにも、橘の木へのあこがれには、背後につねに常世の国のイメージが添っていた。常世の国という理想世界へ寄せる思いが、橘の木に対する感情とダブっていた。それが、橘の木に宿る小虫にもおよんだのが、六四四年のできごとだった。海のかなたにいまして、時あってか人びとの救済のためにこの国へ往来される、常世の神への切実な希求が、その小虫に託された。

わたくしがちょっぴり残念なのは、秦河勝《の》の登場と果敢な弾圧がもうしばらく遅かったら、ということである。駿河以来のアゲハの幼児なら、すでに蛹となり、季節によっては、羽化もまぢかだったかもしれない。ある日、常世の神は、長い忌み籠りの期間を終えて、華麗なよそおいで空へ舞い上り、常世の国へ還りたもうことになっただろう。そのとき、人びとはどうしただろう。大生部多《の》の計算もそこにあっただろう。

わたくしは、常世の神の信仰が、こののち形態をまったく変えてつづいていくことを知っているが、蝶の神の変態《メタモルフォーシス》とエキゾチックな美しさ、常世の植物にきて宿りたもうことのすべてに対する、神秘への驚きを設計に入れた信仰の動きは、六四四年かぎりで消え去った、河勝が根絶やししたのだと思っていた。事実、その後、中世にも近世にも、アゲハ蝶を神とあがめる信仰の記録はない。

ところが、二十世紀においても、讃岐の人たちは、羽化して空に舞う神を見つづけていた。ないしは、見つづけてきた伝統のかたちを、無意識に慣習的にうけついできた。まるで潜伏キリシタンのように。キリシタン潜伏よりも何倍も長い期間を。今は東京におられる石川庸子さんは、高松市で育ったかただが、幼いころ、アゲハを「カミサンチョウチョ」と呼んだ記憶をもっておられる。つかまえると、お腹《なか》が痛くなる、と戒められてもいたそうだ。

民間習俗のややこしさは、それが、いつからのものか、どこをどう通ってやってきたものか、みずからは来歴を語ろうとしないことであろう。六四四年に一度出現しながら、未完のすがたのまま、たちまち消え去った神さま蝶々の信仰は、駿河でなく、四国の讃岐に、二十世紀にも平然と生きていた。記紀の世界、記紀の時代とわたくしたちとは、かぎりなく遠く隔たっていて、また、こうして現に向き合ってもいるということがある。

神話を掘り出す

『月刊考古学ジャーナル』という雑誌は、新発見があいつぐ発掘調査や進展する研究の速報をめざしていて、わたくしにはとてもありがたい。その第一九八号（一九八一年九月）に載ったニュースは、以前から『古事記』冒頭、創世紀神話のツノグイノカミ・イクグイノカミを、杭の神と主張してきたわたくしの考え(15)に、傍証が出てきたのだから、うれしかった。そして、丹塗《にぬ》り矢の説話にとっては、もっと直接的な好資料の出土の知らせである。

▽溝杭が古事記の説話を証明（福岡）

福岡市教育委員会が発掘調査を続けている西区拾六町のツイジ遺跡で、古代農業祭祀の溝杭と見られる木器が見つかった。８世紀後半（奈良時代）の水田跡から出土、長さ86㎝、幅５㎝、厚さ1.6～1.3㎝の板状で片方の先端が丸い。そこに女性性器に弓矢が突き刺さったような線刻絵は、湾曲した先端部の裏面を丸く削り、その中央に細長いだ円形の穴を彫り込み、穴を中心に先端全面に放射状の線が彫ってある。矢は先端部の穴に向けて彫られて、矢羽も描かれている。この絵柄は古事記の神武天皇の頃の丹塗矢（にぬりや）の説話——男神が丹塗矢に化けて農業祭神の女神の性器を突き、神武天皇の皇后となる女子が生まれた——と符合。天皇家と農業祭祀の関係が深かったことを証拠づける貴重な資料となる。同じ水田から見つかっている木製人形や鳥などとの関連から、この木器は農耕祭事に使われたことは確実。（福岡市教委）

遺跡と遺物の全貌は、何年かののち、正式な発掘調査報告書が出て、把握できることになるだろうが、それまで手を拱《こまぬ》いて待てない。この抄報から考えられることだけでも、わたくしなりにスケッチしておきたい。

『古事記』の中巻からは、神代を離れて、人皇の世の物語であるが、そのいちばんはじめ、カムヤマトイワレヒコノミコト、その後できた諡《おくりな》を使うと、神武天皇のところに、よく知られている丹塗り矢説話がある。

> 故《かれ》、日向《ひむか》にいましし時、阿多之小椅君《あたのをばしのきみ》が妹、名は阿比良比売《あひらひめ》に娶《みあひ》して生みませる子、多芸志美美命《たぎしみみのみこと》、つぎに、岐須美美命《きすみみのみこと》、二柱《ふたはしら》いましき。
> しかあれども、さらに大后《おほきさき》とせむ美人《をとめ》を求めたまふ時、大久米命《おほくめのみこと》白《まを》さく、「ここに媛女《をとめ》あり。こは神の御子《みこ》といふ。その神の御子といふゆゑは、三嶋湟咋《みしまのみぞくひ》が女《むすめ》、名は勢夜陀多良比売《せやだたらひめ》、その容姿麗美《かたちうるは》し。かれ、美和《みわ》の大物主神《おほものぬしのかみ》、見めでて、その美人《をとめ》の大便《くそ》まる時、丹塗り矢に化《な》り、その大便まる溝《みぞ》より流れ下り、その美人の富登《ほと》を突きき。

しかして、その美人驚きて、立ち走りいすすきき。すなはち、その矢をもち来て、床《とこ》の辺《へ》に置けば、たちまちに麗《うるは》しき壮夫《をとこ》になりぬ。すなはち、その美人に娶《みあひ》して生みませる子、名は富登多《ほとた》多良伊須須岐比売命《たらいすすきひめのみこと》といふ。またの名は比売多多良伊須気余理比売《ひめたたらいすけよりひめ》といふ。かれ、ここをもて神の御子といふなり。」

とまをす。

神武天皇は果たして実在したか、という議論が盛んであったことがある。それは、記紀のとおりの年代に、そういう人物がいたかどうかの論だった。それならば、もちろん疑わしい。しかし、ずっと遅れてでも、どの時点かに、南大和の一部を支配する豪族、小王権の王というべき存在が出現し、イワレヒコ、すなわち磐余《いわれ》地方（今の桜井市一帯）の支配者（日子《ひこ》）を名乗ったということなら、ありうる。かれが、〈他国《ひとくに》の妻覓《つまま》ぎ〉、すなわち、他地方の女司祭者、あるいは司祭王の娘との政略結婚を企てて成功したということも、大いにありうるだろう。カムヤマトイワレヒコノミコトをめぐる伝承の種子となりうるものは、そういうかたちならば、あったと考えられる。

『古事記』がいう、奈良県南部のイワレヒコの結婚の相手が、相当の遠隔地、今の大阪府の茨木市・高槻市一帯の三島地方の女性だという伝承も、古代の権力同士が採った遠交近攻策として、架空とばかりはいえない。別の例でいえば、出雲のオオクニヌシノカミが筑前宗像《むなかた》のタキリビメノミコトと結婚した、と『古事記』の上巻に見える。今も、出雲大社の本殿西隣りには、筑紫の神の社がある。東隣りの御向《みむかい》の神の社は、正妃スセリビメノミコト。両妃を左右に携えたかたちになっている。

伝承における神と神の結婚は、それらの神を祀る氏族間の政治的提携を意味することが多いから、出雲臣《いずものおみ》と宗像君《むなかたのきみ》の遠隔の二氏族が、どの時点かで実際にとり結んでいた関係を反映していると思われ、その傍証となる、出雲振根《のふるね》が筑紫へ赴いたときのできごとの伝承が、「崇神紀」にある。(16) 内陸南大和のイワレビコと、淀川中流域のミシマノミゾクイとに表わされる二氏族は、立地条件がまるでちがう。ちがうために、提携によって失うものよりも、獲得するものが多かったとすれば、この結婚伝承が意味するものは、古代的政治事情として非常におもしろい。

三島地方のミシマノミゾクイの娘にセヤダタラヒメがあり、大和の三輪山のオオモノヌシが流れ矢になってきて、結婚した、というのは、この結婚伝承のいわば前史、三島の氏族の側の始祖伝承の神人通婚譚であって、かれらが神の血が流れていることを誇りにしていた、ということになる。ところが、それには異伝がある。「神代紀」の方は、その両伝を掲げている。

……対《こた》へていはく、「吾は日本国《やまとのくに》の三諸山《みもろのやま》に住まむと欲《おも》ふ」といふ。かれ、すなはち、宮をかしこに営《つく》りて、ゆきて居《ま》しまさしむ。これ、大三輪の神なり。この神の子《みこ》は、すなはち、甘茂君《かものきみ》たち、大三輪君《おほみわのきみ》たち、また、姫蹈鞴五十鈴姫命《ひめたたらいすずひめのみこと》なり。

これは、『古事記』同様に、神武の后がオオモノヌシの子だという伝承を認めたものだが、『古事記』のような流れ矢説話は無視している。むしろ、別伝の方を詳しく伝えたいからであるらしい。

また、いはく、事代主神《ことしろぬしのかみ》、八尋熊鰐《やひろわに》に化《な》りて、三嶋の溝樴姫《みぞくひ》、或《ある》はいはく、玉櫛姫《たまくし》といふに通《かよ》ひたまふ。而《しかう》して、児《みこ》姫蹈鞴五十鈴姫命を生みたまふ。これを神日本磐余彦火火出見天皇《かむやまといはれひこほほでみのすめらみこと》の后とす。

この別伝の方を、「神武紀」では本流視して、うけついでいく。

庚申年《かのえさるのとし》の秋八月の癸丑《みづのとうし》の朔 戊辰《つちのえたつのひ》に、天皇、正妃《むかひめ》を立てむとす。改めて広く華冑《よきやから》を求めたまふ。時に人ありて奏《まう》して曰《まう》さく、「事代主神、三嶋溝橛耳神《みしまのみぞくひみみのかみ》の女《むすめ》玉櫛媛《ひめ》にみあひして生める児を、号《なづ》けて媛《ひめ》蹈鞴五十鈴媛命とまうす。これ、国色秀《かほすぐ》れたるひとなり」とまうす。天皇、悦びたまふ。

まず、ひとりの女性をめぐって、まったくパターンの異なる二つの神人通婚説話が出てくる、伝承のありかた自体に興味がもてる。コトシロヌシのワニ（ワニザメ）の方のはなしは、『肥前国風土記』の佐嘉郡のくだりの、ヨタヒメという石の女神にまつわる、ワニが年ごとに大小の海魚を従えて逢いにくる、という伝承と同様に、鹹水の生物が淡水域をはるかに遡上してくる不思議を、はなしの軸にしていて、流れ下る矢とは、方向が逆になる。このコトシロヌシノカミは、普通オオモノヌシの子のコトシロヌシのこととされ、いまの奈良県橿原市雲梯《うなで》の高市御県坐鴨事代主神社《たけちのみあがたにますかものことしろぬし》の祭神のこととされている。

けれども、記紀の前段階に遡って考えてみると、そもそも、三輪山のオオモノヌシと出雲のオオクニヌシのオオモノヌシとが同一神というのは、大いに疑問がある。わたくしは、両者は本来は別系統の神だと思う(17)。また、三輪山のオオモノヌシと雲梯のカモノコトシロヌシを父子とするのも、必然性はない。出雲神話でコトシロヌシはオオクニヌシの子とされている系譜立てが、オーバー・ラップしているのであって、本来は無関係ではなかろうか。

神の呼び名には、その神の属性からきたものや、その神の祀りかたや祀り手からきたものなど、さまざまな成り立ちがある。偉大なモノ（霊威）としての力をふるう神がオオモノヌシ。それに対して、神がかって神のわざを代行する祀り手はコトシロである。祀られるものより祀る者が重視されると、神もコトシロの名で呼ばれる。コトシロは神ごと・神わざをする者として各地にあり、コトシロの名で呼ばれる神も独立的に各地にありうる。すべてのコトシロという神が出雲起源ではなかろう。

『古事記』の丹塗り矢になったオオモノヌシ伝承と、『日本書紀』のワニになったコトシロヌシ伝承とは、あるいは、三島の在地勢力が、大和の磐余の三輪君《の》らオオモノヌシを祀る勢力と手を結んでいた時期もあり、また、同じ大和でも高市のコトシロヌシを祀る勢力と手を結んでいた時期もあることを、示しているのかもしれない。どちらが伝承として正統だと択一的に考えるべきものでもあるまい。

「神武紀」は、ミシマノミゾクイミミノカミとその娘タマクシヒメといい、「神代紀」は、ミゾクイヒメの別名をタマクシヒメとする。『古事記』は、ミシマノミゾクイの娘をセヤダタラヒメという。これらは、みな神武の后になった女性の母だから、同一人ということになる。また、その人の親ということでは、ミゾクイミミノカミとミゾクイとも同一人ということになりそうである。これはどういうことか。

そのまえに、古代のミゾとは何かだが、ミゾは、現代、排水用の汚い小溝ばかりをさすことが多いが、本来の意味がずいぶんと偏ってせばめられてしまっている。元来のミゾは、人工の水路という意味で、古代の大溝は、正倉院の文書を見ると、普通幅は二、三メートルくらいあった。横溝・中溝・溝上・溝江・溝口・溝田などの地名も苗字も、みな、ミゾが生きて機能していた時代に生まれたものである。

ミゾには、土を掘りあげて両側に積み固めたものが多いが、そういう単純な工事ができない湿潤な土地こそ有望な水田のための候補地だから、その場合、ミゾクイが新鋭土木機材として威力を発揮した。われわれが、ミゾクイのそういう力をはじめて認識したのは、弥生時代の広大な水路・水田の遺跡が、最初に静岡市登呂で発見されたときであった。水路の両側がびっしりと杉の板杭（矢板）を並べて護られて、延々とつづいていた。水田の畦畔も板杭・棒杭で固められていた。その大工事の労働量が人びとを仰天させた。トロの地名からも想像できるような湿泥地で、治水・水田造成・灌漑のすべてにおいて、これらの板杭・棒杭の威力は神秘的でさえあったにちがいない。そののち、各地で水田・水路址が発見されて、杉材だけでなく、ヒノキ材も使われていることがわかったが、ツノグイノカミ（男）・イクグイノカミ（女）と、『古事記』の冒頭部分に神格化されて登場する意味も、だんだんと理解できるようになった。ミゾクイがなければ水田農耕はありえない。特に湿泥地に水田を造ろうとした初期の水田農耕ではそうだったろう。

ついでにいえば、クシも、現代語のクシとは意味概念にちがいがある。古代のクシには大きなものから小さなものまである。そのクシのなかでタマクシというのは、斎杭《いぐい》とか斎串《いぐし》と呼ばれている神を祀るときのクシの美称である。神のよりしろを懸けたり、よりしろそのものであったりする。ミゾクイ＝タマクシと考えてよいだろう。現在でも、鹿島神宮の一三年に一度の御船祭のときには、鹿島神宮の津の東西社前を発した御神船は、何十隻の供奉船を従えて、潮来《いたこ》の常陸利根河の川の中に立てられた斎杭のところへ達して、そのまえで神事を執り行なう。（昔は、香取の津の宮の前までいった。）多数の供奉船は、神事の間、遠く退いて位置し、近づかない。

神とあがめられる杭の神がミゾクイミミノカミで、(18) それを祀る司祭は、ミゾクイだろう。祀る者は、祭りのなかで神がかって祀られるものとなる。両者が同じ名で呼ばれるのは当然だろう。その杭の神を祀るミゾクイの娘がミゾクイヒメである。

『古事記』が同じ女性をセヤダタラヒメと呼ぶのは、丹塗り矢伝承を投影しての命名で、〈瀬矢立たら姫〉の意ではなかろうか。本居宣長の『古事記伝』は、

勢夜《ノ》は地名なるべし。聖徳太子伝暦に勢夜里《ノ》と云《いふ》見えて、今大和国《ノ》平群《へぐりノ》郡に勢野《セヤ》村あり」

陀多良は、如何なる意にか未《ダ》考《ヘ》得ず、

といった。近年の考察として顕著なものに、西宮一民説がある。

この名は、物語からみると「勢夜《せや》」は兄矢《せや》（男根）、「陀多良《だたら》」は「立たら」（立てられる、の古形）であろう。一方独立させると「勢夜（地名か）」の「鞴《たたら》」（踏んで風を送る大型のふいご）の意。（『新潮日本古典集成』）

わたくしは、セヤを瀬の矢、瀬を流れてきた矢と、伝承に密着して釈《と》きたい。ダタラは、「立つ」という動詞から出た「立たる〔立テラレル〕」という連語が、名詞ヒメを修飾しようとして、ダタラのかたちをとった、と考える。荒る→あらごと（歌舞伎の荒事）、群る→むら竹（叢竹）と同じ法則での音韻の変化であろう。『古事記』の場合は、伝承が先にあって、伝承の内容との有機的関連からの命名である特色がある。

ところで、これも有名なはなしだが、丹塗り矢伝承は、京都の賀茂神社の縁起としても残っている。

玉依日売《たまよりひめ》、石川の瀬見の小川に川遊びせし時、丹塗り矢、川上より流れ下りき。すなはち取りて、床の辺《とこへ》に挿し置きき。つひに孕《はら》みて男子《をのこ》を生みき。（『釈日本紀』所引『山城国風土記』）

賀茂の上社の祭神カモワケイカズチノミコトは、こうして誕生したという。こちらは品よく、川遊びをしていて矢を拾った、という。『古事記』の方は、水中にしゃがんで糞まっているとき、赤塗りの矢が流れてきて、陰に突き立った、と具体的に物語る。矢に変身している神の、娘との意外なまぐわいを直接的に説明する語りくちで、そこに力点がある。生まれた女の子のホトタタライススキヒメノミコトという名は、その母の不可思議な神婚のとき、母の陰に矢が立てられ、驚いて川の中で立って走って逃げようとし、周章狼狽の態を演じた、そのことからきている。

『書紀』の方は、コトシロヌシがワニになってくるのだから、生まれる子の名も、イススキ（おろおろとした態度をする。）でなく、イスズ（五十鈴）を選んでいるが、それにしても、なぜ、ヒメタタライスズヒメとタタラが付いているのか。そういう、それだけでは意味不明の語が残っているところが、わたくしには、どうも、ワニになってくるはなしの底層に流れ矢型のはなしがあって、その痕跡だろう、というふうに考えられてならない。

かたや文献、かたや土中からの出土品といううちがいがあるが、福岡市のツイジ遺跡は、「八世紀後半」という年代推定からすれば、『古事記』とそう時代的にかけはなれてはいない。ここで発見された「溝杭と見られる木器」は、「湾曲した先端部の裏面を丸く削り、その中央に細長いだ円形の穴を彫り込み、穴を中心に先端全面に放射状の線が彫ってある。矢は先端部の穴に向けて彫られて、矢羽も描かれている」という念の入った加工のあとからみて、陰に矢が立っている、筑紫のもうひとりのセヤダタラヒメを、呪術的に表現したものであろう。杭の女神だから、ミゾクイヒメの名もふさわしい。ツイジ遺跡の水田祭祀は、流れ矢伝承が、摂津の三島にも、山城の賀茂にも、ここ筑紫にも伝えられていたような、古代世界に一般的にもありうるものであったことを教えてくれる。

おそらく、筑紫のこの地に水田をひらいて住んでいた人たちは、自分たちの初代の先祖の娘のもとへ、矢に姿を変えた男神がきてまぐわいし、自分たちが、その結婚から生まれた〈神の子〉の血をひいていることを、誇りとしていただろう。語られる伝承としては、自分たちのはじまりを語る、始祖伝承という意義が大きかったと思われるが、その伝承を実際の呪的祭儀のなかでくりかえすときには、神秘不可思議の親たちの結婚――聖婚の祭祀的実修の方が大きな比重をもったであろう。神人通婚譚の人間サイド、〈神の子の母〉となる女性は、一本の溝杭のかたちで表現されている。ムラの共同作業で働く人びとが、水路・水田造成の最大の武器として用いた、数百本・数千本の板杭・棒杭を背後に背負って、杭の女神が人間の側の象徴である。遠来の男神の矢と人間の娘の杭との出会いとして、族外婚的婚姻のかたちで、伝承が表現される。

矢が男の側のシンボルであるのはごく普遍的なことだが、何の矢か、矢であらわされている外来の神は何か、となると、賀茂神社の縁起がホノイカズチノカミ（火雷神）が矢になってきたと伝えているのが、暗示に富んでいる。山城のホノイカズチノカミは、祈雨の対象となっていた雷神、水を管理する神であった。摂津・三島の方は、男神を三輪山のオオモノヌシとするが、そういう遠隔の政治勢力を代表する男神が登場するのは、やはり二次的な成長形態ではなかろうか。女性の方がミゾクイヒメであるならば、第一次的には、やはり水の神がやってきたのではなかろうか。

杭の列は、土を担い、土圧に抗しつつ、水の狂暴と出会い、水を和《なご》め、生産に協力させる。福岡市ツイジ遺跡の女性性器が刻まれた杭が、矢羽までもつ矢に突き刺されているかたちは、矢と杭のシンボルで、水の神と農耕者である人間の、生産のための結合を表現したものにちがいない。

この流れ矢型の説話は、日本以外にもあるが、そこでは、いずれも矢と杭で語られはしない。水田農耕的になってはいないということがある。

台湾のツォウ族だけが、高山族の他の部族のもっていない、この型の伝承を伝えてきている。その梗概はこうである。

ある家にひとりの少女があり、河に入って網でエビを採ろうとした。すると、一本の美しい棒が網に流れ込んだ。下流の方に投げたが、逆流してきて、また網に入る。横の方に投げやっても、やはり入ってきた。懐に入れて家に帰り、薪に使おうとして、炉端で取り出そうとしたがなかった。翌朝起きて、腰紐をしめ直そうとして、いつもより腹がふくれているのに気づいた。それから産気づいて男の子を生んだ。顔は人面だが、体全面、毛に被われて熊のようで、手を放すと笑って立って歩いた。五日で成長して大人になった。人びとは、アケエヤムウムア(毛の生えている人)と呼んだ。

そのとき、社中に敵の社に殺された者が出た。彼は、人びとの先頭に立ち、体から光を発し、まばゆいほど輝きながら攻め入り、体から火を出して、敵社を焼失させた。彼がのちに死んでからも、社中の人びとを守り、頼んで出かけると、炉の火を見守ったり、飯がほどよく煮えているような、手助けをしてくれたものだが、それにも馴れて祭りを怠ったので、今はそういうことはもうなくなった。(阿里山蕃)

昔、ある家にひとりの少女があり、河で網を張っていると、一本の棒が流れてきて、網にかかった。下流に投げると、逆流してきて、また網に入る。家に持って帰り、忘れていたが、二夜たって孕んだようになり、翌日には男の子が生まれた。ナパアラマと名づけて育てた。

ナパアラマは、五、六歳になると、ひとりで弓矢を作って、小鳥を射落とすようになった。そのころ、太陽は二つあり、つぎつぎに出るため、昼夜の別がなく、人びとは熱くて苦しんでいた。ナパアラマは太陽征伐に出かけ、そのひとつに矢を射込んだ。傷いた方の太陽は一時姿を隠したが、のちに淡い光の月となって出てくるようになり、太陽と月が交互に出て、昼夜があるようになった。（箇子霧蕃）(19)

なぜ、ツォウ族だけがこの型の説話を伝承していて、他にないのか、不思議であるが、かれらは、自分たちのはじまりの時代の英雄の出生を物語るとき、その父親が母親のところにやってくる姿を、〈流れ棒〉としている。矢ではない。その点で、『後漢書』「南蛮西南夷列伝」中の夜郎国と哀牢夷の伝承と、より近似している。

夜郎は、はじめ女子ありて遯水に浣《みをすす》ぐ。三節の大竹、流れて足の間に入れり。その中に号《さけ》ぶ声あり。竹を剖《さ》きてこれを視るに、一男児を得たり。帰りてこれを養う。長ずるにおよんで才武あり。みずから立つて夜郎侯となり、竹をもつて姓となす。

これは、竹が女と結婚したのではなく、すでにそのなかに男児が入っているはなしになっているが、「流れて足の間に入れり」とあるのは、もとは少しちがっていたことを暗示している。

哀牢夷は、その先、婦人名は沙壹といへるあり。牢山に居れり。かつて魚を水中に捕ふるに、沈木に触れ、感ずるところあるがごとし。よりて懐妊し、十月に子を産むこと男十人なり。のち、沈木、化して竜となり、水上に出づ。沙壹、たちまち竜の語るを聞くに、「若《なんじ》、わがために子を生めり。いまことごとく何《いづく》にあるや」と。九子は竜を見て驚き走り、ひとり小子のみ去《ゆ》くこと能《あた》はず、竜に背《そむ》きて坐せり。竜、よりてこれを舐《な》む。その母、鳥語に（部族語で）、背くをいひて「九」となし、坐するをいひて「隆」となす、よりて子に名づけて九隆といふ。のち、長大する（成人する）におよび、諸兄、九隆の、能《よ》く父の舐むるところとなりて黠《さ》ときをもつて、遂にともに推して、もつて王となす。

夜郎国は、今の貴州省西部から、広西省西北部、雲南省東北部にまたがる地域を占めていたらしい。この地域には、多くの少数民族が住んでいるが、そのなかでも人口も多く、有力な苗族（ミャオ族）は、漢代には湖南・湖北・江西の平原地帯にあったが、漢族の南下に逐われて西南へ移動してきたもの、というような事情があり、後漢時代の夜郎国の中心部族の後裔がいまの何族と即決しがたい。また、この地域の少数民族の口頭伝承からも、この古夜郎国のものと同じパターンが採集されていない。哀牢夷の方は、主として雲南省に住む傣族（タイ、ダーイ、シャン族などと呼ぶ。）のこととわかっているが、現在傣族は、このはなしを語り伝えていないらしい(20)。採集報告がまだない。しかし、哀牢夷の古伝承の沈木に化《な》っていたのが実に竜神だという点は、注目すべきだろう。水の神が父親だということで、賀茂神社のカモワケイカズチノミコトの父親、矢となって流れてきたホノイカズチノカミと性格が共通している。

広大な東アジアに、飛び石のように分布している〈流れ矢〉〈流れ竹〉〈流れ木〉の神人通婚譚のありかたが、何を意味するものか。わたくしにはわからない。説話の発生と伝播の難問に苦しむことをあと回しにして、日本の八世紀に限定すれば、それが、杭と矢―水路・水田の神と水の神との交渉の伝承として、農耕民の実際の祭祀のなかで、生きて機能していた、と見えてくるように思う。

現代は神話を掘り出す——わたくしの『古事記』観も、少しずつ変っていきつつある。

補注　『朝日新聞』一九八三年四月三日（日刊）に、こんど書いた人体の仮眠冷蔵法と関連するだろう、つぎの記事があった。

「イモリびっくり　90年ぶりに蘇生

〔RP＝東京〕　ソ連・極東地方の永久凍土の中に埋まっていたイモリがこのほど、九十年間の眠りから覚めた。

一日のモスクワ放送によると、オホーツク海に面した都市、マカダンの生物学者が蘇生（そせい）に成功したもので、このイモリは寒さを防ぎ、長い間仮死状態を続ける役目を果たすグリセリンを体内で分泌していたという。

星合孝男・国立極地研教授の話　九十年間も生物が仮死状態でいたとは、にわかには信じられない。

ただ、南極の魚も体内にグリセリンがあるため、低温でも凍らない。グリセリンが凍死を防いだということは考えられる。事実とすれば、生物学的に大変興味深い。」

（1）「野良弁当の箸は食後に必らず折捨てる。箸を其儘に捨て置くとムジナが人真似をするから必ず二つに折捨てるのだと」（『民間伝承』四の一、一九三八年九月、「問題と資料」欄、東京　国分剛二）
「東京国分氏の御説の様に、北桑田郡の方でも、山仕事の弁当の箸は食後きつと折つて捨てる。折らずに其の儘だと、後で狼が人の口のたけを計ると言つて甚だ忌む」（同誌四の二、一九三八年一一月、丹波　仲上治一）

（2）日本考古学協会編『登呂　本編』（一九五四年九月）

（3）益田「古事記における説話の展開」（『古事記大成　文学篇』一九五七年四月）

（4）これは、山間渓谷地帯に開けている平地《ひらち》、よくタバと呼ばれているような地形の、相当に広い、水抜きもできる水田を想像しているのだろう。移植、すなわち田植えもできて、相当な収穫がある。それに対して、もっと山間に入ると、湧水のたまる水温の低い小山田《おやまだ》になる。水を抜くことができず直播法をとるほかない。ツミタと呼ばれていることが多く、もちろん、収穫も低い。

（5）今泉隆雄「長岡京木簡と太政官厨家」（『木簡研究』創刊号、一九七七年一一月）

（6）山中章氏の懇篤な御示教に感謝する。『向日市埋蔵文化財調査報告』第4集（向日市教育委員会、一九七八年三月）。なお、『向日市史　上巻』（京都府向日市、一九八三年三月）は、このときの箸の出土を「数千本」と表現し、一連の調査で別のところから出た、「朱塗りの箸・壺・皿」についても言及している。使い手、使いかたのちがいを考えさせられる。

（7）『平城宮発掘調査報告Ⅶ』（奈良国立文化財研究所、一九七八年三月）
（8）『平城宮発掘調査報告Ⅶ　平城京左京一条三坊の調査』（同前、一九七五年一月）
（9）林瑞栄『兼好発掘』（一九八三年二月）
（10）臼田甚五郎「冬から春へ」（『季刊リポート笠間』一九七二年冬号）、『伝承文芸　第五集—下北地方昔話集—』（国学院大学民俗文学研究会編、一九六七年三月）
（11）柳田国男「現代科学といふこと」（民俗学研究所編『民俗学新講』一九四七年一〇月。『定本柳田国男集』第三一巻）
（12）柳田国男『祭日考』（一九四六年一二月）、『山宮考』（一九四七年六月）、『氏神と氏子』（同年一一月）。この一連の〈新国学談〉シリーズを書いたころの柳田氏の状況は、『炭焼日記』（一九五八年一一月）でうかがいうる。
（13）阿部美哉「GHQの宗教政策——宗教学的政教分離論の試み——」（『展望』一九七・八号、一九七五年五・六月）
草創期の神社本庁で、折口信夫が、天皇と手を切ってゆかないと神社は自由な発展が出来ない、と講演し、神道関係者に衝撃を与えた事件は、GHQの政策と関連している。国学院大学の常務理事になった出雲大社教管長千家尊宣は、「民俗学はどこまでも神道学の補助学科であって、決して主流ではない。山本信哉、河野省三の如き大家なき当時、若手の学者で折口博士に及ぶ者が無いだけでなく、私より二、三期のちの人々からは、何らかの点でみな折口先生の門人である。……当時神職で国大理事は私ただ一人であった。……私が今の神道研修部を造らねばならぬと決心して動き出した直接の動機は、右の折口講演にあったのである。このへんの事情について、今日はこれ以上言いたくはないが、やがてその時があるだろう」といっている。（『神道出雲百話——皇室をめぐる日本の心——』一九六八年九月）
（14）益田「古代の想像力——折口信夫のふみあとで——」（『秘儀の島』一九七六年八月）、同「古代日本のチョウの神」（『インセクタリゥム』一六の一、一九七九年一月）

(15)（3）に同じ。

(16)『古事記』上巻は、オオクニヌシと宗像のタキリビメの間に、アジスキタカヒコネノカミとタカヒメノミコトが生まれた、という。一方、「崇神紀」は、出雲《の》臣の遠祖、出雲《の》振根が筑紫の国へ行っている留守に、大和朝廷から、出雲の大神の神宝が見たい、という使者がきて、振根の弟飯入根《いいいりね》がそれに応じたので、還った兄に殺された、とある。神話と歴史伝承の双方に、出雲と宗像の結びつきが出てくることに注目したい。

(17) 益田「モノ神襲来——たたり神信仰とその変質」（『秘儀の島』）

(18) 延喜の式内社の後身という溝杭神社は、茨木市五十鈴町にある。安威《あい》川に沿ったところで、現在の祭神としては、「溝咋玉櫛媛命を主神に、相殿神として姫蹈鞴五十鈴媛命、溝咋耳命、天日方奇日方命、速素盞嗚尊、天児屋根命」が祀られている。（式内社研究会編『式内社調査報告』第五巻、一九七七年一二月）

(19) 臨時台湾旧慣調査会第一部編『蕃族調査報告書曹族』（一九二一年一月）。何々蕃という、旧日本領時代の呼び方に対しては、わたくしは同意しにくいものを感じるが、いまは原資料のままとする。

(20) 現在傣族にも、「九隆王」の民話があるが、それは湖の毒竜を九人の兄弟が退治しようとし、八人までが負けて、末弟の光頭九隆がそれを果たす話になっている。その出生にまつわる沈木が流れてきて人間の娘と結婚する、という伝承はない（宋哲編『雲南民間故事（上）』一九七二年一〇月、香港）。宋哲編の民話集が、「後漢書「哀牢夷伝」（哀牢即今保山専区地帯）曾提到九隆、但所記故事却与傣族人自己所説的很不相同、関於九隆的故事経過二千多年的流伝、無数人的口頭創作、変得更加完整美麗了。従這個故事裏可以看出傣族社会従漁猟時期進化到農業時期的痕迹」という考察を注しているのもおもしろい。

太安万侶墓の木片

一九七九年一月、奈良市此瀬町の茶畑で太安万侶《おおのやすまろ》の墓が発見された。安万侶の火葬骨は木櫃《きびつ》におさめて木炭槨《かく》でつつんであった。木櫃は、墓誌と密着したかたちで残っていた、長さ三五センチ、幅七・三センチの板状のものと、それからやや離れて検出された、長さ三二・五センチ、幅二一・一センチ、厚さ一センチの棒状のもので、材質はいずれもコウヤマキと同定された（奈良県立橿原《かしはら》考古学研究所編『太安萬侶墓の調査』一九七九年九月）。

このことは、いわば当然といえば当然のことで、古墳から発掘される木棺でも、コウヤマキを使ったものが非常に多い。また、『日本書紀』のスサノオノミコトの伝承の「一書に曰はく」のひとつに、スサノオがその子どもの神たちのために各種の有用樹木を作った、という話があり、よく知られている。

乃《すなは》ち鬚髯《ひげ》を抜きて散《あか》つ。即《すなは》ち杉《すぎのき》に成る。又、胸の毛を抜き散つ。是《これ》、檜《ひのき》に成る。尻《かくれ》の毛は、是柀《まき》に成る。眉《まゆ》の毛は是櫲樟《くすのき》に成る。已《すで》に其の用ゐるべきものを定む。乃ち称《ことあげ》して曰《のたま》はく、「杉及び櫲樟、此の両《ふたつ》の樹は、以《も》て浮宝《うくたから》とすべし。檜は以て瑞宮《みつのみや》を為《つく》る材《き》にすべし。柀は以て顕見蒼生《うつしきあをひとくさ》の奥津棄戸《おきつすたへ》に将《も》ち臥さむ具《そなへ》にすべし。夫《そ》の噉《くら》ふべき八十木種《やそこだね》、皆能《よ》く播《ほどこ》し生《う》う」とのたまふ。時に、素戔嗚尊《すさのをのみこと》の子《みこ》を、号《なづ》けて五十《い》猛命《たけるのみこと》と曰《まう》す。妹大屋津姫命《いろもおほやつひめのみこと》。次に枛津姫命《つまつひめのみこと》。凡《すべ》て此の三《みはしら》の神、亦《また》能く木種を分布《まきほどこ》す。

棺材はマキときまっていたのだから、こういう伝承もあるのだろう。記紀の伝承と八世紀初頭の社会のマキの使われ方とのあいだには、なんら背馳《はいち》するところがない。ところが、『万葉集』の数多くの用例でわかるように、当時、「真木」と一般に呼ばれていた有用樹木は、ヒノキであり、スギであって、もう柀のマキではなかった。日本語では、マ――と呼ばれるものは、その部門・品種の標準種と目されるもの、ときまっている。マニンゲンという後世の言い方は、議論も多かろうからいま迂回するとしても、マミズ、マトリ（鷲）、マカネ（鉄）からマダイ、マイワシ……などと並べて考えると、コウヤマキ、イヌマキなどの柀が樹木を代表するものと考えられていた時代が、過去にあったはずである。

奄美や沖縄の島々では、つい近頃までイヌマキが家屋の柱材として重んじられていた。本土の『万葉集』の時代にすでにヒノキやスギに奪われてしまっていた、「真木」の位置を維持してきていたともいえよう。スサノオの「尻の毛」で作られた柀のマキは、船材や建材より低いものとしての棺材にふさわしいが、枝のマキが顚落《てんらく》して棺材となったか、棺材こそ最高のものを使うべきだとする社会通念が、大廈《たいか》・大船の時代を迎えて凋落したのかは、なお検討を要するだろう。

それはそれとして、日本の古代史は、八世紀初頭の記紀出現以前にも、多くのことがあり、われわれには推測しがたい過去の過去になっていたらしい。忘れ去られてしまった枝のマキが日本の有用樹木の代表種であった時代のように……。文学の歴史を考えていくときに、記紀以前の文学の過ぎ去って忘れられている歴史というものが、やはり、あるのではなかろうか。

小川清彦の仕事

小川清彦というおなまえを掲げるけれども、小川氏のことはなにひとつ知らない。しかし、世の中には途方もなくすばらしい仕事をコツコツとやりとおす人もあるものだ、という畏敬の念をずっと抱いてきた。大陸の戦場から復員してきたものの、家は空襲で焼かれ、どうしようもなく北九州で暮らしていたわたくしが、ふたたび東京へ出てきたのが一九四八年。『日本書紀』の紀年論がさかんだった時期だからだろう。その後の二、三年のうちのある日、神田の古本屋店頭の古雑誌のなかに挟まれていた、一冊のザラ紙孔版印刷の小冊子を見つけて求めた。それこそ何気なく、ふっとその気になって買った。白表紙に、それだけは活字で、『日本書紀の暦日に就て／第5稿／小川清彦』とあり、なかみは四八ページ。第一ページに、「昭和二十一年／第五稿／Ⅷ 15-20」とあるが、第一稿から第四稿までは世に出さず、四六年八月にはじめて孔版刷のこの冊子を出したように思われる。

筆者ハ昭和十五年（1940）本問題ニ関スル一論文ヲ書上ゲタガ当時ノ環境ハソノ発表ヲ不可能トシタ。コノ環境ガ如何ナルモノデアッタカハ次ニ掲グル（タダ筆者ノ先輩某氏ヨリノ書簡ノ一節ヲヌクト）当時京城大学教授デアッタ知友M君カラノ手簡ノ一節ガ雄弁ニ物語ルデアラウ。

御承知の如く只今は日本書紀の記事に聊《いささ》かたりとも批判を加へ誤ありなどといふときは或一派の人々より訴へられ奇禍にかゝる懼《おそ》れもこれあり候　印刷せざれば差支へあるまじけれども危きことはなさざるを賢とす。（中略―益田）

昭和十五年八月十四日

今ヤ久シキニ亙《わた》リ全社会ヲ蔽ツテ居タ暗雲ハ霧消シ去ラントシテ居ル。筆者ノ研究モ発表ヲ認メラレルヤウニナツタ。ソコデ今春以来新タニ概説ヲ書キ初メ今日マデニ数回稿ヲ更メタガ、モハヤ十分想モ熟スルニ到ツタト思ハレルノデ不取敢茲《とりあへずここ》ニ最後ノ稿ヲ書キ上ゲルコトニシタ次第デアル。（一部漢字を略字体にした―益田）

という序説から、そう考えられる。

一九ページから四五ページまで、小川氏は、『日本書紀』が記す八九九の朔《さく》と閏月《じゅんげつ》について、Carl Schoch の月朔推算表と儀鳳暦《ぎほうれき》（経朔）および元嘉暦《げんか》による朔の計算値をビッシリと載せている。それは、氏が一九三八年に計算したものだと記しているが、それに基づいてこういう結論を出したのだった。第一は、渋川（保井）春海の『日本長暦』以来、『日本書紀』の暦日は日本固有の暦法に拠るもの、とされているがそんなことはない、ということ。「筆者ハ日本古代ノ文化ガ低級デアッテ日本固有暦法ナドトイフ不似合ナ物ノ存在シナカッタコトヲ固ク信ジ　日本紀ノ暦日ガ必ズヤ既知ノ暦法ニヨル後カラノ推算デアラウコトヲアハセ信ズル」とある。第二は、「日本紀ノ暦日ハ神武以降五世紀ニ至ルマデノ分ガ儀鳳暦（経朔）ニヨリ推算サレ」ている、ということ。第三は、「ソノ後ノ分ハ元嘉暦ニヨッテ推算サレタ」ということ。

一九七八年一月に刊行された内田正男の『日本書紀暦日原典』は、小川清彦の冊子を付載し、その考え方をふまえてさらに充実させたもので、小川氏の仕事をはじめて活字にして世に紹介した功績は大きい。しかし、小川氏が定稿作成の過程での途中日時まで文中に挿入プリントしている、あのスゴイところが抜いてあるのだけが物足りない。いや、もう一言だけ付け加えさせてもらえば、小川氏の仕事全体を貫流する、『日本書紀』の暦日の虚偽造作性をあばく、烈しい気魄《きはく》は、内田氏の大著には見られない。『書紀』の暦日の背後にあるべき計算値はかくかくだ、とだけ淡々と報告している。平和な時代の科学だからそうあるべきだ、ということかもしれない。

小川清彦の手で明らかにされたことは、中国の暦法では元嘉暦よりも新しい、六六五（麟徳《りんとく》二）年から実用された儀鳳（麟徳）暦で、『書紀』の元嘉暦の計算を適用した以前の、もっと古いところが算出されている、ということであった。しかも、平朔法の元嘉暦の欠陥を補う定朔法に転じ、太陽の運行、二十四節気の移りゆきをこまかく加味するところが、新しい儀鳳暦の特質であるのに、その儀鳳暦を定朔法でなく、平朔（経朔）法にして用いた、という不自然さ。

たとえば、「武烈紀」に、

元年の春三月の丁丑《ひのとうし》の朔《ついたち》戊寅《つちのえとらのひ》に、春日娘子《かすがのいらつめ》を立てて皇后《きさき》とす。

とあるが、これは、中国ではじめて元嘉暦が行なわれた四四五（宋・元嘉二二）年以後の、四九九年のことと想定して『書紀』の編年記事に組み込まれているのだから、元嘉暦の三月丁丑朔という計算をふまえている。また、「仁徳紀」の、

三十八年の春正月の癸酉《みづのとのとり》の朔戊寅《つちのえとらのひ》に、八田皇女《やたのひめみこ》を立てて皇后としたまふ。

の方は、三五〇年に擬しての編年であるから、元嘉暦以前で、正月癸酉朔は儀鳳暦平朔法による計算で算出してある。ところが、すでにふれたように、儀鳳暦は元嘉暦以後の暦法で、その平朔法を用いての施行が元嘉暦以前にあったとは、とうてい考えられない。元嘉暦以前になにかの暦があったとし、それは平朔法の元嘉暦以前だから、より高度な定朔法ではありえず、『書紀』の編者は、儀鳳暦の平朔法という擬古暦を仮想し、これを使用して記事を編年配列したのである。

ちなみに、『書紀』がわが国ではじめて元嘉暦に儀鳳暦を併用することになったとしているのは、六九〇（持統四）年であり、以後六九七（文武元）年までは併用期で、『続日本紀』が扱った同年八月以降は儀鳳暦だけが行なわれたと、現在考えられている。もちろん、定朔法である。だから、『日本書紀』の允恭《いんぎょう》天皇三十三年（中国で元嘉暦施行の前年、四四四年に比定されている）以前の暦日には、

文武朝以降、『書紀』編纂時に行なわれていた儀鳳暦の、ゆがんだ影が落ちていることになる。小川氏は、そのことをみごとに論証した。

『古事記』の年紀

最近必要に迫られて、宋代に編まれた類書『冊府元亀』千巻を、とにかくページだけはめくって一覧するという馬鹿げたことをした。その作業が気づかせてくれたことは、歴代の史書を解体、類纂しているこの書でも、年月日（日は干支が多い）が記されているのは、ほとんど皇帝に関する記事ばかりだ、ということだった。その他の人の事績は年月どまりで、何日のことではない。この心証を史書の列伝などを読み直して、ほぼ確かめえた。

皇帝に関してだけは起居注が作られ、行動が記録される。「隋開皇元年起居注　六巻」とか、「開元起居注　三千六百八十二巻」とかは、みな日付入りの記録だろう（『唐書』芸文志）。それらをふまえて、「則天皇后実録　二十巻」とか、「開元実録　四十七巻」「玄宗実録　一百巻」とかの、皇帝ごとの一代記が編まれ、のちに王朝が替ると、『隋書』『旧唐書』『唐書』のような王朝史が作られた。いわば三段構えである。

日本の『文徳実録《もんとく》』とか『三代実録』なども、〈皇帝実録〉の意識にささえられているとすれば、六国史として『日本書紀』や『続日本紀』と同じ扱いをするだけでよいのかどうか。それはそれとしても、『日本書紀』は、そういう支配者の側の詳細な記録なしに、いきなり、王朝史の編年体の本紀にあたるものを造出しなければならなかった。編年配列のもとになる暦日をもつ記事を、八世紀初頭の時点で強引に加工作成したのである。

七二〇（養老四）年の『日本書紀』のそういう側面と対比すると、七一二（和銅五）年の『古事記』には、まず編年的要素がない。どの天皇の何年と何年になにがあった、という書かれ方はしていない。『古事記』に持ち込まれている時間的要素としては、ひとつは、歴代天皇の寿命、

凡《おほよ》そ此の神倭伊波礼毘古天皇《かむやまといはれびこのすめらみこと》の御年《みとし》、壱佰参拾漆歳《ももちまりみそぢまりななとせ》　（神武）

のような記載がある。

	記	紀
神武	百三十七歳	百二十七歳
綏靖《すいぜい》	四十五歳	八十四歳
……		
応神	百三十歳	百十歳
仁徳	八十三歳	記載なし
……		
宣化《せんか》	記載なし	七十三歳
欽明	記載なし	年若干《みとしそこばく》

崇峻《すしゅん》―記載なし　　記載なし
推古―記載なし　　七十五歳

太古のことは別としても、時代が下るにしたがって伝承ないし記録が確実化し、記紀両書の記述が一致するような傾向を見せるか、というと一向にそうではない。それぞれにくいちがいながら百何十歳まで生きたという神武や応神に対し、時代がくだればくだるほど天皇の寿命に関する記載を欠くようになる。

『古事記』の記事の時間的要素としては、もうひとつ、天皇の崩年月日があって、これは崇神天皇以後しばしば出てくる。

　天皇の御歳《みとし》、壹佰陸拾捌歳《ももあまりむそぢまりやとせ》。戊寅の年の十二月に崩りましき。（崇神）

この場合も、戊寅の年をどの戊寅の年とするかがむつかしいが、『書紀』とはもちろん合致しない。

	記	紀
応神	甲午の年九月九日	四十一年（庚午）二月甲午朔戊申（十五日）
仁徳	丁卯の年八月十五日	八十七年（己亥）正月戊子朔癸卯（十六日）
宣化	記載なし	四年（己未）二月乙酉朔甲午（十日）
欽明	記載なし	三十二年（辛卯）四月戊寅朔某日
崇峻	壬子の年十一月十三日	五年（壬子）十一月癸卯朔乙巳（三日）
推古	戊子の年三月十五日癸丑	三十六年（戊子）三月丁未朔癸丑（七日）

六世紀の宣化・欽明の頃についても、天皇の崩年月日の公的な一致した見解を、八世紀初頭の政府はもちえていない。六世紀最末・七世紀前半の崇峻・推古の頃についても、天皇の崩年月はようやく一致するけれども、日についてはそうではない。律令国家体制に転じていく前夜の歴史については、八世紀初頭の大和朝廷内部では、この程度の把握のしかたであった。もう中国の文字をよく駆使しうる人たちはいたはずだが、律令国家以前の段階までは、史的記録に関しては、〈無文字社会〉的であり、『日本書紀』の編纂時には、それらの時期の伝承や断片的記録に強引に暦日を貼りつけ、編年史的記述を創出したけれども、それはずいぶんな無理をあえてしてのことだった。

まさかといぶかられるようなことを、ひとつ掲げると、『書紀』は、

二十九年の春二月の己丑《つちのとうし》の朔癸巳《みずのとみのひ》(五日)に、半夜《よなか》に厩戸豊聡耳皇子命《うまやとのとよとみみのみこのみこと》、斑鳩宮《いかるがのみや》に薨《かむさ》りましぬ。

というが、法隆寺の「釈迦三尊光背裏陰刻銘」に、

法興元卅一年、歳次辛巳(推古二十九年)十二月に太后(聖徳太子の母、間人皇后《はしひとのきさき》)崩《みまか》りたもう。明年正月廿二日、上宮《じょうぐう》法皇枕病、食を悆《よろこ》ばず。王后(膳《かしわでの》妃《きさき》)また労疾を以つて並に床に着きたもう。……二月廿一日癸酉、王后即世したまい、翌日法皇登遐《とうか》したもう。……

(高田良俊編『法隆寺銘文集成』上巻)

これは、「天寿国繍帳銘」などとも合致する。事実としては、推古三十年二月二十二日になくなった聖徳太子は、『書紀』編纂者の手によって、前年二月五日に処理されてしまっている。七二〇年前後からの六二二年は、大和朝廷内部で、それぐらい朦朧《もうろう》としていたのだった。

無文字社会の歴史

『古事記』には編年史の要素がなく、なに天皇の代にはかくかくのことがあった、と年紀抜きで

語られている。このことが、結局、『古事記』の性格を最もよくあらわしている。『古事記』下巻は推古天皇どまりで、太安万侶が『古事記』の述作に没頭していた七一一～二（和銅四～五）年との間には、その時の元明天皇を別にしても、舒明《じよめい》・皇極・孝徳・斉明・天智・天武・持統・文武、天皇にして八代の空白がある。『古事記』が序文にいうように、天武天皇が稗田阿礼《ひえだのあれ》に誦《よ》み習わしめた「帝皇日継《すめらみことのひつぎ》及び先代旧辞《さきつよのふること》」の再現、文字化に忠実で、その枠から出まいとしているとしても、舒明――天智の五代の空白である。天武天皇が自分が皇位を継承したことの正当性の主張を、阿礼に日継と旧辞を誦み習わせた第一目的としたとすれば、この最近世をどう歴史として把握するかが、最重要となったであろうが、必ずしもそのように短兵急な歴史づくりではなかったらしい。しかも、推古までと推古以後という認識が、前近代と近代のように一線を画しうるものであるらしいことも、無視出来ない。

さらに、下巻の仁賢《にんけん》・武烈・継体・安閑・宣化・欽明・敏達《びだつ》・用明・崇峻・推古の十代に関しては、前の天皇との系譜関係、宮はどこにあり、治世は何年か、后妃と子女はだれだれか、陵の所在は、という序文の「帝皇日継」にあたる叙述から一歩も出ていない。「先代旧辞」にあたるものがない。この『古事記』における旧辞空白部分、六世紀が全く物語られていないことは、『古事記』について考えていく場合の問題中の問題であろう。

序文の伝える天武の意図、「朕《われ》聞く、諸家の賷《もた》る帝紀及び本辞、既に正実に違《たが》ひ、多く虚偽を加ふと。今の時に当りて、其の失《あやまり》を改めずば、未だ幾年をも経ずして其の旨《むね》滅びなむとす。斯《こ》れ乃《すなは》ち、邦家の経緯、王化の鴻基なり。故惟《かれこ》れ・帝紀を撰録し・旧辞を討覈《とうかく》して、偽《いつは》りを削り実《まこと》を定めて、後葉《のちのよ》に流《つた》へむと欲《おも》ふ」は、みごとな駢儷《べんれい》体の文章で記されているが、その内容はみな口頭伝承としての帝紀・本辞に関することである。「諸家の賷る」というのは、諸氏族で口伝えに伝えているの意であり、それらに対し、「帝紀を撰録し、旧辞を討覈し」といっても、やはり口頭伝承の内容で対抗し、統制していこうというのであって、それ以上ではない。もし、諸氏族が帝紀・本辞を記録、文献化して伝来しているのならば、「阿礼に勅語して帝皇日継及び先代旧辞を誦み習はしめ」ても、効果はありえない。

われわれは、『日本書紀』推古二十八年条の、「是歳《ことし》、皇太子《ひつぎのみこ》・嶋大臣《しまのおほおみ》、共に議《はか》りて、天皇記《すめらみことのふみ》及び国記《くにつふみ》、臣連伴造国造百八十部《おみのこむらじとものみやつこくにのみやつこももあまりやそのとものを》幷て公民等《おほみたからども》の本記《もとつふみ》を録《しる》す」のような知識をもっており、また天武天皇十年三月条の、「丙戌《ひのえいぬのひ》に、天皇、大極殿《おほあんどの》に御《おはしま》して、川嶋皇子《のみこ》・忍壁皇子《おさかべのみこ》・広瀬王《のおほきみ》・竹田王《の》・桑田王《の》・三野王《の》・大錦下上毛野君《かみつけののきみ》三千《みちぢ》・小錦中忌部連首《いむべのむらじおびと》・小錦下阿曇連《あづみのむらじ》稲敷・難波連大形《の》・大山上《だいせん》中臣連大嶋《の》・大山下平群臣《へぐりのおみ》子首《こびと》に詔《みことのり》して、帝紀《すめらみことのふみ》及び上古《いにしへ》の諸事《もろもろのこと》を記し定めしたまふ。大嶋・子首、親《みつか》ら筆を執りて以《も》て録《しる》す」のようなことがあったことも知っているために、時代はすでに文字で歴史が書かれる段階に入っている、ときめてかかっている。そのために、『古事記』の前史としての天武天皇が阿礼に命じた誦習の意味を、なかなか素直に受けとりえない。しかし、天武十年三月の「帝紀及び上古の諸事」を記し定めたことも、継続事業として行なわれたものらしくないから、その日のうちに出来上る程度のものにとどまったように考えられる。天武天皇は、そういう国史への志向を明らかに抱いている。一方、『古事記』序文のいうような、諸口伝に対し正統口伝を樹立しようという考えも抱いていた、と見るべきであろう。この十年三月のできごとこそ阿礼の誦習した『古事記』の内容となるものを選定したのだ、と見る考え方もあるが、それならば、後に太安万侶が阿礼の口伝によって『古事記』を造る必要はないはずである。天武の時代は口頭伝承と史書作成の歴史の潮合いであり、後者の作業はまだ容易ではなく、前者の伝統はなお根強かった、と見るべきであろう。『古事記』が、「稗田阿礼の誦《よ》む所の勅語の旧辞」を撰録するにあたって、「謹みて詔旨《おほみこと》の随《まにま》に、子細に採り摭《ひろ》」ったといっていても、もちろん、その口伝文字化に際して、安万侶の筆による変容が加わることは、十分に考慮すべきだろう。それは口授筆記ではなく、漢文体への翻訳でもあったから。しかし、ここまでふれてきたように『古事記』が無文字社会的な意識にささえられ、口誦にのみ頼る歴史としての内容をもつということは、重要な『古事記』理解のキイ・ポイントであろう。八年後の『日本書紀』出現の必要性も、その出現によって『古事記』の影が薄れていく理由も、みなこの点にある。現代のわれわれが『古事記』を重視する根拠も、皮肉なことに同じところにある。

よい喩《たと》えではあるまいが、いわば正調木曾節の口伝確立によって訛伝《かでん》木曾節の氾濫に対抗しようとするような、伝承統制の意図が天武天皇にあったということは、世をあげて口頭伝承時代でなくては意味がない。そのことは、『日本書紀』に見られる「一書に曰はく《あるふみ》」の「一書」の問題とも関連してくる。もし、それらの「一書」群が、天武朝にも、「諸家の賷る」ものとして存在したとすれば、阿礼の口伝はそれらに対して影響しえない、むだごとになるだろう。口伝は口伝とのみたたかい、規制しうる。『書紀』「一書」群の研究は今後微細に進めていく必要があり、用字・用語の比較もなされなければならない。だが、それら「一書」の記事のほとんどは「神代紀」の範囲にとどまっている。すでに諸氏族が伝承を文字化した文献を作ってもっていたのか。『書紀』編纂事業がはじまって、後世風にいえば撰国史所のメンバーが、諸家へ出かけて口伝を採録し、あのような「一書」群を作り上げたのか。わたくしは、どちらかといえば、後者の見方に傾いている。

それよりも、天武が諸氏族の口伝に対して正統口伝を樹立しようとしたことに、もっと執着して考えていきたい。安万侶の序文が、「諸家の賷る帝紀及び本辞」という言い方をしているのは、それが「神代紀」の範囲のことにとどまっていなかったことを示す。そして、そういう諸家の口伝が成長し流伝していたからには、それらが出来ていく道筋が考えられねばならない。近年、上山春平の主張する記紀神話における藤原不比等《ふひと》のイデオロギーの投影説が、諸方からの賛同をえているようであるけれども、『日本書紀』と『古事記』は区別して考察する必要があり、神話的伝承の形成はすべて即席にいくわけでもない。上山氏のいう〈不比等的なもの〉を重視するにしても、そういう面からの限定を加える必要があろう。

口頭伝承のかたちで歴史がとらえられるときには、〈昔〉が語られ、その語られ方のかたちが出来ていく。自分たちの時代は語られない。であるから、後代から見ると、かれらは〈昔〉ばかりを語っており、かれら自身のことはスッポリ抜けている現象が生じる。天武が諸氏族の口伝を相手どるとき、天武のその時代の意識からのとらえ方がもちろん出てくるが、彼がはじめからひとつの正伝と信じるものを保持していたのではない。「旧辞を討覈し」とは、諸氏族の口伝を見くらべ、取捨選択するのであり、天武の「勅語の旧辞」は、当然、飛鳥朝の〈天武的なもの〉と、諸口伝形成期の影とが共存することになっただろう。

もうひとつ大切なことは、口頭伝承というものは、時間が経過するにしたがって、次々に前代のいいつたえが生まれる、というようなものではないということがある。語り伝えるべき時代が過ぎ去り、後の世の人びとがその時代のことを語り伝えたくてたまらない、そういう気運なり風潮、もっといえば時代の人心の動向があって、集中的に生まれてくる。伝承が盛んに語る時代と、さほど熱心には語らない時代とが、無文字社会にもある。

『古事記』という史書を文学作品として見ることは、すでに普遍化しており、内容から見ても妥当であろう。しかし、『古事記』を文学史上のできごととして見る場合、文字で書かれた『古事記』から文学史の考察をはじめ、それが突如ポッコリ出現したかに扱うのはいかがであろうか。文学の歴史としては、『古事記』以前にも文学的営為があり、それが『古事記』をも生み出してくるのでなくてはなるまい。『古事記』は口承の文学と文字の文学の接点に立っている。口頭伝承としての『古事記』に先立つものの影を、『古事記』のなかに見出すのでなければ、『古事記』は文献的事実として孤立する。

文学史的に『古事記』以前を探るときに、未開諸部族の口頭伝承に示唆を求める方法、南島の歌謡や儀礼に共通するものの残留を探す方法、『風土記』の記載などから『古事記』よりも古いと思われる文学的営為の姿を再現する方法など、いろいろなやりかたがあろうと思う。しかし、『古事記』に直接的な前段階の文学史的営為は、大和朝廷の貴族社会内部に探っていくのが筋であろう。『古事記』以前の、『古事記』をもあらしめた口頭伝承史の動向を考えてみる必要がある。

それ自身を『古事記』の伝承が語ろうとしていない六世紀こそ、過ぎ去った大王たちの世紀を盛んに回想し、大王の伝承をつぎつぎに生み出した時代であろう、とするわたくしの考え方は、そこから出ている（益田『記紀歌謡』〔日本詩人選・1〕）。五世紀の大王たちについて、『古事記』はなにひとつ歴史的事実らしいことは語らない。しかし、応神の、仁徳の、皇位継承をめぐる物語、后妃や諸国から貢進された女性たちとの、愛をめぐる葛藤の物語を飽くことなくくりひろげている。それらの物語が歌謡を多くふくみ、歌謡の物語の形態に仕立てられていることも無視出来ない。そこでは、大王の世紀の事実が語られるのではない。後代が大王の時代を憧憬しつつ物語る、〈昔〉を語らずにはおれない心が結晶している。

口伝史の現在性

過ぎ去った時代があるイメージでとらえられるようにまとまってくるには、相当の時間がかかる。恋の英雄として一喜一憂する大王たちの歌物語がつぎつぎに作られると、伝承は、遅れて作られたものであっても、伝承の中で語られる時代へ進出し、その時代がそういう時代であったことになる。そして、安定する。大王をめぐる歌謡物語は、天武天皇以前に蔓延《まんえん》し、天武によって標準型が制定され、「勅語の旧辞」として稗田阿礼の誦習するところとなった。大王をめぐる恋のできごと、歌謡物語をもって、その昔にあったこと、歴史としてとらえるということは、文字で書く編年体の史書の観念には遠いが、口ことばによる〈昔〉の伝承としては、むしろ、そういうものがあたりまえであろう。物語以外にどうして歴史がありえよう。語られる物語が歴史を教えてくれるのである。

同じ『古事記』の物語でも、そのなかに登場する歌謡に、ごていねいに、「此《こ》は志良宜《しらげ》歌なり」、「此は夷振《ひなぶり》の上歌《あげうた》なり」というような、歌うときの曲名を注記したものがある。軽太子《かるのみこ》と同母妹軽大郎女《かるのおおいらつめ》の悲恋物語とか、袁祁命《おけのみこと》（顕宗）と平群臣志毘《へぐりのおみしび》の恋の鞘当ての物語とかは、そうである。大王の伝承の歌謡にそういう曲名注記がないのと、たいそう違う。

軽太子が穴穂御子《あなほのみこ》（安康）と対立して、大前小前宿禰《おおまえおまえのすくね》という大臣《おおおみ》の家に逃げ込み、穴穂の軍勢が取り囲んでいる場面など、

是《ここ》に穴穂御《の》子、軍《いくさ》を興して大前小前宿禰の家を囲みたまひき。爾《ここ》に其の門《かど》に到りましし時、太《いた》く氷雨零《ひさめふ》りき。故《かれ》、歌《うた》曰ひたまひしく、

大前　小前宿禰が　金門蔭《かなとかげ》　かく寄り来ね　雨立ち止めむ

とうたひたまひき。爾に其の大前小前宿禰、手を挙げ膝を打ち、儛《ま》ひかなで、歌ひ参来《まゐ》つ。其の歌に曰ひしく、

宮人《みやひと》の、脚結《あゆひ》の子鈴《こすず》　落ちにきと　宮人とよむ　里人もゆめ

といひき。此の歌は宮人振《ぶり》なり。

と、雨宿りにかこつけて、歌いながら包囲軍の司令官穴穂が門に寄っていくと、内から大前小前宿禰が舞いかなでながら出てきて、「脚絆の小鈴がとれて落ちたとお騒ぎじゃ」などと歌って、事態収拾の取り引きをする。これなど、のちのちも雅楽寮で歌った歌謡が、当時は簡単なドラマ仕立てになっていたものにちがいない。

これはおそらく天武朝にそう実演されていた、歌謡を中心とした歴史劇そのままが、天武の「勅語の旧辞」にとりこまれ、阿礼が誦み習うことになったものだろう。現に歌謡劇として演じられている歴史のできごとだから、それはまさしくあったことだ、と受けとるのも、文字以前の伝承世界の原則である。

これらの曲名つきの歌謡が、『書紀』で担い手の人物が変るものがあるのは、天武朝から元明朝までの間の宮廷楽人のところでの変化を示すものかもしれないが、まだ詳しく考ええていない。

それはともかく、天武天皇の眼前には、允恭の皇子たちや袁祁命らを物語る素朴な歌謡劇が現存し、より古い応神・仁徳ら大王を物語る伝承があった。大王の恋愛物語がつぎつぎに作られて語られた時代のあとに、少し時代がくだった時代を素材にして、軽太子と穴穂御子の皇位継承の争いや、袁祁命と平群臣志毘の天皇家と大豪族の恋の確執の歌謡劇が出てくるのだけれども、六世紀から七世紀へかけてのそういう文学史的二段階が、あくまで現存の伝承として『古事記』を生み出す働きをする。物語られ歌われ、伝承として現在するから歴史のなかのできごととして信じられる、という口頭伝承の文学の歴史的存在形態を、『古事記』のかなたに見ることが出来ないだろうか。

第三章　神話と他界

他界喪失者

われわれの時代近代は、あちら——他者の住む世界の意識に関していえば、これまでにない、非常な特殊な時代であろう。おそらくこれまで近代以前には、自分たちのいま生きている同時空間が、全く異質なもうひとつの世界を含んでいず、自分たちの生涯のあとにもうひとつの次の生涯が待ちうけていることを考えないような時代は、ついぞなかっただろう。この地上にあるのは、自分たち生きている人間の世界だけであり、同時に、われわれは生ま身の間だけ存在して、そのあとは存在するはずがない、と信じている人間が主力である近代は、人間の意識のあり方からいうと、それまでの考え方から逸脱した人間たちの時代といえる。〈あちらの世界〉の存在を信じない人間たちが中心をなしている、珍しい時代であろう。

その〈あちら〉の意識を持たなくなった、〈自分たちだけ〉の時代の人間の一員として、かつて確かにあったはずの神々の世界や死者たちの世界のことを考えていこうとすることのむつかしさは、進化思想の上にとぐろまいた近代の思いあがり、〈あちら〉の意識が野蛮・未開の徴証であるという確信の、処理を抜きにすることが出来ない点にある。時間的にも〈あちら〉を持たず、空間的にも〈あちら〉を持たない自分たち自身を、いったいどう見るかである。

しかも、われわれの時代という包括的な見方が成り立つかどうかも、あやしい。どうしても、われわれがいまの日本でなにを考えて生きているかの問題がからんでくる。もっと幸福に暮らせる時代を将来しなければならないと考えつつ、眼の前の現実状況をどう変えることも出来ないで生きつづけているうちに、自分はもう生きていないであろう未来に革命以後を夢みるようになる——革命が自分の世代のこととして信じにくくなって、なお革命思想をふりすてることの出来ない、小市民的革命思想。そこにひっそりと甦ってきている〈あちら〉の意識。バラ色の未来を夢みる百年革命の思想に袂別し、人間の生存も危くなった日本の近代化の現在の到達状況を凝視し、終末的思想に徹しようとする時、その底からにじみ出てくる、〈終末〉ないし〈終末以後〉を夢想する意識。あるいは、そういう彼岸意識に変身してしまいがちな日本に生きているための革命の意識のゆがみ方や、日本を頂点とする現代の公害状況から終末観にとらわれていく〈短絡〉を自戒して、海のかなたの国々の社会主義の革命の進行を望み見ようとする時、いつか意識の底に厚く沈澱してくる〈あちら〉の意識。それらを最後まで、近代以前の他界意識と峻別しうると考えうるかどうか。他界観の問題を、そういうわれわれの内部の問題を超越したところで処理することは、わたしにはきわめてむつかしい。

神話的世界

前近代のことに限定して考えたとしても、他界の意識は、どこまでも現実の生活の場からのものであって、その意味で、他界は醒めた人間の意識の中の厳然たる存在と見るべきであろう。他界はむしろ、まず日常の意識の中の存在であって、非日常の意識の側のことではない。神々の世界としての高天《たかま》が原を考え、海のかなたの常世の国を考えるということと、神話が語る神々の世界を一挙に同一視することは出来ない。人間の側からかなたの神々の世界を望み見ている〈褻《け》〉の意識における〈神々の国〉と、神々の側に身においてみる〈神話の世界〉とは、別のものである。日常生活の場で考える神々の世界は、明らかに他界であるが、神話は、本来、神々の世界をかなたの世界とは考えない前提の上に成り立つ。神々の世界がこちらであり、むしろ、他界は人間たちの世界でなければならない。人間たちの日常生活をしている世界を他界観でみるのが神話である。

石田一良の「神道の思想」(『神道思想集』〔『日本の思想』14〕解説、一九七〇年)に、日本の古代思想の状況を「個々の地域《くに》は、それぞれ特有の神々によって充填せられ、特有の部族はまたこれらの特有の神々を戴いてそれぞれの地域と深く結び、その住む境域に対して本来分解しえぬ神秘的な関連をもっていた」「神の創造のはたらきは一定の空間的限界をもっていて、その境域の外には及ばなかった」と見定めた、注目すべき指摘がある。視点を替えれば、自明当然のことともいえるが、この考えを具体化すると、たとえば、この地域の共同体の神がそこから天降ったと考えられている「天《あめ》」と、その隣りのもうひとつの地域の共同体の神の「天」とが違う「天」であるということをいっていることになろう。日本の古代神話について考える時、大和朝廷の神話が主張する「高天が原」は、決して『出雲国風土記』のいう同国某郡某郷に鎮まります神が天降ってきたという「天」ではない、という指摘は、ともすれば、日本の古代人が共通の「高天が原」というような神々の世界の観念を抱いていたかに考える神話論の横行する、現状に対しての頂門の一針といえる。うちの村の「天」と隣の村の「天」とは、本来は違うものだということである。しかも、その村、隣の村から「天」を考えるかぎり、それは信仰の上での神々の世界のことであって、〈神話の世界〉そのものではない。

さらに、このことには、日本の古代の考え方の特色である〈みあれ〉思想が深くかかわってくる。日本の神々の場合、祭り和《なご》められなければならない多くの〈祟り神〉の方は別として（これはたえずこの地上に頑張ってござらっしゃる）、共同体の〈守り神〉の方は、年ごとのまつりの季節にこの地上に訪れてくる。神は、毎度〈天降《くだ》る〉か、海のかなたから、〈寄り来る〉か、〈生《あ》れ来る〉形でくるのである。年々の祭の季節ごとに神は原初にたちもどって、共同体各自固有の他界である神の国から、初めてやってくる（益田「神道」『社会文化史』3所収、一九七三年）。神が降臨してくる〈始原〉が超時間的にくりかえされる祭の庭は、祭式が確保する超空間的な一種の他界であろう。『常陸国風土記』に、

高天《たかま》の原より降《くだ》り来し大神のみ名を、香島の天《あめ》の大神と称《い》ふ。天にては則《すなは》ち、日の香島の宮と号《なづ》け、地《つち》にては則ち、豊香島の宮と名づく。（香島郡）

という記述がある。もし、これを、香島の天の大神の宮居が高天が原にもあり、地上の常陸の国

にもある、と読み解くのではおそらく十分ではなかろう。記紀の神話は、高天が原の神々が個々の宮殿をもつイメージをいっさい含んでいない。のちに傍証として掲げるように「天の何某の宮」というのはみな実は地上にある。また、『風土記』のこのあたりの文章の流れから見ても「高天の原より降り来し大神のみ名を、香島の天の大神と称ふ」とまで記して、また立ちもどって、その神の天上のアドレスをいうのはおかしい。この大神の香島の宮居を「天」では「日の鹿島の宮」と呼び、地上では「豊香島の宮」と呼ぶと読むべきであろう。このひとつの宮居にふたつの名称があるということをわざわざ記載している点について、注釈書、たとえば『日本古典文学大系』は「高天原系即ち大和朝廷での称呼と、地方即ち常陸国での称呼とを指すか」と考えているが、そうではなくて、祭式の進行によって祭の庭で展開していく神々の世界の方からは「日の鹿島の宮」と呼ばれ、日常の呼び方では、「豊香島の宮」ということではあるまいか。「天にては」という「天」は物理的天空でなく、別の次元、祭式が作り出す信仰空間、神話世界としての「天」であろう。

よく知られているように、『古事記』の国譲り神話では、大国主の神は、国譲りの条件として「此の葦原の中つ国は、命《みこと》の随《まにま》に既に献《たてまつ》らむ。唯僕《あ》が住所《すみか》をば、天つ神の御《み》子の天津日継《ひつぎ》知らしめす登陀流《とだる》天《あめ》の御巣《みす》如《な》して、底津石根《いわ》に宮柱布斗斯里《ふとしり》、高天の原に氷木多迦斯里《ひぎたかしり》て治め賜はば、僕《あ》は百足《ももた》らず八十坰手《くまで》に隠《かく》りて侍《さもら》ひなむ」と求めている。「天つ神の御子」すなわち大和の天皇の宮殿が恭しくいうと「天の御巣」であり、その宮殿のように、この地上の岩盤に宮柱をドッカとすえ、氷木は高天が原にとどくほどに大きく建ててほしい、というのである。同じ建物について、『日本書紀』の「一書に曰はく」は、高皇産霊尊《たかみむすびのみこと》の方から「又汝《いまし》が住むべき天《あま》の日隅宮《ひすみのみや》は、今供造りまつらむこと、即ち千尋《ちひろ》の栲縄《たくなは》を以て、結ひて百八十紐《ももむすびあまりやそむすび》にせむ」と約束したことになっている。「この天の日隅宮」が、高天が原にあるから「天の……」と呼ばれたのではないことは、『出雲国風土記』に、

　楯縫《たてぬひ》と号《なづ》くる所以《ゆゑ》は、神魂命《かむむすびのみこと》、詔《の》りたまひしく「五十足《いそた》る天《あめ》の日栖《ひすみ》の宮の縦横の御量《みはかり》は、千尋《ちひろ》の栲縄《たくなは》持ちて、百《もも》結び結び、八重《やそ》結び結び下げて、此の天《あめ》の御量《みはかり》持ちて、天の下造らしし大神の宮を造り奉《まつ》れ」と詔《の》りたまひて、御《み》子、天の御鳥命《みとりのみこと》を楯部《べ》と為《し》て天下《あまくだ》し給ひき（楯縫郡）

とあることからもわかる。高天が原の神魂命が、自分の子天の御鳥命を「天の日栖の宮」を造るために天降らしめたというからには、それは地上の方にあったはずである。

現実には杵築の大社を指す、この地上の「天の日隅宮（天の日栖の宮）」が「天の……」と呼ばれるのは、どこまでも神々の側からの神話の中での呼び名としてであろう。常陸の鹿島神宮を「天にては」「日の鹿島の宮」と呼び、「地《つち》にては」「豊香島の宮」と呼ぶという二重の呼び方も、褻《け》の日常生活の中での常陸の国の人びとの呼び方と、晴れの祭の庭での神々の側からの呼び方が、聖俗微妙に使い分けられていたと考えられる。

鹿島神宮を日ごろの「豊香島の宮」という呼び方ではなくあらたまって「日の鹿島の宮」と呼ぶのが、祭式や神話的叙述の特色というふうに、聖俗の次元の違いが『風土記』を書いた人びとの念頭にもあったのであり、そのことは「天」は、俗の生活の中では物理的天上であったとしても、聖

の神祀りの場では、秘儀の中で実現される眼前の世界であった、という二重性――古代生活の構造をよく示している。

祭式が実現する聖なる世界と、神話の中の世界として語られる聖なる世界とは、俗なる空間からの〈あちら〉――他界であっても、遙かな距離を隔てた地としての〈あちら〉ではない。そして、その聖別された空間にも「祭式によって」ということと「神話によって」ということとでは、さらに微妙な違いがあろう。神話の中の世界は、神話的な発想と表現、すなわち神話のことばによって保証されて聖別されていくのであり、祭式の秘儀が終わるとともに消える聖なる空間に対して、ことばが形をもっているかぎり存在しうる聖なる空間だという違いがある。祭の秘儀を超えて生きつづけることの出来ることばの中の他界といえようか。

従来の人類学や民俗学での他界は、人びとが日常生活を営みつつ脳裏に刻み込んでいる山中の他界や海彼の他界を中心に考えられてきた。意識の中の世界であることはわかっていながら、固定的空間を中心に考えることが多く、流動可変の空間として他界を考えることは少なかった。しかし、神祀り、特に日本の神祀りの特性からすれば、神は祭の季節にやって来るのであり、祭式や神話は、やって来た神々の世界を実際に作り出すのである。むしろ、祭式や神話によって体験される神々の世界がもとになって、山中の他界や海彼の世界の観念が確立していって、日常の俗なる生活の時間にも、人びとの脳裏に厳然として生きつづけている、という構造になろう。こちらが卵であちらが鳥であって、固定空間としての神々の世界があって、流動可変空間としての神々の世界が成立しているのではない。祭る行為によって、神々の世界は意識の中の確固たる存在として、祭の季節を越えて存続するようになる。

神々の世界としての他界、天上や海のかなたの神々の在所は、実際には、祭が果てて出て行った神の居場所であって、聖なる祭の日々の神々の、俗なる日々にまで生き残る残像ということであろう。〈こちら〉にはもうおれない。だから、〈こちら〉でない〈あちら〉が考えはじめられる。そして、次には、〈あちら〉から来ると自分に言い聞かすようになる。そういう意識の倒錯過程を媒介にしなければ、固定空間としてのかなたの神々の世界よりも、流動可変空間としてのこちらの神々の世界の方が先だ、ということはわかりにくくなる。他界の原形は、むしろまず〈こちら〉、祭式と神話の中に成立する。

柳田国男の日本民俗学は、日本の農民にとって、農作業が終わると田の神は山へ帰りなさる神であることを発見した。〈田の神から山の神へ〉ともいわれ、その倒錯形で〈山の神から田の神へ〉ともいわれるが、「なぜ、田の神は山へ帰らねばならなかったかの問題が、いまここで考えようとしていることと大いにかかわっている。祭の季節が終わると神の居場所がなくなるのが、根本の問題点なのである。田の神は、収穫祭が終われば、稲の刈株しかないたんぼに居残りようもなく、村内に居残りようもなかった。祭に招かれて来る神、人間たちの世界に常駐していない神という日本の神の特性、日本民族の信仰形態が作り出した他界観念を、他の民族がそれぞれに育て上げた他界観念と比較するには、それ相当の手つづきがいるのではあるまいかと、わたしはひそかに考えている。

神話の中の他界

神話空間が、ことばで実現される神々の世界であり、ひとつの他界であること、しかも、祭式の中の他界とともに、もっとも原初的な他界であるということは、まだ公認された考え方ではない。わたしのひとりの他界観にすぎない。しかしそう考えるにせよしないにせよ、なぜ他界があるのか、という問いを避けて他界のことを考えていくわけにはいかない。死者たちの行く先としての他界の方をどう考えるか、その他界とこの神々のいる他界とが歴史的にどう交渉し合うと見るか。次には、二種類の他界の統一的展望も必要であろう。だが、いまは、逆方向のもうひとつの問題、神話が作り出している世界の内部構造ないし実情に眼を向けたい。

神話は神々の世界のことを語るのであり、人間の世界との交渉に及ぶ場合には、神々の世界の方から人間の世界を見る、その逆ではない、ということを前に述べたが、実際の記紀神話を見ていくと、たとえば、高天が原と葦原の中つ国の双方のことが語られている。その二つの世界の関係を、かりに、(一)高天が原を中心に、中つ国のことを物語る場合には、そこから中つ国を見る形で語られているか、あるいは、(二)地上世界の中つ国の方を基軸として、高天が原のことを物語る場合には、中つ国から見る視角で語られているか、というふうに、いずれにせよ一元的な視点があるだろうと探ってみると、実に多くの困難にぶつかる。よく知られているように、イザナキ・イザナミは高天が原からオノゴロ島に下ってきて、国生み・神生みをする。だから、イザナキ・イザナミ以後の主要なる神話の舞台は地上である。黄泉国《よもつ》から逃げ帰ってきたイザナキの禊《みそ》ぎに際して生まれたアマテラスは、当然地上に生まれた神であるが、この神だけがイザナキに「汝命《いましみこと》は、高天の原を知《し》らせ」と命じられて高天が原へ送り込まれる。
したがって、イザナミの生んだ神々は地上に残っていることになる。ところが、その辺がきわめて明確でない。イザナキ・イザナミが生んだ伊予之二名《いよのふたな》の島（四国）のひとつの顔が、阿波の国すなわちオオゲツヒメということになっており、島々を生みおえて神々を生みはじめると、「次に生める神の名は、鳥之石楠船《とりのいはくすぶねの》神、亦の名は天鳥船《あめのとりふね》と謂《い》ふ。次に大宜都比売《おほげつひめの》神を生みき」と、またオオゲツヒメを生んでいる。これは、いくつかの神話を集成する途中のケアレス・ミステークとしてもよいが、アマテラスの地上に残した弟スサノオが、後に高天が原に上って乱暴し追放された時、オオゲツヒメに食物を乞い、この女神が食物を鼻・口や尻から出して供したので、怒って斬り殺す話がある。出雲の国に下って来るまえのことである。四国の阿波の土地そのものであるオオゲツヒメならば、動けないから、当然スサノオは四国経由出雲に達したという話になるが、そうではなく直接、高天が原から出雲へ下っている。もうひとりのオオゲツヒメは地上にいたのだが、この神が、いつの間にかこっそり高天が原へ移住していたのであるらしい。

　地上の神々の高天が原移住といえば、そのオオゲツヒメといっしょに生まれた鳥之石楠船神（天鳥船）も、国譲りのところでは、アマテラスにタケミカズチノカミに随行するように命じられて、高天が原から中つ国へ出かけていく。いつか引っ越したことになっていたのであろう。その国譲り外交交渉団の正使タケミカズチは、イツノオハバリノカミの子で、当人が行くように命じられたが、息子と交替したのである。穿鑿《せんさく》しすぎるけれども、イツノオハバリは、イザナミが地上で神々を生んだ果てに、火の神カグツチを生んで陰焼かれて死んだ時に、男親イザナキが怒って火の神を斬りきざんだ、その刀のことである。「故《かれ》、斬りたまひし刀《たち》の名は、天之尾羽張《あめのをはばり》と謂《い》ひ、亦の名は伊都之尾羽張《いつのをはばり》と謂《い》ふ」とある。このイツノオハバリが、また高天が原にもとからいたようにいて、国譲り神話が展開する。このような矛盾を、まだいくつも指摘することはやさしい。

記紀神話の中で、もし高天が原を基準とすれば、地上の中つ国や死者の住む根の国は、ひとつの他界であり、それ自身他界である神話的世界に含まれている他界ということになろう。中つ国を基準にいえば、高天が原や根の国が第二次他界であろう。西郷信綱の『古事記の世界』は、この高天が原——中つ国——根の国の三段構造を、『古事記』神話の世界の基本構造として、神話的宇宙の構造的把握に眼を向けた近年の労作であるが、その三段の相互間のギグシャグの度合も同時に問題になることであろう。

記紀神話の、どれが神々が本来住んでいる世界と区別する必要もないほどの、三段構造を、日本の神話固有のものとみるか、「天」——地上、地上——死者のヨモツクニというような一本になりにくいものをその基盤に考えるべきかが、やはり問題になるように思う。神々は神々の世界「天《あめ》」に住み、他界としての人間世界と交渉するとか、この地上がそのままかつての神々の世界であったとするとかの、神話的世界の存在を考えることは、記紀神話の形に大和の王権が日本の神話を加工していく道筋を考えていく上では、どうしても必要となりそうである。さらに、神話と祭式の連関性から神話をとらえていこうとすると、聖別された祭の庭がそのまま「天」——神々の世界の具現とすれば、神話の物語る世界も、神々の世界だけを基本にして、そことひとつの他界である人間界のことが語られる構造がまず有力であった、という可能性もある。

神々も死ぬものと語られるとすれば、神々の世界と死せる神々の世界という構造が、人間の国と人間の死者の国という関係とは別の軸でとらえられていた可能性もあり、神（高天が原）――人間（中つ国・国つ神・人間）――死せる神・死せる人間という構造ではなかったかもしれない。死んだイザナキのいったヨモックニは、神話的世界の他界としてのヨモックニであり、生きている古代の人間たちが、死んだ人たちの行く先として考えたヨモックニとは異なる次元に属してはいないか、というようなことを考えると、天孫降臨・国譲りを主軸として全体をあのように強引にまとめた記紀神話が、どうしても必要として作り出した神話的世界の構造から、日本の神話の基本構造を探りあてていくコースは、再検討を要することになろう。

第四章　神々の愛——日本神話に見る

地上へ遣わされた神の孤独

神話が物語る神々たちの愛のありようを、人間界の人間同士のかかわりあい方の投影以外ではあるまい、としか考えていなかったことが以前わたくしにはあった。しかし、それは、神々の世界での神々同士の愛憎、異性間の恋愛を勝手に想像してのことで、幼時に読んだギリシャ神話のオリンパスの神々の物語あたりに触発されての、思いこみではなかったか、少なくとも日本の神話の実際に即しての考え方ではない、とある時気づいて、驚いたことがある。

日本の神話では、神々の国アメでの神々同士のまじわりについては、ほとんど考えてきていない。神話は、いつもアメとこの人間界ツチとのふたつの世界を前提として語られていくけれども、アメは、どこまでも、神がそこからきた遥かなあちらの世界でしかない。わたくしたちの民族が主として考えてきたのは、あのアメからこのツチに下ってきた神のことだった。イザナキとイザナミ、性を異にする神が揃って地上へ降りてきた、という話を例外として、いくらかの他の神を率いてきたにしても、地上にやってきた神は、孤独だった。やってきた他所者《よそもの》だった。概してそうである。神聖なあちらからきた神の人恋いは、高天《たかま》の原を追われ地上へ下ってきたスサノオノミコトが、

この時、箸《はし》その河より流れ下りき。ここに須佐之男命《すさのをのみこと》、人その河上にありとおもほして尋ね覓《もと》めて上り往きたまへば……（『古事記』）

と、流れてきた箸を見つけて、河下へ行かずに河上へ遡っていく、オロチ退治の物語の発端にもよく表わされている。また、葦原の中つ国を譲れ、という外交交渉に下ってきたアメノホヒノカミやアメノワカヒコが、使命を忘れて国つ神と馴れ親しみ、あるいはその娘と結婚して、歳月を経ても高天の原に復命に戻って来なかった、という物語の裏側には、裏切り以前の問題としての、他界のツチへ遣わされた神の孤独の想像が貼りついていよう。孤独にうち勝つことはむずかしい。

日本の神話では、アメでの神と神の愛や結婚が語られることはない。アメという聖なる他界から下ってきた孤独な天つ神の、国つ神の娘との結婚が語られる。〈異人の恋〉の物語というかたちをとる。高千穂の峯に天下ってきたホノニニギノミコトについて、こう物語られる。

ここに、天津日高日子番能邇邇芸能命《あまつひこひこほのににぎのみこと》、笠沙《かささき》の御前《みさき》に麗《うるは》しき美人《をとめ》に遇ひたまひき。ここに、「誰《た》が女《むすめ》ぞ」と問ひたまへば、答へ白《まを》ししく、「大山津見神《おおやまつみのかみ》の女、名は神阿多都比売《かむあたつひめ》、またの名は

木花之佐久夜毘売《このはなのさくやびめ》といふ」とまをしき。また、「汝《いまし》の兄弟《はらから》ありや」と問ひたまへば、「我が姉、石長比売《いはながひめ》あり」と答へ白しき。ここに詔《の》りたまひしく、「吾汝《あれいまし》に目合《まぐはひ》せむと欲《おも》ふはいかに」とのりたまへば、「僕《あ》は得白《えまを》さじ。僕《あ》が父大山津見《の》神ぞ白さむ」と答へ白しき。
かれ、その父大山津見《の》神に、乞ひに遣はしたまひし時、いたく歓喜《よろこ》びて、その姉石長比売を副《そ》へ、百取《ももとり》の机代《つくゑしろ》の物を持たしめて、奉り出だしき。（同前）

記紀では、「目合《まぐは》ひ」という語は、おたがいの顔をみつめ合い、いとしいと思う心を通じ合う段階と、ここのように結婚して交合することの意味との両様に用いられている。「目合せむと欲ふはいかに」「僕は得白さじ」と語り合うが、それ以前に、ホノニニギは娘に名を問い、コノハナノサクヤビメは、それに応じて自分の家柄も実名も告げている。相手の娘に名を問うという求婚に対し、名をあかすというのは、古代では、娘側の許諾の意志表明であるから、「まぐあひ」の第一段階はその意味ではすでに成立している。

神話の語り手によっては、そのホノニニギとコノハナノサクヤビメの最初の出会いを、詳しく劇的に物語ろうとすることもあって、

吾田《あた》の笠狭《かささ》の御碕《みさき》に到ります。遂に長屋の竹嶋《たかしま》に登ります。すなはちその地《ところ》を巡り覧《み》ませば、そこに人あり。名《なづ》けて事勝国勝長狭《ことかつくにかつながさ》といふ。天孫《あまみま》、よりて問ひて曰《のたま》はく、「こは誰《た》が国ぞ」とのたまふ。対《こた》へて曰《まう》さく、「こは長狭が住む国なり。しかれども今はすなはち天孫に奉上《たてまつ》る」とま

うす。

天孫、また問ひて曰《のたま》はく、「かつ秀起《さきた》つる浪穂《なみほ》の上に八尋殿《やひろどの》を起《た》てて、手玉《ただま》も玲瓏《もゆら》に織経《はたを》る少女《をとめ》は、これ誰が子女《むすめ》ぞ」とのたまふ。答へて曰《まう》さく、「大山祇神《おほやまつみのかみ》の女等《むすめたち》、大《あね》を磐長姫《いはながひめ》と号《い》ふ。少《をとと》を木花開耶姫《このはなさくやひめ》と号ふ。またの号は豊吾田津姫《とよあたつひめ》」とまうす。(『日本書紀』「一書に曰はく」〔第六〕条)

というふうに語り進めてもいる。

白波の砕ける上に建てられた殿という叙述を、海の上に突き出した建物とリアリズムで解くか、ことばどうりに「秀起《さきた》つる浪穂の上に八尋殿《やひろ》を起《た》てて」と神秘的にうけとめるかは、現代人の悩むところであっても、記紀の時代には、一義的に解釈を決する必要のない幻想的な語りかたにすぎないだろう。「手玉《ただま》も玲瓏《もゆら》に織経《はたを》る少女《をとめ》」——幾重もの手纏《たまき》の玉飾りの音をチリリチリリとさせながら、機織りしている乙女に心惹かれた、天下ってきた若者。

『古事記』の伝承の方では、コノハナノサクヤビメは、オオヤマツミノカミを明らかに父と呼んでいる。そのオオヤマツミという父神が姉妹をホノニニギに奉る。その土地まで貢進することは触れていない。ところが、『日本書紀』の本伝には、「汝《いまし》は誰《た》が子《むすめ》ぞ」「妾《やつこ》はこれ、天神《あまつかみ》の、大山祇神《の》を娶《ま》きて生ましめたる児なり」という問答がある。オオヤマツミを女の神と考えている。本伝では、コトカツクニカツナガサがホノニニギに国譲りをする叙述があって、つぎにホノニニギとコノハナノサクヤビメの問答になる。コトカツクニカツナガサを天つ神とは考えられないから、女神オオヤマツミを娶《ま》いた「天神」は別人物となろう。姉妹と吾田《あた》の国の主《ぬし》ナガサは親子ではありえない。同じ『日本書紀』でも、前に引いた「一書に曰はく」〔第六〕条には、天神の語が見えない。ナガサがオオヤマツミを娶《め》とって生ませた子とも受けとれる。在地の土豪神が領地を献じ、娘たちも貢進した、と一元的にうけとることも出来る。

『古事記』のように旅行くホノニニギが、美女を見つけて求婚する、純粋恋愛譚と、『日本書紀』の本伝や「一書に曰はく」〔第六〕のような、吾田の国譲りの物語と継起する婚姻の、政略結婚譚とは、ずいぶんな違いがあるように見えるが、それは現代のわたくしたちの現代的な受けとり方で、本来、神話としては、そう質的に違うことではあるまい。アメから来た神が、ツチの国々を巡っていくということが、自由な漫遊であるわけもなく、神が治めるべき土地を求めての旅であることは、いわば自明のことである。また、〈異国《こと》への妻覓《ま》ぎ〉は、オオクニヌシのヤチホコノカミの越《こし》のヌナカワヒメのところへ妻問いに出かける物語のように、征服戦争のもうひとつの顔ということ以外ではない。『古事記』はオオクニヌシの越の国行きを、妻問いといい、『出雲国風土記』は、「越の八口を平《ことむ》けむとして幸《いでま》しし時」（意宇郡条）という。

アメから下ってきた神の孤独な旅がもつ、治むべき土地を求めて、という隠れた政治性は、その神の在地の女性への求婚・結婚という場合にも変わりがない。神話では、個としての神の自由な行動を語りはしない。アメから下ってきて、地上の王権樹立者の始祖となるべき神の、旅と在地との結合のための結婚を物語る。そこに、神の愛の物語の性格の第一の特色がある。

地上へ来た神の愛による神性の欠損

ホノニニギノミコトは、醜い姉神のイワナガヒメを返して、美しい妹神コノハナノサクヤビメとだけ結婚したために、有限の寿命の持ち主となる。『古事記』は、姉妹の父神オオヤマツミにこう語らせている。

ここに、大山津見神《の》、石長比売を返したまひしに因りて、大《いた》く恥ぢて、白《まを》し送りて言ひしく、「我が女《むすめ》二《ふ》たり並べて立奉《たてまつ》りしゆえは、石長比売を使はさば、天つ神の御子《みこ》の命《いのち》は、雪零《ふ》り風吹くとも、恒《つね》に石《いは》の如くに、常《とき》はに堅《かき》はに動かずまさむ。また木花之佐久夜毘売を使はさば、木《こ》の花の栄ゆるがごと栄えまさむと誓《うけ》ひて貢進《たてま》つりき。かくて石長比売を返さしめて、独り木花之佐久夜毘売を留めたまひき。かれ、天つ神の御子の御寿《みいのち》は、木の花のあまひのみまさむ」といひき。かれ、ここをもちて、今に至るまで天皇命等《すめらみことたち》の御命《みいのち》長くまさざるなり。

これは、日本の神は死なないという考え方とかかわる問題であって、アメにある神は、アメノミナカヌシでも、タカミムスヒでも、アマテラスオオカミでも死ぬことはないが、ツチに下ってきた神の子は、有限の寿命を生きることになったいわれを、説明しているのである。姉妹神の父オオヤマツミが潜かに誓《うけ》いをして、娘たちをホノニニギに差し出した。それを知らなかったホノニニギは、美しい妹神にひかれ、醜い姉のイワナガヒメを返した。彼は、美しいコノハナノサクヤビメだけを愛したために、アメの親神たちから受けついでいたはずの、永遠の生命を喪った、というのである。

ホノニニギとコノハナノサクヤビメの間に生まれた子どもから、有限の寿命を生きるようになった、というのではなく、ホノニニギ自身がそういう変質をしてしまう。アメの神たちのもつ神性のひとつを欠損してしまった。呪術に対する考え方——誓いの絶大な効力を前提とした、こういう神話の語り進め方がここでなされる。偏愛のゆえに、コノハナノサクヤビメと結ばれえたものの、ホノニニギは大切な神性の重要部分を喪失した。いいかえれば、彼は、愛とひきかえに永遠の生命を喪い、有限の寿命を生きる存在となった。それは、ホノニニギひとりにかかわることではなくその子孫たち、地上の王権の主宰者たるべき血筋のものの宿命として受けつがれねばならない。こういう神話の設定は、実はおかしい。ホノニニギが国つ神オオヤマツミの誓いによって、永遠の生命を喪失するしないにかかわらず、日本の神話は、それ自身に普遍的な原理として、アメからツチへ下ってきた神はすべて無限の生命を持ちえなくなる、という約束に支配されている。イザナキもイザナミも、そしてスサノオも、みな死に出会う存在になっている。ことさらに、こういう出来事を設定して、天孫が有限の生命の持ち主でしかなくなった、という必要はない。

日本の神話の語り手たちが無意識に抱いていた、アメなる神の無限の生命と、ツチへ下った神の子の宿命としての生命の有限化という根本思考を忘れて、ことさらにことのはじまりとしての出来事を構想した矛盾は、愛によってかけがえのないものを喪わねばならなかった、という一点を物語りたかったこととかかわっていよう。愛によって、大いなるものを喪うという、愛の代償についての考えが、そこにうかがえる。

ツチの女神の愛のかたち

ホノニニギのコノハナノサクヤビメに対する態度を、わたくしが思わず〈偏愛〉とも言ってしまったのは、姉妹を奉ったオオヤマツミのこころざしを無作為的に受け入れればよかったものを、という見方からである。姉妹を一対にしてめとるという中国の古代のひとつの習俗を念頭においてだったか、据え膳食わぬは男の恥的な、わたくしの内部に横たわる通俗的観念のせいか、はたまた、色ごのみを古代帝王の徳とみる折口信夫理論に影響されたためか、自分でもよくわからない。正面から考えれば、それはホノニニギの〈純愛〉であって、〈偏愛〉などと選り好み視すべきものではあるまい。神話の理解に純愛という価値基準を持ち込むことの、近代人の傲慢からのためらいが、わたくしをそうさせているとすれば、それも問題だろう。美女を愛し、醜女を退けるのが、勝手であれどうであれ、それはそれでひたぶるな愛のかたちであり、それを認めるのが、実際のこの神話に即した見方ではなかろうか、と思い直してみる。

　かれ、その父大山津見《の》神に乞ひ遣はしたまひし時、大《いた》く歓喜《よろこ》びて、その姉石長比売を副へ、百取《ももとり》の机代《つくゑしろ》の物を持たしめて、奉り出だしき。かれ、ここにその姉はいと凶醜《みにく》きによりて、見畏《みかしこ》みて返し送りて、ただその弟《おと》木花之佐久夜毘売を留めて、一宿婚《ひとよまぐはひ》したまひき。（『古事記』）

誓《うけ》いの陥穽の存在に気づかず、〈純愛〉を貫いたホノニニギの錯誤に対して、地上の神の娘コノハナノサクヤビメは、いったい、それをどう受け入れ、対応しているか。

「一宿娘《ひとよまぐはひ》」を神性を持つ旅びとの行きずりの愛とするか、それ以上に神秘なアメから来た神の特別な国つ神の娘との交わり方として意味をもつものとみるか。これも見方の分かれるところであろうが、そのただ一夜のまぐわいが「一宿妊み《ひとよばら》」をもたらし、ホノニニギの女神に対する疑惑と、女神の必死の対応のしかたを生むところに、神話の新しい曲折、大きなやまが出てくる。

かれ、後《のち》に木花之佐久夜毘売参出《まゐで》て白ししく、「妾《あ》は妊身《はら》めるを、今産む時に臨《な》りぬ。この天つ神の御子は私《わたくし》に産むべからず。かれ、請《まを》す」とまをしき。

ここに詔《の》りたまひしく、「佐久夜毘売、一宿《ひとよ》にや妊《はら》める。これ我が子には非じ。必ず国つ神の子ならむ」とのりたまひき。ここに答へ白ししく、「吾が妊みし子、もし国つ神の子ならば、産むこと幸《さき》からじ。もし天つ神の御子ならば、幸からむ」とまをして、すなはち戸なき八尋殿《やひろどの》を作りて、その殿の内に入り、土をもちて塗り塞《ふた》ぎて、産む時にあたりて、火をその殿に著けて産みき。かれ、その火の盛りに焼《も》ゆる時に生める子の名は、火照命《ほでりのみこと》「こは隼人阿多君《あたのきみ》の祖《をや》。」つぎに生める子は、火須勢理《ほすせりの》命。つぎに生める子の御名は、火遠理《ほをりの》命。またの名は天津日高日子穂穂手見《あまつひこひこほほてみの》命。(同前)

一交して妊むということは、医学的にはありうることらしいが、神話のなかの男神はそれを信じない。奇蹟的な「一宿妊み」が、実は彼自身に内在する神性のあかしでもあるのだが、本人がそれを自覚しえていない。コノハナノサクヤビメの決死の誓いがここではじまる。戸が作りつけてない八導殿の四面を土で塗り固めて、そのなかに臨月の自分を閉じ籠め、出産の時がせまって、建物に火をつけた。内側から彼女の手で火をつけたのであろう。脱出不可能の室《むろ》造りの出口のない建物の、内側から燃えさかる火。

その物語のクライマックスを、熱情的に語り上げずにはおれない伝承者もいた。そちらの語り進め方では、御子たちは外で生まれたが、それを承認しない父親の神に抗議して、女神は嬰児たちを連れて閉じ籠り、火を放つ。

天孫《あめみま》、大山祇《の》神の女子《むすめ》吾田鹿葦津姫《あたかしつひめ》を幸《め》す。すなはち一夜《ひとよ》に有身《はら》みぬ。遂に四《よはしら》の子《みこ》を生む。かれ、吾田鹿葦津姫、子《みこ》を抱きて来進《きす》み曰《まう》さく、「天神《あまつかみ》の子《みこ》を、寧《いづくに》ぞ私《ひそか》に養《ひだ》しまつるべけむや。かれ、状《ありさま》を告《まう》して知聞《きこ》えしむ」とまうす。この時に、天孫、その子等《みこたち》を見して嘲《あざわら》ひて曰はく、「妍哉《あなにゑや》、吾《わ》が皇子《みこたち》、聞き喜《よ》くも生《あ》れませるかな」とのたまふ。かれ、吾田鹿葦津姫、すなはち慍《いか》りて曰《い》はく、「何為《なにす》れぞ妾《やつこ》を嘲《あざけ》りたまふや」といふ。天孫の曰《のたま》はく、「心に疑《うたがは》し。かれ、嘲る。何《いかに》とならば、また天神の子といふとも、豈能《あによ》く一夜の間《から》に、人をして有身《はら》ませむや。固《まこと》に吾が子に非じ」とのたまふ。

ここをもて、吾田鹿葦津姫、ますます恨みて、無戸室《うつむろ》を作りて、その内《なか》に入居《こも》りて誓《うけ》ひて曰《い》はく、「妾《わ》が妊める、もし天神《あまつかみ》の胤《みこ》にあらずは、必す亡《やけう》せよ。これもし天神の胤ならば、害《そこな》はること無けむ」といふ。すなはち火を放《つ》けて室《むろ》を焚《や》く。

その火の初め明《あか》る時、躡《ふ》み誥《たけ》びて出づる児《みこ》、みづから言《なの》りたまはく、「吾《われ》はこれ天神の子《みこ》。名は火明命《ほあかりのみこと》。吾が父《かぞ》、何処《いづこ》にかまします」とのたまふ。つぎに火の盛《さかり》なる時に、躡み誥びて出づる児、また言《なの》りたまはく、「吾はこれ天神の子。名を火進命《ほのすすみのみこと》。吾が父および兄《いろね》、何処にかまします」とのたまふ。つぎに火炎《ほのほ》の衰《しめ》る時に、躡み誥びて出づる児、また言《なの》りたまはく、「吾はこれ天神の子《みこ》。名は火折尊《ほのをりのみこと》。吾が父および兄等《いろねたち》、何処にかまします」とのたまふ。つぎに火熱《ほとほり》の避る時に、躡み誥びて出づる児、また言《なの》りたまはく、「吾はこれ天神の子。名は彦火火出見尊《ひこほほでみのみこと》。吾が父および兄等、何処にかまします」とのたまふ。

然《しか》して後《のち》に、母《いろは》吾田鹿葦津姫、火燼《ほたくひ》の中より出来《い》でて、就《ゆ》きて称《ことあげ》して曰《い》はく、「妾《わ》が生める児《みこ》および妾が身、自《おの》づからに火の難《わざはひ》に当《あ》へども少しも損《そこな》ふところなし。天孫、豈見《あにみそなは》しつや」といふ。対《こた》へて曰《のたま》はく、「我、本よりこれ吾が児《こ》なりと知りぬ。ただ一夜に有身《はら》めり。疑ふ者あらむと慮《おも》ひて、衆人《ひと》をして皆、これ吾が児、ならびにまた天神は能《よ》く一夜に有身《はら》ましむることを知らしめむと欲《おも》ふ。また汝霊《いましくしび》に異《あや》しき威《かしこさ》あり、子等《みこたち》また倫《ひと》に超《すぐ》れたる気《いき》あることを明さむと欲《おも》ふ。このゆゑに、前日《さきのひ》に嘲る辞《ことば》ありき」とのたまふ。（『日本書紀』第九段「一書に曰はく」〔第五〕条）

このひとつの異伝の最後のくだり、男神の「ためしただけだよ」という弁解は、その後も人間界の男たちのくりかえして使ってきた手口で、まことに賤しい。それはホノニニギの高邁な神性を示す語り方にはなりえないが、生まれてまもない四人の嬰児が、みずからの名を名乗りながら火焔のなかから燃えずに飛び出してくる、という語りくちは、神秘不可思議の表現として迫力がある。

御子たちの焔の中からの誕生は、『古事記』の地上へ来た神の子の物語としても、圧巻であるが、それはアメから来た神の第二世に、なおりっぱに神性の一部が伝わっていることを示すとともに、ホノニニギに対するコノハナノサクヤビメの必死の愛の証言でもあった。地上の国つ神の娘にすぎない彼女は、決死の誓いの行為によって自身も焼死しなかったが、それは誓いの成就によってである。彼女の誓いどうりになった。しかし、コノハナノサクヤビメは、この決死の誓いによって、自分の愛の正しさを立証しえて、その後、幸福でありえたのではない。前にもひいた、「かの秀起《さきた》つる浪穂の上に八尋殿《やひろどの》を起《た》てて、手玉《ただま》も玲瓏《もゆら》に織経《はたお》る少女《をとめ》」と彼女を叙述した、『日本書紀』「一書に曰はく」〔第六〕条の伝承者は、

母《いろは》の誓已《うけひすで》に験《いちしろ》し。まさに知りぬ、実《まこと》にこれ皇孫《すめみま》の胤《みこ》なりと。しかれども、豊吾田津姫、皇孫を恨みて与《あ》共言ひまつらず。

皇孫憂ひたまひて、すなはち歌《うたよみ》して曰《のたま》はく、

沖つ藻は　辺《へ》には寄れども　さ寝床《ねどこ》も　与はぬかもよ　浜つ千鳥よ

と語る。愛の試練に自分を燃やしきってしまったコノハナノサクヤビメを想像せざるをえなかったのだろう。『古事記』の本文のように、多くの神々の愛の物語の伝承者は、出来ごとの骨格しか語らない。しかし、その物語に接する人たちは、言外の物語のディテイルを想像せずにはおれなかった。肉付けされた愛の物語が、受け手たちの胸中には育っていた。細部のイメージが語られなくても、衝撃的な〈愛〉との出会いは、人びとによくわかっていたようである。

第五章　殺戮——神々と人間の共業

原始解体術

どだい、人間が闘争本能から解放されうるはずがない、と固く信じている人々は、地球上に何億いるのか。事と次第では、人間はやはり殺し合わねばならない——現に、この毎日毎日が食い合いの連続ではないか、という信念の持ち主は、ぼくの身辺に枚挙にいとまないほどいる。戦えば相手を倒す自信のある者だけが、そう信じているのではない。戦えば必ず負け、必ず滅びるであろう者も、またそう信じている。それは、自明のことがらのようであり、そう信じていない、というのは、一種うそをつくに近いほどである。季節の変り目ごとに疼く砲弾のかけらを、体内に食いこませている者さえもが、その思想を曲げることができないでいる。

戦争はごめんだ、と誰れもがいうことがたてまえであり、そして、誰れも人間の殺戮《りく》本能の潜在を固く信じて疑いえないでいる——第二次世界大戦後十八年間の日本人の思想状況がそうでなかったろうか。わたしたちは、あまりにも悠久な戦争の歴史を負っており、その終熄を信じるためのごくわずかの証拠しか所有しえていないのである。恐怖――一瞬の全世界の潰滅に対する恐怖だけしか、殺戮本能の確信と相剋するエネルギーとなりえない時代でもある。その恐怖の深さ。それだけは、原始以来ぼくらの祖先が体験しなかったものだ。

日本の原始・古代の社会では、戦争をめぐる恐怖も興奮も神々とかかわり合っていた。殺戮は神々と人間の共業であったようだ。人食いさえも、神聖な手続きを必要としたに違いない。日本人の祖先が人食い人種であったことを立証したのは、人類学者の鈴木尚である。かれは浦良治らと、一九三六年八月、渥美半島の渥美町伊川津貝塚を発掘し、縄文晩期の人骨を多数発見した。「これらを東京に持ち帰って整理していると、そのあるものに鋤や鍬のような農具では、でき得ないと思われる不思議な創があることに気がついた」(同氏『骨』一九六〇年)。それらの骨は、整然と一体分が埋葬されていたのではなく、骨の配列が乱れており、ある右の上腕骨は三片に折れて、その中央部が見当たらず、下部の骨片には、肘《ひじ》の関節のすぐ上の部分に、ほとんど骨を一周するように、約二センチメートル幅に、十数条のこまかい鋭利なきずが走っていた。きずの断面を検眼鏡でみると、楔形だという。同一人体の同じ右側の鎖骨、肩胛《こう》骨でも、同様な現象がみられた。鈴木氏は、この不可解な現象に二方向から研究を進めた。ひとつは、同じ貝塚を以前に発掘した小金井良精の発見にかかる右鎖骨との比較で、この結果、両者寸分ちがわぬ場所に同じ性質のきずがあることがわかった。さらに、同じ貝塚の猪や鹿の骨と比較して、やはり同様なきずがみつかったのである。原始人の食用獣解体の技術が、人間の〈解き方〉と共通しており、かならず一定の順序で人体は解かれていったらしい。その後、類似例がいくつか見つかり、かつてモースが大森貝塚における日本最初の考古学遺跡の発掘時に主張し、その後疑われつづけてきた、日本の原始時代人の人食いの風習は、認められることになったわけである。

ところで、鈴木尚の研究は、さらにこまごましいところまで延長されている。この、最初に問題にした食われた人間の骨の下顎に、歯が全部揃っている、というのである。かれは成人なのに。それは、伊川津貝塚の一般の埋葬人骨とは違う。抜歯の慣習を持っていないのだ。貝塚には、食われた人間と食った人間の双方の骨格が埋まっている。抜歯を行わない別の部族の人間が食われたのではないか、とかれは考える。考古学者江坂輝弥は、この抜歯は成年式に行われたもので、縄文後期以後にみられる一般的慣習だ、という（同氏『先史時代Ⅱ——縄文文化——』〔考古学ノート〕一九五七年）。とすれば、このわりにモダンな風習に染まらないでいる部族の方が、伊川津では食われたのだ。ところで、食った方の側の人間の中には、異様な人物が三人まじっている。門歯に一条あるいは二条の溝を磨り込み、叉状研歯にしているのである。「しかも、それらには、耳飾・首飾・腕環・足環をつけていたが、叉状研歯が、或る特殊な階級、または職業を示しているだろう、との従来の考え方からしても、これらの着装品は、やはり、ある特別な階級・職業の人びとの象徴であったようで、一般の人びとは、身に何も着けていなかったようである」（鈴木尚『日本人の骨』一九六三年）。もっと具体的にいえば、他の四十体以上がなんら装飾具を伴わなかったのに、この中のひとりの人物の頭蓋骨の左右の外耳孔付近からは猿の橈骨製の朱塗の耳栓が発見され、左右の下腿骨の足関節に近い所に猪の牙で作った足環が発見された。この叉状研歯人は三体合葬されており、もうひとりも、右の前膊骨に猪の牙の腕輪をはめていたのだ（江坂氏前掲書。これは鈴木氏「叉状犬歯の新資料とその埋葬状態に就いて」『人類学雑誌』五五の一一に基くもの）。この特異な人物たちが、食人にあたって何をしたか、にわかにはわからないが、その特権的地位がこの村落の呪術的祭儀と関係がなかったとは、原始社会一般の状況からみて想像できない。

原始社会の食人は、単なる食用の目的ではなかったらしい。捕われた、慣習を異にする社会の人間は、自分を食おうとする者たちの祭儀の熱狂の中で、死を待つ自覚にめざめていたろうか。それとも、しだいにその熱狂に感染しつつ自失の境に達するのだろうか。

神人共闘の限界

古代の文献に記載された殺戮の伝承は、こういう縄文文化時代の事実に比べて、はるかに新しい時代の社会とかかわりあいながら、生まれてきたものに違いない。それなのに、その中に、間々《まま》、意外に遠い昔の戦争のおもかげを秘めているものがある。あれはどうしたことなのか。

『豊後国風土記』には、次のような伝承の記載がある。「むかし、纏向《まきむく》の日代《ひしろ》の宮にあめのしたしろしめしし天皇《すめらみこと》（景行）、球覃《くたみ》の行宮《かりみや》にいましき。すなはち、鼠の石窟《いはや》の土蜘蛛《つちくも》を誅《つみな》はむとおもほして、群臣《おみたち》に詔《みことのり》して、つばきの樹を伐りとりて、椎《つち》を作りて兵器《つはもの》となし、すなはち、猛きいくさをえらみて、兵器の椎を授けて、山を穿ち、草を靡け、土蜘蛛を襲ひて、ことごとに誅ひ殺したまひき。流るる血は、踝《つぶなき》を没《い》れき。その椎を作りしところは海石榴市《つばいち》といひ、また、血を流ししところは血田といふ」（大野郡。「景行記」もほぼ同文）。椿の木で作った椎が兵器として威力を発揮した、というのである。椎で戦う戦闘――それは、近接戦の様相として、刀剣や矛で戦うものよりも、いっそう原始的な感じがする。

　このような椎で行った戦争については、やはり鈴木氏が、渥美町保美貝塚の縄文晩期の戦死者について、次のような例を示している。二個の長い楕円形の孔が頭頂骨の後部と後頭骨の上部にぽっかりあいている頭骸骨の存在である（『骨』）。氏は、その孔を調査し、大型磨製石斧による打撃の結果であることを証明した。一方の孔は強烈な打力の結果、大きな破損を生じており、もう一方は、やや弱い打力の結果生じたものらしい。後方から襲撃し、おそらく木製の柄のついた石斧で強打したものであろう。だから、石の椎の武器としての効力は、原始人の強い臂力とあいまって、疑うことができない。が、『風土記』の伝承が伝える椿の木で作った椎は、この石の椎同様な効力は持ちえないのではないだろうか。それにもかかわらず、伝承は椿の木の椎の他にまさる絶大な威力を説く。とすれば、これは〈椿〉の持つ神聖な力に帰するほかない物の考え方である。神の椎を振るう者たちは、流れる敵の血にくるぶしを没して善戦しえた、と古代の人々は伝承を信じていたらしい。

　アイヌのユーカラでは、主人公が敵と戦う時、その〈守り神〉も頭上で雷鳴を発して戦う。「思いもかけ／ないこと／だったが／わが大事の大刀の／鍔の元が／ぽきんと折れた、／ただ刀の柄だけを／われ手にもって／烈しい怒りに／われを振りおこし／カムイカラサパをば／にぎりこぶしの手を／われ振りかざし／やってやって／あたまのてっぺんに／衝き刺さっている／ひとつかみほどの髪の毛を／われひっつかみ／腰骨の力／腕の力／われしぼって／巨大なものを／太い立ち樹へ／われ撃ちつける音／わが手の先に／どうどうと鳴る、／それとともに／岩のかけくずれる音／石の崩壊する音／わが憑き神の／数々の強き音／数多の強き音／わがはるか頭上につき／数多の捲き風

／数々の捲き風／相吹きおろし／林を打つ風／しゅうしゅうと鳴り」（「KAMUIKARSAPA KAMUIKARTUMAM」金田一京助訳注『ユーカラ集Ⅲ』一九六三年）というふうに、人は空中の神とともに戦う。古いやまとでも、人々は守り神とともに、守り神に助けられて戦っている。ただ悪いことに、後世の史官が、これら、原始・古代人とともに行動した神々の伝承を、人間の伝承と分離し、歴史的に、まず神々の時代があり、次に人間の時代があった、としたため、そのへんがやや不分明になっている。そのことは別の機会に論証するとしても、地上で人々が戦争に従事している時、神々もまた戦争に従事していたことを示すのは、「神武紀」である。——『書紀』編纂の史官らのさかしら心は、その神・人の間を〈夢〉でつなぐ。神代のアマテラスオオカミやタケミカズチノカミが、神武、すなわちカムヤマトイワレヒコと同じに活躍しては、かれらの歴史の時代区分が混乱するからであろう。しかし、どうも、もとの伝承の形では、神武を守るのがこれらの神々であり、神・人は同じ時代を生きていたのらしい。（だから、記・紀は、神代の巻を上欄に、人皇の巻を下欄において、同時に読み進めると、古い伝承の姿がよみがえりはじめる。）それはともかく、大和侵入にあたって、神武らの軍が熊野で苦戦している時、その地の住人、クマノノタカクラジという男が〈夢〉をみた、と「神武紀」はいう。〈夢〉の中で、アマテラスオオカミがタケミカズチに救援を命じ、タケミカズチは宝剣を地上に下す。男がめざめると、剣は実際に男の家の倉に落下して、突き立っている。その頃、毒気にあたって倒れ伏していた神武の軍は、剣をえてふるい起つ。後、軍がまた山中で彷徨していると、神武は〈夢〉をみるのである。アマテラスが烏《からす》を送って先導してやるというのだ。めざめると、果たして、烏が空から舞い下りてくる。神武らは、烏の導きで窮地を脱した。熊野に烏を神とあがめて食物を供える信仰があり、それが全国各地に残存する〈烏喰《とりは》みの神事〉と共通性を持っていることは、よく知られている。（ヤタガラスが、本来神武たちの守り神であったのか、熊野の豪族の守り神で、かれの協力参加によって、神武を守りはじめたのかは、わからないが。）「神武紀」の烏は、単に山中の先導役を勤めるだけではなく、神武がやまとの磯城《しき》地方に侵入し、兄《え》磯城・弟《おと》磯城を攻撃する際にも、まず飛んでいき「天《あめ》の神の子《みこ》、汝《いまし》を召す。イサワ、イサワ。」と鳴く。兄磯城は立腹して矢を放ち、弟磯城は、「臣、天圧神《あめのおす》至りますと聞《うけたまは》りて、旦夕《あしたゆうべ》に畏懼《おぢかしこ》まる。善きかも、烏。汝がかくなく。」と葉盤八枚《ひらてやひら》に食物を盛って供え、烏の導きで、神武に帰順する。このヤタガラスに食物を供えるのは、後世の〈烏喰みの神事〉と共通し、烏が軍使であるというのは、神代の巻の国譲りの話の中の、高天が原から出雲へ出かけていく雉《きじ》の伝承と似通っている。また、神武が兄磯城を滅し、長髄彦《ながすねひこ》に迫るくだりになると、「金色《こがね》の霊鵄《あやしきとび》」が来援し、そのかがやきは「流電《いなづま》」のようであった、というのだ。編纂官たちは、烏だけではありがたみがないので、「霊鵄」をかつぎ出したのだろうか。それにしても、〈烏《とり》〉が自身神秘な神であり、また上級の神の使者であることは重要である。伝承の神武は〈烏〉とともに戦ったのである。

神話的世界の人々は、神々とともに戦った。そして、かれらは神とともに戦いえた時に勝利をおさめたが、その神とともにする殺戮が、戦術的勝利であっても、戦略的勝利とはやや違うことを知っていたらしい。伝承の中では、戦闘の勝利と戦略の勝利は区別されており、後者は常に根本的な重要事として扱われる。しかも、それは常に、殺戮ではなく、呪的知謀にかかわっている。ヤタガラスが兄磯城・弟磯城を訪れるよりも前の段階で、神武は、兄磯城を討つに先立ち、変装の密使を派遺し、敵の神聖地アメノカグヤマの頂上の土を盗んでくることに成功し、それで土器を作って〈のろいごと〉をしたのだ。神武は、その敵の山の埴土《はにつち》を水なしで練り上げるという〈誓《うけ》い〉をし、水なしで土器を作る。ついで、「大小の魚《いを》、酔ひ流れよ」と〈誓い〉して、その土器を川に沈め、それにも成功し、いよいよその土器を〈厳瓮《いつべ》（祭祀用土器）〉として、祭りをはじめる。その祭りの庭では、火は「イツノカクチツ」（「チ」は神格の男性）、水は「イツノミズハノメ」――みな男女の神々の名で呼ばれ、〈厳瓮〉に盛った食物は「イツノウカノメ」の神、薪は「イツノヤマツチ」、草は「イツノヌ（ノ）ッチ」と呼ばれた。道臣命《みちのおみのみこと》に斎主を命じて「厳媛《いつひめ》」とした。男性が女性としてでなければ、司祭者たりえないところは注目すべきだろう。神武はその「厳瓮」の食物を「なめたまひて（少量食べて）」出陣していったのだ。それが、以下の戦闘の勝利を導き出したごとく語られている。その後も、「神武紀」では、この〈土《はに》盗み〉の戦略的手段がくりかえし使用されていく。日本の神話的世界の守護神たちは、このような戦略的策謀の成功の保障においてしか、奮戦しえないもののようである。かれらの神通力は、そういう次元の異るものに制約されている。

　地球上において、最後に神々とともに戦った文明国民――二十世紀前半の終りの時期に、神々に守られて戦いつつあると意識するたてまえのもとで、最初の原子爆弾被爆を体験した、ぼくら日本国民には、この点、忘れえない思い出がある。どんなにこいねがっても、戦略的敗北の前には、決して守護神は〈天佑神助〉をくださない。それは、原始・古代人のよく知っていたことで、戦略的呪的儀礼の成功の勝機に乗じてのみ、神は人々とともに戦ったのである。戦略的敗運の下では、神に見放され、神と無縁にならざるをえなかった。

神に見放されたのろい死《じに》

わが国の近代では、「戦友《とも》は野末の石の下」の体験がふんだんにありながら、その意識の深化発展が見られなかった。廃兵の嘆きが思想化されていって平和の切望とならず、戦争体験を平和運動のてことしようとした〈戦中派〉が、「きけ、わだつみのこえ！」と叫び、自己を〈廃兵〉と規定し、〈生ける亡霊〉と規定しえなかったところに、ぼくらの時代の問題がある。

神武たちの東征軍は、はじめ大阪湾側からやまとへ侵入しようとしたが、一敗地にまみれた。神武の兄イツセノミコトは流れ矢を負い、「われはこれ日の神の子孫《うみのみこ》にして、日に向かいて虜《あだ》を征《う》つは、これ天《あめ》の道に逆《さか》れり」と戦略的誤謬に気づき、前にのべた熊野路進攻に転じるのである。が、かれはこの誤謬により神に見放されている以上、死の運命しかなく、新しい戦争は、後につづく神武たちに任されたのである。イツセの傷は痛む。かれは剣を握りしめ、「うれたきかや、ますらをにして、いやしきやつこの傷《て》をおひて報いずしてやみなむ。」と絶叫して死んだ。傷から流れ出した血は茅渟《ちぬ》の海（紀伊水道）となり、遂に紀伊の竈《かま》山まできてたおれたのである。伝承世界では、主人公たちの死に臨んでの苦悶は永く、伊吹の山神に負けたヤマトタケルの伝承のように、死を前にしての長い望郷の嘆きが伝説の芸術的価値をささえている。なぜ、かれらは死に瀕して永く悶えるか。それが伝承の一様式とまでなるには、数多くの死が、死にきれない苦悶の果てにあったことを媒介にして考えていくべき、体験の歴史があったろう。鈴木尚は、前述の伊川津貝塚で、石鏃を埋めて骨格の増殖のみられる前腕の尺骨みつけた（『骨』）。歴史学者内藤晃は、浜松市蜆《しじみ》塚の縄文後期遺跡発掘の際（一九五五年）、石鏃の突きささった猪の左坐骨を発見し、その猪が矢を負って生きつづけたことを立証しつつ、原始人の弓勢《ゆんぜい》の強さと石製武器の非力さの相関関係の中で、微妙に縄文後期の生産力の限界を、捕えようとした（『蜆塚遺跡第一次発掘調査報告書』一九五七年）。矢を負って生きのびたこれらの縄文時代の人獣の連続線上に、矢を負って永い苦悶の果てに死ぬる者たちの苦悩を想像することができる。神話の世界——おそらくすでに鉄鏃の出現している時代においても、事情は相当似通っていたろう。イッセの絶叫——『書紀』は、つづいて、熊野灘でしけに逢い、「あ、わがみおやは、すなはち天つ神、母《いろは》は、すなはち海《わたつみ》の神なり。いかにぞ、われを陸《くが》に厄《たしな》め、また、われを海に厄むや。」とのろい、剣を抜いて海に入って、「鋤持神《さひもちのかみ》（ワニ）」となった、その弟イナヒノミコト、「わが母《いろは》および姨《をば》はならびにこれ海の神なり。いかにぞ、波瀾《なみ》をおこし、以て溺らすや。」と恨み、浪の穂を踏んで常世《とこよ》の国へいった。同じ弟のミケイリヌ、と神に見放された者たちののろい死《じに》を語り伝えて、神武の伝承におよぶのである。神話の戦争は、血の海を作るもの、剣を捧げてワニと化する敗者の、のろい、のろいの蓄積をこばまなかった。

そこには、奈良平安期の怨霊思想や、柳田国男が大戦末期に戦死者の霊に言及しながら『先祖の話』で論じた〈七生報国〉思想の淵源——あの世に去らない死に方——「この国の国土を離れ去って、遠く渡って行かうという蓬萊の島を、まだわれわれはよそにもって居なかった」時代の思想と、あわせ考えてみるべき古い戦争敗北者の死についての思想があり、ひとつの〈戦争の思想〉以前の戦争の思想が横たわっている。

〈常軌を超えた熱愛者〉像の創出

ことは、もっぱらわたくしというう、つ、け者の性格にかかわることかもしれないが、十数年前、『肥前国風土記』の松浦郡のあたりを読んでいて、大伴狭手彦《おおとものさでひこ》の朝鮮渡海を見送ろうとして、人びとが浦べに群れ集まっているその時、ひとりの女とその後を追う供の者だけが、反対方向に山の方へ走っていき、高い褶振《ひれふり》の峯の山径を息を切らしながら馳け登っていくイメージが、はじめて脳裏に浮かんできて、愕然としたことがある。それまでのわたくしの読み方では、女は人びとの群れの中で見送っていて、やがて、あの山頂をめざしたのだった。

出帆までの日々、司令官狭手彦と深い契りを交わしてきた、弟日姫子《おとひひめこ》という女性の奇矯な単独行動に気づいて、愕然としたのであり、十代の青二才のころから何十年間もこの作品に接してきていて、ただの一度も、そういうふうに海とは逆方向へ疾走する女の像を思い浮かべて来なかった、自分をふりかえって、愕然としたのでもあった。いまは鏡山と呼んでいる、『風土記』の褶振の峯が、海岸からは相当隔ったところにあり、平地から直かに二八四メートルも立ち上った山であることも、ずっと以前から知っていた。

『風土記』の記載はこうである。

鏡の渡郡《わたりこほり》の北にあり。昔者《むかし》、檜隈《ひのくま》の廬入《いほいりの》宮に御宇《あめのしたしろ》しめしし武小広国押楯天皇《たけをひろくにおしたてのすめらみこと》（宣化天皇）の世、大伴《の》狭手彦連《のむらじ》を遣りて、任那《みまなの》国を鎮め、兼《また》、百済《くだらの》国を救はしめたまひき。命《みこと》を奉《うけたまは》りて、到《まか》り来て、此の村に至り、即ち、篠原村《の》篠は志弩《しの》と謂《い》ふ。の弟日姫子を娉《つまど》ひて、婚《まぐはひ》を成《な》しき、日下部君《くさかべの》等が祖《おや》なり。容貌美麗《かほきらきら》しく、特《こと》に人間《ひとのよ》に絶《すぐ》れたり。分別《わか》るる日、鏡を取りて婦《をみな》に与《おく》りき。婦《をみな》、悲しみ涕《な》きつつ栗川を渡るに、与られし鏡の緒《を》絶えて川に沈みき。因《よ》りて鏡の渡と名つく。

褶振峯《ひれふりのみね》郡の東にあり。烽《とぶひ》の処の名を褶振《の》峰といふ。大伴狭手彦連、発船《ふなだち》して任那に渡りし時、弟日姫子、此《ここ》に登りて、褶を用《も》ちて振り招《を》きき。因りて褶振《の》峯と名づく。然《しか》して、弟日姫子、狭手彦連と相分れて五日を経し後、人あり、夜毎《よごと》に来て、婦《をみな》と共に寝《い》ね、暁《あかとき》に至《な》れば早く帰りぬ。容止形貌《かほかたち》は狭手彦に似たりき。婦、其《そ》を怪《あや》しと抱《おも》ひて、忍黙《もだ》えあらず、窃《ひそか》に続麻《うみを》を用ちて其の人の襴《きぬのすそ》に繋《か》け、麻の随《まにま》に尋《と》め往《ゆ》きしに、此の峯の頭《ほとり》の沼の辺《へ》に到りて、寝《いね》たる蛇《へみ》あり、身は人にして沼の底に沈み、頭《かしら》は蛇にして沼の唇《きし》に臥《ふ》せりき。忽ち人と化為《な》りて、即ち語りていひしく、

篠原の　弟姫の子ぞ　さ一夜《ひとよ》も　率寝《ゐね》てむ時《しだ》や　家にくださむ

時に、弟日姫子の従女《とものめ》、走りて親族《かぞいろ》に告げしかば、親族、衆《もろびと》を発《いだ》して昇りて看るに、蛇と弟

日姫子と、並《ならび》に亡《う》せて存《あ》らず。其の沼の底を見るに、但《ただ》、人の屍《かばね》のみあり。各《おのもおのも》、弟日女子《（ママ）》の骨《かばね》なりと謂ひて、即《やが》て、此の峯の南に就《つ》きて、墓を造りて治《おさ》め置きき。其の墓は見《いま》に在り。（松浦郡）

この地の伝承を育て伝えてきた人びとは、渡海船が、山の前面の虹の松原の砂浜にではなく、さらに遠い、おそらくは松浦川の河口あたりの港に停船したはずだということも、はじめ他の人びとといっしょに海岸で見送っていて、だんだん沖へ船が遠ざかるころ、突如発作的に、山登りをはじめたのでは、間に合うまい、船上からは確認できないほど隔たっていくだろうことも、認識していただろう。また、あらかじめ弟日姫子が狭手彦に知らせておかなければ、沖へ出てしまった船上からでは、山頂の草の中で振られる褶には気づきにくいことも、よくわかっていただろう。高いところから、他の人たちよりもずっと長い間船を見送っていたい、という愛に溺れきった女性の奇矯な創意と、激情にかりたてられての実行は、計画的に実践されてこそ功を奏する。海を見る人びとに背いて逆走し、女の身で高い山を恐れもせず単独で攀《よ》じ登り、水平線のかなたに船影が見えなくなるまで褶を振りつづけた、その日の弟日姫子を伝承者たちは周到に組み立てて語っている。わたくしがそれに気づかなかっただけだった。鏡山の山容、その付近の唐津市の地理など、以前に何度か訪れた時のことを思いめぐらしながら、その時は読んでいたのが、わたくしの思考を昔の土地の人たちの想像に近づけたのかもしれない。

そして、史実としての六世紀半ばの大伴狭手彦の実際の渡海から、八世紀後半の現存『肥前国風土記』（わたくしも、それは、仙覚の『万葉集註釈』が引く、乙類の『肥前国風土記』よりも後に成立したものだ、と考えているが）までの歳月の間に、現地の人たちが、その激情の女のその後の身の上の想像を付け加えていることを考えると、いっそうそのことはどうでもよいことではないように思う。土地の人たちは、山頂で、狭手彦への思慕に溺れて、いつまでも褶を振る美女の激しい見送りのふるまいを、草葉の陰からか、眼を凝らして見つづけていた魔性のものがあったとさえ、自分たちの想像を延長し、展開させた。

「此の峯の頭《ほとり》の沼」を、鏡山の山頂にあったとするか、山麓の『和名抄』の大沼郷にあった沼とするか、「頭」の意味の許容範囲で解釈は揺れているが（わたくしは、後者に傾いている）、その沼の主である大蛇に魅入《みい》られて、弟日姫子が落命するまでの後日譚には、後世では三輪山説話と呼ぶ人獣通婚譚がはめこまれている。しかし、表面化してことばであらわされていないけれども、この説話のパターン一般とやや異なる、土地の人たちの思考が働いていたように考えられる。「然して、弟日姫子、狭手彦連と相分れて五日を経し後、人あり、夜毎《ごと》に来て、婦《をみな》と共に寝《い》ね、暁《あかとき》に至《な》れば早く帰りぬ。容止形貌《かほかたち》は狭手彦に似たりき」と語り進め、大蛇がいまは玄界灘航行中の狭手彦に化けて通って来はじめ、女が簡単にだまされたいきさつを疑おうとしていない。格別にことわらなくても、そういう説話の筋の展開がごく自然に受け入れられるような事情があり、土地の語り手たちは、それに同調していたのらしい。一般に外洋へ乗り出す船は、港の風師《かざし》（日和見師《ひよりみ》）の判断を重んじて出帆するが、望む風向が何日もつづくはずという見極めが当らず、出ていってから風向きが変って、数日はだめだとわかったとき、その逆風に乗って舞いもどってきて、つぎの好風を待つ柔軟性を多分に持っていた。帆走の時代、偽者の狭手彦がひょっこり弟日姫子の寝屋《ねや》に現われて、沖の風の釈明さえすれば、歓迎されたであろう。そういう沿海地帯の社会背景は、在地の語り手たちの問では、なくもがなの説明、当然事であったろう。現代人の受けとり方とのギャップが、そのへんにある。

ところが、戻ってきた狭手彦は、風向と関係なく一向に船出しようとしないし、どこやらの島陰で待機しているという船団の噂も伝わって来ない。夜ごとの出会いも、なんとなく以前のその人と違うふしぶしが感じられる。

そういう語られざる自明の暗黙部分があって、弟日姫子は不審を抱き、男の着物の裾にこっそり針を刺し、夜が明けて、針に通しておいた麻《お》をたどっていくと、魔性のものは、その本国ではみな人間と同じ姿だが、人の眼にふれるところでは動物のかたちをとっている、という当時の通念に沿って、大蛇の寝姿が、沼の水中の下半身と陸上に出ている上半身とで違っていたなどと、普通の三輪山説話では必ずしも語られない、リアルな叙述を持ち出している。

この話は、肥前の一地域の伝説にすぎないが、その伝承者たちは、人びとから離れた高い山頂で心ゆくまで狭手彦を見送った、狂気に近い弟日姫子の思いの深さに感動し、山に「褶振峯」と命名するほどの関心を寄せると同時に、それほどの女の激情の行く末を、そのままではすむまいとも想像したのだ。常軌を超えた奔放な女への共感と、その愛のなりゆきに寄せる不安とが、過激さが魔を呼び、魅入られて身を亡すことになった結末を、後日譚として想像させたのであろう。

口頭伝承をふまえた『風土記』の叙述を、それをささえている古代の風土に戻して、あるがままに読めば、七世紀かもしれない、八世紀かもしれない、一地方の人びとの新しい独特の人間像の創造のあとが浮かび上る。破滅に通じる、狂気のような愛の激情に身をゆだねた女性像の想像だ。これが、七世紀から八世紀へかけての人びとの内部世界からの産物なのだが、わたくしは、実に長い間、それに気づくことができなかった。わたくしには、日本の〈古代〉のなかみが碌にわかっていなかったのだ。

神話的想像力の日本的特色

いまのわたくしは、文学とはことばによる想像力表現の営みであって、音による想像力表現の営みとしての音楽や、色と形による想像力表現の営みとしての美術と、仕事を分かち担っていくものだ、という至極あたりまえすぎるかもしれない考えを、研究の起点にしている。そして、日本人のことばによる想像力表現のありかたを、時代を追って歴史的に通観できるようにすることが、当面の仕事ではないか、それを推し進めていけば、従来の固定観念化した日本文学像が一新できるかもしれない、と考えている。想像力の歴史的流動と、個々の作者のオリジナルな表現の探索のあとを追えば、〈想像〉というものの限りないダイナミズムが甦ってくるように思えるからである。人びとが変哲のないものの代表として、しばしば嘲笑の的とする〈国文学者〉のひとりとして、変哲のない文献捜索と解読と考証をくりかえしながら、それらを想像力の知られざる遺産の発掘に収斂《しゅうれん》していこうとしていることは、必ずしもやりがいのない仕事とは思わない。人びとの〈国文学〉を見るレンズの方が曇っているかもしれない。

自分が明確な意識を持ちえないままにやっていた若い時代もあったが、ふりかえってみると、日本の想像力探索というルートから、たいしてそれてはいなかったようにも思える。日本の神話的想像力の解明ということにも、ずいぶん長い間携わっていたが、他民族の神話との形態や内容の類同を指摘し、並べたてていく神話学や文化人類学の方法は、わたくしに全く新しい視界をひらいてはくれなかった。呪術的信仰や思考にとらわれながら、そのなかですさまじい想像力をもってもがきぬく、日本の神話創造の諸段階の遺産の分析・解明は、文学以前の歴史の研究とはいえ、しばしば脳天に痛棒をくれて、眼前が別様に見えてくる思いを体験した。神話というものは、みな似たようなものか。日本の神話を生み出した想像力とそのことばとしての表現の仕方には、オリジナルなものはないのか。わたくしの〈国文学〉が、日本の神話的想像力の議論から始まるのは、そのこととかかわっている。三十年ほど前のある日まで、『古事記』冒頭の天地開闢《かいびやく》の葦牙《あしかび》（角ぐむ葦の芽）の神や杭《くい》の神の神名の羅列的列挙が、面妖極まるものとしか読めないでいた。それが静岡の登呂《とろ》の弥生遺跡の長い杉の板や割り杭の列や、鹿島神社の一三年に一度の大祭のとき、神官が供奉《ぐぶ》船を遠く退けて、常陸利根川の水中に立てた神のよりしろの斎杭《いぐい》の前に神船を漕ぎ寄せて行なう秘儀（実際にそれを見ることができるのは、ずっと後年だったが）を知り、杭に対する考えが一変したあたりから、解読できそうなものに変じた。

次に国稚《わか》く浮ける脂《あぶら》のごとくして、海月《くらげ》なす漂へるとき、葦牙《あしかび》のごとく萌《も》えあがるものにより て成りませる神の名は、宇摩志阿斯訶備比古遅神《うましあしかびひこぢのかみ》。次に、天之常立神《あめのとこたちのかみ》。この二柱《ふたはしら》の神も、ともに独り神となりまして、身を隠しましき。

上《かみ》のくだりの五柱の神は、別《こと》天つ神。

次に、成りませる神の名は、国常立神《くにとこたちのかみ》。次に、豊雲野神《とよくもののかみ》。この二柱の神も、独り神となりまして、身を隠しましき。

次に、成りませる神の名は、宇比地邇神《うひぢにのかみ》。次に、妹須比智邇神《いもすひぢにのかみ》。次に、角杙神《つのくひのかみ》。次に、妹活杙神《いくくひのかみ》。次に、意富斗能地神《おほとのぢのかみ》。次に、妹大斗乃弁神《おほとのべのかみ》。次に、於母陀流神《おもだるのかみ》。次に、妹阿夜訶志古《あやかしこ》泥神《ねのかみ》。次に、伊耶那岐神《いざなきのかみ》。次に、妹伊耶那美神《いざなみのかみ》。

上のくだりの国之常立神より以下《しも》、伊耶那美神より以前《さき》、あはせて神世七代《かみよななよ》といふ。


神世七代の最後に出てくるイザナキ・イザナミノカミは、人間と同じ姿の神、それ以前に列挙されているアニミズムの自然神の神々とは、発展段階を異にする神で、『古事記』では、このあと一系列をなすイザナキ・イザナミ神話群が出てくる。また、アメノトコタチ・クニノトコタチは、一双のもので、アメノ、クニノという助詞があらわすように、ことばどおり、天上の神々の世界（アメ）が恒久的に存在する（トコタチ）、地上の人間の世界（クニ）が恒久的に存在する、という、神話の二元的な対立する世界構造を神格化した、抽象神で語られる、さらに新しい別の創世記神話が分裂、混入しているものだ。ウマシという、すばらしいという讃美の冠辞、ヒコヂという、男性の長老という尊称をひっぺがしてみると、ウマシアシカビヒコヂノカミは、アシカビ――角ぐむ葦の芽そのものの神格化で、『古事記』が「葦牙のごとく萌えあがるものによりて成りませる神」と合理主義的な説明を添加する以前の段階で、葦の神として素朴に成立していた自然神と考えられる。トヨクモノ神（豊雲野神）という原文のノが連体修飾の助詞だと気づかず、トヨクモノノカミとさらに送り仮名をつけて読んだのは、後世のしわざ。曇る・くぐもる・雲など、未分化・混沌をあらわす、カオスの状態や物質を言いあらわす日本語クモに、神聖豊饒を意味するトヨという冠辞が付いているトヨクモノノ神は、カオスの自然状況の神格化。ウヒヂニ・スヒヂニのウとスは、男女の性別で、ヒヂ（泥土）とニ（粘土《ねばつち》）の土壌の神格化が、兄妹の一双の神ウヒヂニ・スヒヂニノカミ。水田・水路を開くときの弥生期以来の湿泥地を大耕地化する新鋭武器が杭。オホトは大地。ヂとべは男女の性別をあらわす接尾語。はては、形態がととのい完成した、という面足《おもだる》という叙述も、ああ、すばらしい尊いという讃嘆のアヤカシコ（アナ・カシコ）までもが、創世の自然神の大神統譜に加えられている。

新約の第一福音書のアブラハム、イサクを生み以下のキリストの父までの系図の読み上げのように、ウマシアシカビノカミ、次に成りませる神の名は、次に成りませる神の名は……という神統譜の裏には、大湿地に共同体の力で耕地・集落を現出させる、大地創成のプロセスのイメージが貼りついている。

『古事記』の原初の神々誕生の系譜叙述は、それを誦《よ》み上げる人の脳裏に、

　角ぐむ葦の芽が、最初に水辺に頭をもたげた生命であったよ。とろとろの状態の広いところに、一つ二つと排水によって泥土地帯が姿を現わし、延々と水路・畦畔《あぜくろ》を造る杭が打たれて、大地は

みごと完成した（面足《おもだ》らった）。おお、尊いかぎり（あや、かしこ）、壮大な大地の誕生よ。

というもう一つの大地創造、「修理固成」という『古事記』の言い方も無縁ではない、大地堅めのイメージが浮かんできていたことは疑いない。わたくしは、それを原始的なイメージと表現の二重構造と呼んだ。神の名として、命名、表現するのだが、それをささえているなまのイメージも生きて背後に息づきつづけている。こういう神話的想像力の一形態を、わたくしは『古事記』のかなたにみた。

しかし、この日本の神話的想像力のなかに見られる原始の眼、イメージの二重構造の説は、頑迷な孤立した想像力表現史の研究者の考えにとどまりつづけ、「古事記における説話の展開」（『古事記大成文学篇』）、「幻視」（『火山列島の思想』）などでくりかえし提唱したが、同学の人たち、とりわけ『古事記』のエキスパートたちの承認する通説とはなっていない。例外的に、哲学・評論の唐木順三さんが、その著『日本人の心の歴史』二巻（筑摩総合大学）の巻頭にウマシアシカビヒコヂにはじまる神統譜の読みを全面的に引用し、そこから日本人の精神史を書きつづっていっている。氏の書が完成後の一九七一年一一月に「新潟日報」に載せた、唐木さんと久山康さんとの鼎談（「日本の風景——生死の機縁」）をもったことがある。会後、ひどく酔っていた唐木さんが、「あれはいい。だが、おまえの書いたものは、あとはみんな駄目だ。駄目だ。おれは認めないぞ」と大声でどなった。おそらく『火山列島の思想』に対する感想だろう。旧制高校生のような侠気の先輩の激励をありがたいと思いながら、飲めないしらふのわたくしは、「あとはみんな駄目だ」という方が、自分でもそう思えるふしがあって、骨髄を突き差される思いがしていた。うつむくわたくし、意気軒昂の唐木さん。傍で久山さんは終始だまって見ておられた。

寺田透さんは、「おれは、想像力ということばを使う奴はきらいだ。みんな信用しない」と口癖のように言っておられた。Nさんや〇さんあたりを念頭に置いていたのかもしれないが、そのとき眼の前に坐っていたのは、それらの作家ではなくて、いつもわたくしだった。想像力という概念規定の曖昧さに我慢出来ないものを、寺田さんは感じ、うろんくさいと思っておられたらしい。確かにそういう面がある。しかし、なにが日本文学研究の中軸になるべきものか、と悩みぬいていたわたくしには、想像力のことばによる表現である文学という規定、ことばによる表現の解析の自己流のくふうの一連として、記紀神話の形象の見えてきた新しい姿は、かけがえのないものだった。一生、世間から腐儒《ふじゅ》だ、〈国文学者〉のかけらだ、と見られ通しても悔いない気持になっていた。〈国文学〉、そのなかの古典文学の研究って、永久に新生面の開けて来ないものなのだろうか。

飯石《いひし》の郷《さと》　郡家《こほりのみやけ》の正東《まひむがし》一十二里なり。伊毗志都幣命《いひしつべのみこと》の天降りましし処なり。故《かれ》、伊鼻志《いひし》といふ。神亀三年、字を飯石と改む

波多の郷　郡家の西南《ひつじさる》のかた一十九里なり。波多都美命《はたつみのみこと》の天降りましし処なり。故、波多といふ。

（『出雲国風土記』飯石郡）

ひとつひとつの集落が、それぞれに天降ってきた始祖神の伝承をもち、一つの神話の世界であった段階、出雲や諏訪などのような広い地域を支配する地方豪族が、祭司王として存在した、もっと大きな神話の世界の段階、大和の大王のような強大な中央権力としての王権が主宰する、さらに大きな神話の段階と、自然神・人間神・抽象神発生の歴史過程との関係、神話の日本における表現の諸形態の総ざらえなど、めざしながらも体系的系統的な見方を、わたくしはまだ持ちえていない。

しかし、そうであっても、日本の神話的想像力とその表現に、他の民族のものに見られないオリジナルな性格があることにも、解析の間に気づいた。確かに、読めばそう読む以外にないように書かれていても、まともに読んで刮目《かつもく》する力が、それまでのわたくしに育っていなかった場合が多かった。

『古事記』は、日本の火の誕生を、イザナミノカミの死の物語で語っているが、タカミムスヒやアマテラスのような高天原の神々は死なない、死ぬのは、この地上へ下ってきた神からだ、という法則に気づいて、まず驚いた。天上の神の生の無限性と地上へ下ってきた神と、地上の人間たちの生命の有限性――アメとツチの対立的性格の一環として、火というもののなかった地上に、体内から火を生み出して与えたのは、地上の最初の始祖神の女神で、産道が火で焼けただれて死んでしまった。神の死の代償として、地上は火を獲得した、と物語られている。

『古事記』の語り方はこうなっている。

次に、火之夜芸速男神《ひのやぎはやをのかみ》を生みましき。またの名は火之炫毗古神《ひのかかびこのかみ》といふ。またの名は火之迦具《ひのかぐ》土神《つちのかみ》といふ。この子を生みまししによりて、みほと炙《や》かえて、病み臥《こや》してあり。
たぐりに成りませる神の名は、金山毘古神《かなやまびこのかみ》。次に、金山毘売神《かなやまびめのかみ》。次に、屎に成りませる神の名は、波邇夜須毘古神《はにやすびこのかみ》。次に、波邇夜須毘売神《はにやすびめのかみ》。次に、尿《ゆまり》になりませる神の名は、弥都波能《みつはの》売神《めのかみ》。次に和久産巣日神《わくむすびのかみ》。この神の子は、豊宇気毘売神《とようけびめのかみ》といふ。故《かれ》、伊耶那美神《いざなみのかみ》は、火の神を生みまししによりて、遂に神避《かむさ》りましき。

ギリシアの神話では、最初の火が〈盗んできた火〉として伝承されていることは、よく知られている。神々の世界にだけあった燃える火を、プロメテウスが盗み出し、地上の人間に与えた。それが発覚して、神々の怒りを蒙り、プロメテウスは、縛られて山中の柱につながれ、年がら年じゅう、禿鷹《はげたか》に内臓をついばまれ、苦悶しつづけねばならない。その他の民族も火の起源を好んで語っているが、天下ってきた女神がわが子として火の神を生み、その赤ん坊のために産道が焼けただれて病み、遂には死ぬ、というような語られ方をする火の起源神話は、まだ知られていない。

しかも、生まれてくる子の神は、一柱で三柱の神のようにつぎつぎに名を変えている。ヒノヤギハヤオ——火が驚くべき速さで燃えひろがって、ものを焼く、という名の男神から、ヒノカカビコ——火が強い光線を発する、という名の男神へ、さらにヒノカグツチ——火がめらめらと炎をあげて燃える、という名の霊へとなまえを変えていくのは、つぎつぎの状況の変化ごとに新たな命名をし、神が名を変えていくことで状況の変化を描写表現する、という日本神話に独特の文法ともいうべき語り方である。三位で一体だが、それは変化流動そのものを神に新たに命名しつづけることであらわすのだ。

体内から焼かれた母神は、苦しみ悶えて死んでいった。そのとき、苦しさのあまりへどを突いた。そのへどがカナヤマビコとカナヤマビメの兄妹神、後世までタタラ師や鉱山の人たちが崇敬してやまない鉱山《かなやま》の神となった。イザナミの口を突いて出る嘔吐物のイメージが、ドロドロに溶けて炉の口から流れ出す金属流（ゆ）の姿に通じているからだろう。悶える母神は失禁し、排便する。糞はハニヤスビコとハニヤスビメ、ねばねばの陶土の神となり、尿はミツハノメ、水神となった。農業用水の神である。そのあとを追って、若々しい生産力という抽象観念の神、ワクムスヒが生まれる。河の上流での砂鉄採取によるタタラの鉄製錬、中流の陶土採取による窯業、下流の灌漑による農業生産を、死を前に苦悶する母神の出す汚穢物の流れがあらわしている。不浄の中の神聖、産褥の汚れのなかからの聖なる諸価値の生成を、遥かな祖先たちは認識していたらしい。極端に清浄と穢れを峻別するはずの日本人の、物の生成における不浄と神聖の同居・混淆《こんこう》の、現実的な見定めが神話に内在する哲学を形成している、ともいえよう。日本の神話的想像力が、実に多様な豊かな表現を生み出していることを、それまでのわたくしは見過ごしていた。そこで語られていることを、神話独自の比喩と象徴の方法に即してすなおに読みとればよかったものを、なぜか、後代の散文に接する読み方で読み、誤解していたのだった。

口頭伝承の中で歌いはじめた登場人物たち

呪術の弱体化は、神話の運命を決定した。神話の超時間性から別れたとき、現実の歴史的時間のなかで、人びとは、神々のことでなく人間界のことを、過去の伝承として物語る方法にとらわれてしまった。神話から伝承へと、人びとの主要関心事が移ったとき、未来でも、現在でもなく、まるで人間存在が過ぎ去った時に対してだけ向かいうるものであるかのように、過去を語るようになった。このことは文学の歴史を巨視的に見て、近代・現代まで見通すとき、伝承の文学の時代の顕著な特色であることがわかる。

記紀を見ると、ミマキイリヒコイニエノミコト、すなわち崇神《すじん》天皇の世に、「役病多《えやみさわ》に起りて、人民《たみ》死にて尽きむとしき」というような大事件を物語っている個所がある。いわば事実の物語だが、よく見ていくと、一定の視覚から、語られ方も整理され磨かれていて、口頭伝承として相当期間を生きてきたものがふまえられていることがわかる。天皇は、そういう危機に神床《かみどこ》に眠って神の示現に会おうとする職務を守っていて、オオモノヌシノカミの、オオタタネコに自分を祀らせよ、という言に接する。夢のなかで示されたオオタタネコという人物を河内の国で探し出しえて、三輪山に神を祀り、支配圏全滅の危機を克服しえた、という伝承は、現代のわれわれの関心を惹くものでなくても、神話にとってかわった伝承の時代に、大和の大王の社会で力を籠めて物語られたものとして、サホビメをめぐる伝承と並ぶものだったに違いない。

われわれは、男女の間の情愛を問題とするような伝承ばかりを、注目して文学史に採り上げるけれども、伝承というものに即して考えれば、両者の間に甲乙は付けがたい。どちらも、大王の支配圏では、くりかえし語り伝えられようとしたに違いないからである。口ことばで過去の歴史的事実を伝えるところに、伝承の伝承らしさがあるのだ。

イクメイリビコイサチノミコト、すなわち垂仁《すいにん》天皇の后がサホビメで、兄のサホビコに「夫《せ》と兄《いろえ》といづれ愛《うつく》しきか」と問われ、「兄ぞ愛しき」と答えたことに端を発した物語である。よく知られている物語なので、細部は省略したいが、兄に大王暗殺を勧められ、短刀をあずかる。自分の膝を枕に寝入っている夫を刺そうとするが、思わず落涙して気づかれ、事情を告白してしまう。まだ兄妹の血縁が夫婦のつながりよりも強いものを持っていた時代で、謀叛人のサホビコを大王が攻めるとなると、后は、夫のもとを脱出して、兄の立て籠もる稲城《いなぎ》に馳け込んだ。サホビメは大王の子どもを懐妊していたので、大王は妻の身二つになるまで総攻撃を控えた。王子が生まれたとき、その引き渡しを要求する。子どもを抱いてきたサホビメも奪い取る計画をしていた。だが、その裏をかいて、サホビメは髪をすっかり剃り落とし、その毛をもとのように頭に貼りつけた。玉の緒は腐らせておき、着衣も酒でモロモロに腐蝕させておいた。王子を抱いて稲城の外へ差し出したとき、大王方の勇士たちは、母の后もつかまえようとするが、髪を手でつかむと、髪の毛はすっぽりと抜け、手纏《たまき》に手をかけると、玉の飾りはばらけてしまった。着物にしがみつくと、着物もモロモロ。身もあらわのサホビメはすばやく逃げ帰った。サホビコは稲城に火を付けて死に、妹の后も兄に殉じてしまった。

サホビメ伝承は、単なる権力闘争という以上に、血縁の兄妹の関係がまだ婚姻による夫婦の関係以上に強い絆だった、歴史上の段階を語り伝えていて、現代人に衝撃を与えるが、伝承のことばとしての表現の面から見ても、ひとつの特色がある。崇神のオオタタネコの伝承もそうだが、これらの伝承には歌謡が挿入されていない。語り手が、物語の中の登場人物に歌をうたわせない。歌で、内面の心情を表現させせようとしない。

　なんでもないことのようだが、倭建命《やまとたけるのみこと》の物語の後半からあとの伝承では、伝承は歌謡をふくみ、歌謡によって展開している。応神・仁徳などの五世紀に繁栄した大王の宮廷の、大王と大王をめぐる愛の物語は、その時代が去って、後代からその時代を憧憬の念に導かれて語り出した人びとの、美しく作り上げた伝承だろう、とわたくしは思うのだが、わたくしが〈大王伝承〉と呼ぶそれらの物語には、また新しい人間像が出現している。

　なかでも、オオサザキノミコト、すなわち仁徳天皇の后石之日売命《いわのひめのみこと》は、従来、后は皇統の内親王・女王を納れることになっていた慣例を破って、当時第一の権勢家葛城曾都毘古《かつらぎのそつびこ》の娘が迎え入れられたのである。『古事記』では、イワノヒメは、大王の愛を専有しようとして、後宮の他の女性たちを嫉妬しぬいたように語られているが、やはり彼女の愛の苦しみの根源は、大王が異母妹八田若郎女《やたのわかいらつめ》を深く愛していることにあり、皇統以外から第一の后として後宮に入り、皇統の女性とどこまでも対抗しようとしたところにあったのではあるまいか。

　イワノヒメが、宮廷の大宴豊楽《とよのあかり》に使うミツナガシワの葉を集めに、紀伊の国へ出かけていた間に、夫がヤタノワカイラツメを宮廷に迎え入れたことを、難波《なにわ》に帰って港で聴き知ると、ミツナガシワを海に投げ込み、宮殿に帰らず、乗船を山代《やましろ》の国の方へ遡江させた。后のこの出奔は一時の出来心ではなく、二度と帰って来なかった。『日本書紀』は、ずっと後年、山代に滞在のままなくなった、と記している。『古事記』の物語は、イワノヒメが山代へ、大和へ、また山代へとめぐり歩き、夫からの帰来懇望の使者の願いを、たび重ねて拒絶するプロセスを語っているが、注目されるのは、たとえば、難波の港にミツナガシワを投げ込んで、山代河（今の木津川）を遡っていくときにも、大王を憎みぬいているはずの后に、こう歌わせていることである。

即ち宮に入り坐《ま》さずて、其の御船を引き避《よ》きて、堀江を泝《さかのぼ》り、河の随《まにま》に山代に上《のぼ》り幸《い》でましき。此の時歌《うた》曰ひたまひしく、

つぎねふや　山代河を　河上《のぼ》り　我が上れば　河の辺《べ》に　生《お》ひ立《だ》てる　烏草樹《さしぶ》を
烏草樹の木　其《し》が下《した》に　生ひ立てる　葉広　五百箇真椿《ゆつまつばき》　其《し》が花の　照り坐《いま》し
其が葉の　広《ひろ》り坐すは　大君ろかも

とうたひたまひき。

伝承が歌謡を採り入れ、物語中の主要人物に内面の心情を抒情させながら語り進められる、この段階の発展もさることながら、そういう新形式の歌謡で、ここではイワノヒメに何を歌わせているのか。

山代河をわたくしが遡ってくると、河岸に生えているサシブ（シャシャンボ）の木よ。そのサシブの木のすぐ下流に生えている、葉広の花が五百箇も付いている真椿、その花のように照り輝いておられ、その葉の繁り広がっているようにドッシリと広い空間を占めて立派でいらっしゃるのは、大君ですことよ。

歌は、なんと、嫉妬に狂った后、船でどんどんと大王の宮廷から隔たる方向へ進んでいるその人に、岸辺の花がいっぱいまぶれ付いて咲く椿の木から連想した、夫大王の盛容を歌わせている。古代にあった〈擬樹法〉(現代の〈擬人法〉のように自然を人にたとえるのでなくて)という、美しいりっぱな樹木にたとえて人を褒《ほ》める独特の修辞法を用いての、大王讃歌である。イワノヒメの現在の行動とまるで正反対の心理、大王に惹かれに惹かれている内面――その分裂ぶりを、伝承の語りのことばと歌謡を意味するものとが表現している。イワノヒメの物語は、このあとも、ずっとこの手法で語られていく。

日本の古代では、人びとが自分の内部感情を歌う純粋抒情の成立以前に、伝承の語りのなかで、登場人物になりきって、その感情をはじめて歌いえた、プレ抒情ないし抒情以前の抒情と呼ぶべき先行段階があった、記紀歌謡の本質はそれだ、とするわたくしの主張もあるが、いまは、それには深入りできない(『記紀歌謡』〔「日本詩人選 1」〕参照)。

歌謡をふくむ伝承の物語が、その成立と流布に時間を要しただろうことは、応神・仁徳ら大王たちとその后妃との愛の葛藤物語以後のものに、顕著に見える。允恭《いんぎょう》天皇の死後の、軽《かるの》皇太子と穴穂《あなほの》皇子(安康天皇)の皇位継承戦争の物語を見ていくと、軽皇太子が物部大前宿禰《もののべのおおまえのすくね》の家に匿《かく》れ、それを追う穴穂の軍勢が包囲したくだりなどには、それがもはや歌謡をふくむ口ことばで語られる伝承以上のものに変化していたに違いないことが、推定できる。

『日本書紀』の「安康紀」に反映したところを見ていくと、

時に、太子《ひつぎのみこ》（軽）、群臣従《つか》へまつらず、百姓《おほみたから》乖《そむ》き違《たが》へることを知りて、すなはち出でて、物部大前宿禰の家に匿れたまふ。穴穂皇子（安康）、聞《きこ》しめして、すなはち囲《かく》む。大前宿禰、門《かど》に出でて迎へたてまつる。穴穂皇子、歌《みうたよみ》して曰《のたま》はく、

大前小前宿禰が《の》　金門陰《かなとかげ》　かく立ち寄らね　雨立ち止めむ

大前宿禰、答歌《かへしうた》して曰《まう》さく、

宮人の　脚結《あゆひ》の小鈴　落ちにきと　宮人とよむ　里人もゆめ

すなはち皇子に啓《まう》して曰《まう》さく、「願はくは、太子をな害《ころ》したまひそ。臣《やつかれ》、議《はか》らむ」とまうす。

これによりて、太子、自ら大前宿禰の家に死《う》せましぬ。

穴穂皇子は、雨宿りと称して敵方の門へ近づき、地面を見回して探しものの体、そこへ、「おお、脚結の小鈴を落されましたかな、どれどれ」と大前宿禰が出ていき、戦争終結の談合が成り、軽皇太子は自決した、とある。これはもうことばで単に語られていく伝承ではない。演技と歌謡で仕立てられているドラマで、わたくしが、〈歌謡劇時代〉という段階に踏み込んでいる、と見なければならない。

同じ歌謡のことばで展開するが、『古事記』では袁祁命《おけのみこと》と平群鮪《へぐりのしび》が、菟田首《うだのおびと》の娘大魚《おおお》を争い、『日本書紀』では、皇太子時代の武烈天皇が物部麁鹿火大連《もののべのあらかひのおおむらじ》の娘影媛《かげひめ》を平群真鳥臣《まとりのおみ》と争う物語になっているなども、それら〈歌謡劇〉の成立が、語られる素材の時代からずっと隔たっていることを示す

のであろう。

文字の力で伝承を脱出――フィクションへの遠い道のり

わたくしが知るかぎりの現存最古の漢文の事実記録は、「崇峻紀《すしゆん》」に採り込まれて、原文まで保存されている、用明二（五八七）年の蘇我馬子《そがのうまこ》が物部守屋《もりや》を攻め滅した事件の余波である、守屋の資人《つかいびと》、捕鳥部万《ととりべのよろず》が難波の守屋邸を守って力戦、遂に死ぬまでの記録である。これは、当時、河内国司が綴って中央へ送ったものだが、壮絶な捕鳥部万の力戦の果ての死が、実にリアルに描かれている。文字で記録することによって、歳月の力を借りて結晶していく伝承とは違う、現在の物語が可能となったのだ。口ことばによる伝承が不可抗力的に呪縛されていた〈過去〉からの、画期的な解放だった。文字の文章で綴ることは、新しい状況を開いた。

七世紀後半に書いた伊予部連馬養《いよべのむらじうまかい》の創作は、浦島の子の伝説を漢文志怪の方法に倣って書いたもので、現物はないが、『釈日本紀』所引の『丹後国風土記』が、その叙述に沿って書いたと言っており、華麗な駢儷《べんれい》文の作品である。しかし、それはまだ土地の伝説を種子とした仙郷の神女との結婚の物語で、伝承とのつながりを脱していない。『万葉集』や『懐風藻』『続日本後紀』から存在が知られる「柘枝伝《しやし》」はわが最初の漢文伝奇で、フィクションの創造と考えられ、成立も『日本書紀』成立前の藤原不比等《ふひと》在世中だろうが、書き手がわからない。舞台の吉野にはない、神女が木の枝に化けて流れてきて簗《やな》にかかり、味稲《うましね》という佳人と結ばれる話だった。他の各地にあった男神が流れ矢や流木になって流れ下ってきて美女と結婚する、伝承に想を得ての創作と考えられる。天平二

（七三〇）年に大伴旅人が、漢文の「松浦川に遊ぶの序」を冒頭にすえ、万葉仮名の和歌で蓬客《たびびと》と神女に一首一首の歌の贈答をさせた創作も、中国の仙郷譚の志怪や伝奇に倣った、フィクションの試みだった。

しかし、漢文や万葉仮名の力を借りても、日本的なオリジナルなフィクションが出現しなかったのは、七世紀の初期万葉の時代以降、貴族たちが自らの感情を他のものを借りずに抒情する、純粋抒情の〈万葉の時代〉に突入していったからである。神話にかわる伝承、その長い伝承の時代のあとで、伝承でない個人の想像力のことばによる表現が立ち現れたのは、口ことばの伝承と違う、新しいいかなぶみによる想像物、『竹取物語』においてであった。〈反想像の時代〉ともいうべき、長い抒情の歌の全盛期が介在していて、伝承のすぐあとにかなぶみの作り物語、という歴史展開になっていない。

これも自分の遅々たる歩みの告白になるが、『竹取物語』の末尾の不死の薬を天へ焚《た》き上げようとして、その煙が不断のものとなるというくだりの、煙が地上の人間からの天への一方的通信手段であった、ということに思いいたったのは早かったが、それはそれで留まってしまっていた。『丹後国風土記』の浦島の子の歌、

常世《とこよ》べに　雲たちわたる　水の江の　浦島の子が　言《こと》持ちわたる

の雲の機能や、荷前《のさき》の使が十陵八墓の前で、春日の祭の使が社前で、宣命を焼いて空へ焚き上げ

る慣習から、古代人の脳裏にあった人間界から天上への一方的な片道的通信としての、〈煙通信〉のことは以前からたびたび書いていたものの、そこで焚かれる不死の薬については、ほんの数年前まで思い及ばないでいた。この作品のもっとも大事な点なのに。

中国古代の神話では、英雄神羿《げい》が崑崙《こんろん》山かあるいはそのさらに西方の玉山の、西王母《せいおうぼ》のところに希有の冒険の果てたどりついて、地母神と考えてもよい西王母から入手したのが、不死の薬である。ところが羿が戻ってくると、妻の女神姮娥《こうが》が盗んで月の世界へ逃げ込んだ。結局、生命の無限を保障するこの聖なる薬は、中国には残らなかった、と神話は語る。わたくしがうかつであったのは、不死の薬は月世界ならいくらでもあるように考えてしまって、『竹取物語』の作者が、月でもかけがえのない仙薬、姮娥がもたらした、それしかない不死の薬の原品の一部を、かぐや姫を迎える月からの使者に持参させた、ということ、あれはあれ以外でないことに気づかなかったことだった。同系統の薬品がいくらでも増産されている現代の風潮に毒されていたのだろうか。昇天にあたって、その少量を嘗《な》めて不死の人に戻った姫は、迎えの使者の眼を盗んで、残りを竹取の翁・媼《おうな》と帝に残していった。それらの人は、千載一遇のそれを服用して無限永続の生命を獲得すればよいものを、かぐや姫がいなくなって、いつまでも永らえる生命はいらないと拒む。そして、月世界へ戻すため、帝から姫への消息とともに、不死の薬を天に最も近い富士山頂から焚き上げさせた。不死の薬だから、その煙も絶えることなく立ち上りつづけている。

子どものない翁たちに、授かり者として竹の中から出てきた神秘《あやし》の子は、たぐいない美女として育つが、人間界の男たちの求婚を、帝のそれさえも拒んで、遂にもとの月世界へ帰る。実はささやかな罪を獲て地上へ下されていた謫仙《たくせん》だったのだ。実に思いがけずに日本の国へもたらされた月世界の永遠の生命の薬も、日本へは残らず、不死の生命を獲得した人はなかった。仙女の不思議の物語の想像は、そういう結末なのだった。

解題　今こそ、神話的想像力を

三浦佑之

本書を手にとってくださった読者のなかには、益田勝実という研究者を知らなかったという方もいるだろう。ひょっとしたら、益田さんの論文をまだ読んだことがないという若い日本文学研究者もいるかもしれない。細密化された研究論文が日々量産されて視野狭窄に陥り、きびしい出版状況ゆえに必読書とされる名著までもが入手困難となるなかで、学閥に与せず孤高を好んだ研究者は、残念ながら忘れられてしまう。

一九二三年(大正一二)六月、山口県下関市に生まれ育った文学少年は、教会に通ってギリシャ語を習い、四二年(昭和一七)に東京に出て二松学舎専門学校に入学するも、翌年一二月には学徒出陣によって広島の西部第十中隊に入隊。のち「支那派遣軍」に配属となり、中国各地を転戦し華南で八月一五日を迎える。帰国後、小倉で暮らし論文を投稿するなどしていたが、四八年に東京大学文学部国文学科に入学。大学院に進学するとともに都立定時制高等学校の教諭となり、卒業生らとともに社会文化活動に従事し、高校国語教科書の編集委員も務める。その後転じて六六年(昭和四一)に法政大学助教授、六七年に教授となり、八九年(平成元)三月に定年により法政大学を退職。九五年に病いに倒れて療養生活を送るも(以上、「益田勝実　略年譜」『益田勝実の仕事5　国語教育論集成』ちくま学芸文庫、二〇〇六年)、二〇一〇年(平成二二)二月六日没。享年八六。

年譜ふうの紹介からはじめたが、わたしにとって益田さんは、著書や論文でしか知らない学者である。七〇年代に何度か学会で出会うことはあったが、発表者の真ん前に陣取り、発表が終わると手を挙げ、頭をひと撫でしたのちに厳しい質問を発する益田さんを後ろの席から眺めつつ、敬して遠ざけていた。論文や著書が出るとかならず話題になる益田さんだったが、わたしよりは二三歳も年上で、孤高なという印象もあったからだろうか、いちども話をしたという記憶がない。もっぱら、発表される仕事によって刺激を受ける、それがわたしにとっての益田勝実であった。

最初に入手した著書は『火山列島の思想』(筑摩書房、一九六八年)だが、手元にある蔵書の奥付は一九七〇年九月(四刷)である。大学院に進学した年のことだから、まじめに古代の勉強をしないと決意した頃である。そして、論述のあちこちから多くの刺激を受けたのだが、なかでも巻頭論文「黎明――原始想像力の日本的構造」はとても魅力的で、ずっと自分のなかで温めながら、初めての学会発表「闇――幻想領域の始源」を行ったのが一九七五年一月(古代文学会例会)、それがわたしの学会デビューだったのを思い出す。

そのようにして『火山列島の思想』に刺激を受けたわたしは、新装版が出た『説話文学と絵巻』(三一書房、一九六〇、新装版一九七二年)を読み、その後は、『記紀歌謡』(筑摩書房、日本詩人選、一九七二年)、『秘儀の島　日本の神話的想像力』(筑摩書房、一九七六年)、『古事記』(岩波書店、古典を読む、一九八四年)と、刊行されるとすぐに読むようになった。単行本になる前には論文として発表されるわけで、七〇年代の月刊誌『文学』(岩波書店)で古代文学や説話文学関係の特集があると、西郷信綱と益田勝実の名がかならずあり、それを読むのがたのしみだった。おそらく、われわれの世代で古代文学を勉強していた者の多くがそうだったのではないかと思う。そして、読むのがたのしいと思える論文というのは、それほどたくさんあるわけではない（そうした状況が今の古代文学研究を低調にさせているわけで、自戒を込めていえば、研究者は若い人を夢中にさせるような論文を書かなくてはだめなのだ）。

西郷信綱の研究は、文学史や方法論に関しての広い知識に立脚しながら、『古事記』へと錘鉛を降ろし、構造を、ことばを、掘り起こしながら古代を考えようとした。それに対して益田勝実の研究は、神話や説話や歌にこだわりながら周辺を掘り起こし、外の世界へ広がろうとした。尊敬するふたりの仕事をわたしなりに整理すると、そういうことになるのではないか。そして、どちらも戦後の文学研究を切り拓いた研究者だった。ただし、益田さんより七歳年長の西郷さんは一九三九年（昭和一四）に東京帝国大学を卒業し、戦前から研究者の道を歩んでいたわけで、世代的には少しちがう（三浦「西郷信綱研究——初期著作をめぐって」『解釈と鑑賞』二〇一一年五月号、ぎょうせい。この号には岡部隆志「『人間』をつかむ思想——益田勝実を読む」も掲載されており、参考になる）。

さきに紹介したように、益田勝実は一九四三年に二松学舎専門学校に入るが、学徒出陣のために繰り上げ卒業させられて中国大陸に出征するので、いちおう戦前に専門教育を受けたということにはなるが、本格的な勉強をはじめるのは、一九四八年に東京大学に入学してからだと言ってよい。その益田さんが文学研究者になったのは、小さいころから文学が好きだということによるのだろうが、戦前の『万葉集』理解に対する反発が大きな契機になったことを、後年回想している。それは、大学を退職する一九八九年三月、『思想の科学』に掲載された「天皇、昭和　そして」と題されたインタビュー記事である（『益田勝実の仕事3記紀歌謡』所収、ちくま学芸文庫、二〇〇六年。聞き手は加藤典洋・中川六平）。

そのなかで益田さんは、二松学舎での学徒出陣壮行会での体験を述べている。その折、二松学舎に配属されていた将校がはなむけのことばとして、「戦争の実体は醜いものだが、せめて清純な学生の諸君だけは、殺すなよ、犯すなよ、奪るなよ」と挨拶したのに感動した益田さんは壇上に駆け上がり、賛同した学生とともに将校の言に誓いを立てたらしい。すると直後に、『万葉集』を教えていた森本治吉がその行動を諫め、「きみらは醜の御盾だ、大御言のまにまに矢弾をふせぐ盾になって死ねばよろしい、理想だの何だの、私心をもってはいかん」と叫んだのだという。その後、白文の『万葉集』二冊を背嚢にいれて戦地に向かったのは、森本が言うような解釈ではない『万葉集』の読み方があると思ったからではないかと益田さんは回想する。

こうした批判性は、森本のことばへの反発から生じたというよりは、それ以前から益田さんが感じ考えていたことであったとみるべきだが、ここにみられる立場が、後の、学者としての益田勝実を端的に表していると思う。まず必要なことは、事実を揺るぎなくつかみだすための厳密な考証だと益田さんは考えていたはずである。周辺諸学に対する目配りを忘れることはないが、まずは資料を徹底的に読むという作業を怠らない。そこに益田さんの仕事の信頼性があるのだ。しかし、それだけで終わるなら、凡百の学者である。益田さんが違うのは、そこから飛躍するところだ。それが、益田勝実の仕事を考える上で最大のキーワードとなる「想像力」の問題である。

たとえば、本書『日本列島人の思想』に収められた諸論考のうち、中心となる「秘儀の島——神話づくりの実態」という論文を取り出してみる。

玄界灘に浮かぶ沖ノ島を中心として祀られる宗像三女神について論じた「秘儀の島」では、宗像神社とその信仰について、一九五四年からはじめられた考古学的調査の報告書や社史などの資料を丹念に読み込みながら、その具体的な姿を明らかにする。そして、そこに見えてくる祭祀の実態が、『古事記』神話に描かれた高天の原での「アマテラスとスサノオの誓《うけ》いの伝承」を彷彿とさせるものであり、宗像三女神の誕生のいわれを伝える神話を再現する祭祀が、六世紀における沖ノ島の岩蔭の祭場では行われていたのではないかということを、論証してみせる。

発掘調査によってその全貌が明らかになり、海の正倉院として遺物の見事さが喧伝され、朝鮮半島との交流がさまざまに論じられる沖ノ島の遺跡群について、益田勝実は神話研究者としてアプローチしようとする。それが、報告書を細部まで読み込み、歴史を辿ることによってなされてゆく。安易な推測や思いつきが入り込む余地はない。益田さんはあくまでも、厳密な考証から導き出された必然的、合理的な論理によって六世紀の遺跡と神話とを想像力によって繋げようとするのである。それゆえに、そこに見いだされる視界はとてつもない広がりをみせる。『古事記』の神話はいつから語りだされていたのか、誓い神話はどのように読めるのか、スサノオが降りることになった出雲との関係はどのようにあったのか、三女神のひとりタキリビメは、『古事記』でも『日本書紀』でもオオクニヌシの妻になると語られるのはなぜか。解けることも解けないこともあるが、神話の先に考えられることの深さと広がりを、益田勝実は見ようとする。そして、「記紀の神話体系樹立は、大和の史官の案上で作られてすむ仕事ではなかったろう。相当な時間のかかった、体系づくりのプロセスが予想される。神話をふまえた祭式の創出と実修によって、それが固められていく手つづきもあったことを、わたしは、いま、ようやく知った」と述べる。

「秘儀の島」に限らず、益田さんの論文を読んでいると、考古学の調査報告書や、民俗学や柳田国男の著作など関連諸学の知識が縦横に引用されている。たとえば、本書に収められた「現代に潜むもの・はるかな昔」（前掲『古事記』所収、岩波書店、一九八四年）では、箸の起源が徹底的に追究される。「それただひとつで日本文化を表わし、決して他のものと混同しないようなシンボル」を「割箸」だとする益田さんは、地上に追いやられたスサノオが川を流れてきた箸を見つけて、人がいることがわかって上流に溯ってゆくという、いわゆる「オロチ退治」神話からはじめて、まだそれほど分量は豊富ではなかった考古学的な遺物のなかに「折損した箸」をもとめて調査報告書を浚い、フットワーク軽く現地に赴きながら箸を探す（そもそも『考古学ジャーナル』をいつも読んでいる文学研究者はほとんどいないのではないか）。その結果、『古事記』に語られているオロチ退治神話は、それほど古い時代から語られていたとは考えられないということを明らかにしてゆく。それは佐原真が『食の考古学』（東京大学出版会、一九九六年）で明らかにしたような、箸の使用についての考古学的な研究が出るよりも一〇年以上も前のことであった。

なお、この「現代に潜むもの・はるかな昔」という論文は、箸についての論述だけではなく、大歳の魂《たま》迎え、アゲハの幼虫を信仰する大生部多《おおうべのおお》の伝承と「かみさんちょー」（あげは蝶の方言）を題材にした文化の残留度や、ホト（陰部）に矢を立てられるセヤダタラヒメ神話の「セヤ」の解釈やこの話型の世界的な広がりなどについて、益田さんらしい話題の展開と巧みな論述がなされた、読んでいてとてもたのしい論文になっている。手始めにこの論文から読んでみるというのも、益田勝実の研究を知るのにはいいかもしれない。

本書のどの論考を読んでも、あるいは他の益田勝実の著作のどこを読んでもそうだと思うが、益田さんがこだわり続けたのは「神話的想像力」の問題であった。そして、そのことにこだわり続ける理由について、「やはり、その〈近代〉が見失った大切かもしれないものにかかわることがらではないか」とか、「野性的な未分化なものに対する関心は、……一連の、〈近代〉を問い直し、人間を原初的な、根源的なところでとらえ直そうとする、時代をあげての動きの一角」だというふうに説明する（「日本の神話的想像力」――神話の文法）。益田さんのいう神話的想像力はいつも、〈近代〉を、人間を見据えてなされている。それゆえだろうか、神話と史実といったことがらについて、益田さんの認識はきわめて柔軟で、「告げ手の異常な心のたかぶり」でなされる「託宣」と神話とは明らかにちがう行為で、「神話を神話たらしめるもの――それは、神々の物語の部分と部分をつなぎその筋の展開の上で重要な役目を果たす神異、すなわちあやしのできごと」だと述べ、国譲り神話でいえば、白い波の穂頭の上に剣を突きたててその切っ先に座るというような行為を語るのが神話であるが、「いつの時代かにあった大和の出雲併呑という史実に対して、大和の神々と出雲の神々の対立・拮抗・交渉終結が同時的に進行したはずだ」と考える、それが益田さんの柔軟な神話的想像力であり、史実と神話との関係であった（「神異の幻想」）。

柳田国男が主張し日本民俗学においては常識的となった祖霊信仰について異議を唱え、古代における祟り神信仰の大きさを主張する「モノ神襲来――たたり神信仰とその変遷」は、益田さんの、民俗学や柳田国男への造詣の深さと、三輪山神話に対する鋭い読みとが掛け合わされることによって書かれた論文である。そこに、益田勝実の著作の信頼性があるといえるだろう。考古学や民俗学や歴史書など、さまざまな周辺を抜かりなく囲い込み、その上で、古典の読みを中核に据えて構築された論文は、読む者を納得させずにはおかない説得力を秘めている。それが、あの近寄りがたいと思わせてしまう「益田勝実」像を作り上げていったのではないか。その実像がいかなるものであったかはまったく承知していないのだが。

本書に収められているのは、神話的な想像力をテーマとする、神話や『古事記』を中心とした古代を題材とした論考群である。そしてそれが益田勝実の仕事の重要な一角を構成するのは間違いないが、それだけが益田さんの仕事ではない。中世の説話文学や、民俗学・伝承文学にかかわる論考、国語教育にかかわる発言などその分野は広く、さまざまなところに影響を与えている。

そうしたもっとも良質で大きな可能性をはらむ共有財産がつぎつぎに絶版となり、読めなくなることを憂えた若い編集者・榎本周平さんが、渾身の力を込めて編んだ一冊が本書である。タイトルの、あまりなじみがない「日本列島人」という呼称は、益田さんが使っているわけではなく（火山列島は益田さんのお気に入りだが）、そして益田さんはふつうに日本人と書くが、アイヌやオキナワにも言及する益田さんの仕事を配慮して、榎本さんが名づけた。もし『日本人の思想』というタイトルで出したら、へんな立場の人の本と勘違いされて益田さんに迷惑がかかるかもしれないという点も配慮したインパクトのある書名で、支持したい。

その『日本列島人の思想』から新たな知を吸収して想像力を羽ばたかせてくれる若い読者が現れ

ることを期待するとともに、ここに収められた以外の諸論考もぜひ探してみてほしいということを書き添えて、拙い紹介の筆を置くことにする。

【付記】じつはわたしには、益田勝実さんと研究上の接点がひとつだけ、あった。古橋信孝・森朝男の両氏と『古代文学講座』全一二巻（勉誠社、一九九三～九八年）を編んだ時、益田さんに二本の論文の執筆を依頼したことがあるのだ。「神話と歴史――わたしの直面している問題点――」（古代文学講座1『古代文学とは何か』一九九三年）と「天変地異――伝承と陰陽五行思想のはざま――」（同講座6『人々のざわめき』一九九四年）である（どちらも副題は益田さんの名付け）。しかも、「益田勝実　著作論文目録」（前掲『益田勝実の仕事5』所収）によれば、後者の「天変地異」は、益田さんが発表した最後の論文だった。そして、その論文の冒頭は、「この講座のこの巻『人々のざわめき』の組織を、企画書に配列された項目で見ていくと、はじめに「隼人」「土蜘蛛」「海人」「女酋」「祟り神」「神殺し」があって、「天変地異」の項になっている。編集者の見識に、これなるかなと肯いた。〈天変地異〉は東洋古代史学特有のタームであって、単なる自然現象ではない。それゆえにここに登場してくる」という文章からはじまる。わたしひとりの功績ではないが、依頼した原稿にこのように応えていただいたことは、益田勝実という研究者に信頼をよせる編集者三名にとっては、まことにうれしいことばであった。

初出一覧

序　火山列島で暮らしつづけるために　（『正論』一七五号　一九八五年三月）

第一部　日本列島人の想像力
第一章　神異の幻想　（原題「日本の神話的想像力――神異の幻想」、『日本文学』二一―一号　一九七二年一月）
第二章　再話・再創造のエネルギー　（『思想の科学』一六三号　一九六九年一月）
第三章　秘儀の島――神話づくりの実態　（『文学』三九―四～六号　一九七一年四月～六月）
第四章　日本の神話的想像力――神話の文法　（『文学』三九―一一号　一九七一年一一月）
第五章　モノ神襲来――たたり神信仰とその変質　（『法政大学文学部紀要』二十号　一九七五年三月）

第二部　神々の世界
第一章　現代に潜むもの・はるかな昔　（『古事記』岩波書店、古典を読む、一九八四年一月）
第二章　文学史上の『古事記』（『文学』四八―五号　一九八〇年五月）
第三章　神話と他界　（『伝統と現代』四―六号　一九七三年一一月）
第四章　神々の愛　――日本神話に見る　（『日本の美学』一一号　一九八七年一一月）
第五章　殺戮――神々と人間の共業　（『日本発見』一二―九号　一九六三年九月）
第六章　古代想像力の表現過程――わたくしの〈国文学〉（『国語と国文学』一九八九年七月）

第一部の第一章、第三章、第四章、第五章、第二部の第二章、第六章は『益田勝実の仕事4』（筑摩書房）を底本とした。

著者 益田勝実（ますだ・かつみ）

1923年山口県生まれ。東京大学文学部国文学科卒業。1951年東京都立神代高等学校教諭。1967年から法政大学教授。国文学に民俗学の視点を導入し、古代日本の思想や文学を研究。また、高等学校用国語科教科書の編集にも携わり、国語教育にも熱心に取り組んだ。2006年『益田勝実の仕事』（筑摩書房）で第60回毎日出版文化賞（企画部門）。著書に『説話文学と絵巻』（三一書房）、『火山列島の思想』（筑摩書房）、『秘儀の島――日本の神話的想像力』（筑摩書房）など。2010年2月6日逝去。

日本列島人の思想

2015年12月15日　第1刷印刷
2015年12月25日　第1刷発行

著者――益田勝実

発行人――清水一人
発行所――青土社
〒101-0051　東京都千代田区神田神保町1-29　市瀬ビル
［電話］03-3291-9831（編集）　03-3294-7829（営業）
［振替］00190-7-192955

印刷（本文）・製本――シナノ
印刷（カバー・扉・表紙）――方英社

装幀――菊地信義

Printed in Japan
ISBN978-4-7917-6895-0　C0039

青土社版について

明らかな誤植による修正を除き、著作権継承者の指示により、底本としたもの、初出としたものから左記の箇所を校正した。

五六頁「着く」→「著く」、「着の程」→「著の程」、「着が凶なれば」→「著が凶なれば」、「着船」→「著船」、五七頁「着島」→「著島」、五九頁「神灯」→「神燈」、一〇九頁「一二三一年三月」→「一二三一年（寛喜三）三月」、一四三〜一四四頁「鉤」→「鈎」、二四四頁「採り摭」→「採り摭」、二七三頁「『日本書紀』「一書に曰はく」」→「『日本書紀』第九段「一書に曰はく」」、二七六頁「モールス」→「モース」